Ficciones del interludio

1914-1935

Fernando Pessoa

Ficciones del interludio
1914-1935

Edición a cargo de Fernando Cabral Martins

Traducción de Santiago Kovadloff

emecé
lingua franca

Pessoa, Fernando
   Ficciones de interludio.– 1ª ed.– Buenos Aires : Emecé, 2004.
   512 p. ; 23x14 cm.

   Traducción de: Santiago Kovadloff

   ISBN 950-04-2572-6

   1. Poesía Portuguesa I. Título
   CDD P869.1

Emecé Editores S.A.
Independencia 1668, 1100 Buenos Aires, Argentina
www.editorialplaneta.com.ar

Título original: *Ficções do interlúdio*

Traducción de Santiago Kovadloff

Copyright © Assírio & Alvim
e Herdeiros de Fernando Pessoa (1998)
© 2004, Emecé Editores, S. A.

Diseño de cubierta: *Mario Blanco*
1ª edición: 3.000 ejemplares
Impreso en Talleres Gráficos Leograf S.R.L.,
Rucci 408, Valentín Alsina,
en el mes de julio de 2004.

IMPRESO EN LA ARGENTINA / PRINTED IN ARGENTINA
Queda hecho el depósito que previene la ley 11.723
ISBN: 950-04-2572-6

Nota preliminar

Se reúnen aquí todos los poemas en portugués[1] publicados por Pessoa durante su vida, menos el libro *Mensaje*[2]. Están agrupados en *ortónimos* y heterónimos[3] según la secuencia de su aparición: Pessoa en 1914, Campos en 1915, Reis en 1924 y Caeiro en 1925. En lo relativo a la producción dada a conocer bajo cada uno de estos nombres, el criterio de ordenación adoptado también es cronológico, habiéndose elegido la última versión en el caso de los poemas publicados más de una vez.

1. La aclaración es pertinente ya que Pessoa escribió poesía también en inglés y francés. *(N. del T.)*
2. De *Mensaje (Mensagem)* hay versiones en castellano: Fernando Pessoa, *Mensaje*, editorial Hiperión, Madrid, 1997, traducción de Jesús Munárriz; *Mensaje*, editorial Emecé, Buenos Aires, 2004, traducción de Rodolfo Alonso. *(N. del T.)*
3. *Ortónimo* no es término que exista en castellano. Sí *heterónimo* pero en nuestra lengua no se lo emplea con el sentido que le da Pessoa. *Ortónimas* son la poesía y la prosa que Fernando Pessoa firma con su propio nombre. *Heterónimas* la poesía y la prosa que Fernando Pessoa desconoce como propia y atribuye a otros autores "fuera de su persona", como él gustaba decir para indicar que sus creadores —Alberto Caeiro, Ricardo Reis, Álvaro de Campos, Bernardo Soares, entre otros— no son, en sentido estricto, expresión de la identidad literaria que él reconoce como suya, ni personajes por él creados, a la manera de lo que podría suceder en la dramaturgia o la literatura de ficción. Tampoco son seudónimos, pues no es Pessoa quien se "disfraza" de otro u otros para decirnos qué siente y piensa. Para expresarlo en una palabra y de conformidad con Pessoa, los heterónimos son "otros modos de ser" que se va-

Se actualiza la ortografía portuguesa siempre que no se altere la medida de los versos o la representación fonológica de las palabras, y se corrigen las erratas evidentes.

F. C. M.

---

len de su espíritu y su letra para aflorar y manifestarse. Ciertamente la complejidad del asunto —y su riqueza— exceden al cuerpo de esta nota que no aspira a ser más que un primer y elemental recurso de orientación para quienes no están familiarizados con la obra del escritor portugués. *(N. del T.)*

Fernando Pessoa

IMPRESSÕES DO CREPÚSCULO

I

Ó sino da minha aldeia,
Dolente na tarde calma,
Cada tua badalada
Soa dentro da minh'alma.

E é tão lento o teu soar,
Tão como triste da vida,
Que já a primeira pancada
Tem um som de repetida.

Por mais que me tanjas perto
Quando passo triste e errante,
És para mim como um sonho –
Soas-me sempre distante...

A cada pancada tua,
Vibrante no céu aberto,
Sinto mais longe o passado,
Sinto a saudade mais perto.

II

Pauis de roçarem ânsias pela minh'alma em ouro...
Dobre longínquo de Outros Sinos... Empalidece o louro
Trigo na cinza do poente... Corre um frio carnal por
                                        [minh'alma...

IMPRESIONES DEL CREPÚSCULO

I

Oh campana de mi aldea,
Doliente en la tarde calma,
Cada tañido tuyo
Suena dentro de mi alma.

Y tu sonido es tan lento,
Tan triste como es la vida,
Que ya el primer badajazo
Suena a cosa repetida.

Por más cerca que tú suenes
Cuando triste paso y errante,
Para mí eres como un sueño,
Me suenas siempre distante...

A cada tañido tuyo,
Vibrante en el cielo abierto,
Más lejos siento el pasado,
Más cerca estoy del desierto.

II

Pantanos que rozan ansias en mi alma en oro bañada...
Tañido lejano de Otras Campanas... Empalidece encarnada
En el trigo la ceniza del poniente... Corre un frío carnal por
[mi alma...

Tão sempre a mesma, a Hora!... Baloiçar de cimos de
                                        [palma...
Silêncio que as folhas fitam em nós... Outono delgado
Dum canto de vaga ave... Azul esquecido em estagnado...
Oh que mudo grito de ânsia põe garras na Hora!
Que pasmo de mim anseia por outra cousa que o que chora!
Estendo as mãos para além, mas ao estendê-las já vejo
Que não é aquilo que quero aquilo que desejo...
Címbalos de Imperfeição... Ó tão antiguidade
A Hora expulsa de si-Tempo!... Onda de recuo que
                                        [invade
O meu abandonar-me a mim próprio até desfalecer,
E recordar tanto o Eu presente que me sinto esquecer!...
Fluido de auréola, transparente de Foi, oco de ter-se...
O Mistério sabe-me a eu ser outro... Luar sobre o não
                                        [conter-se...
A sentinela é hirta – a lança que finca no chão
É mais alta do que ela... Pra que é tudo isto?... Dia chão...
Trepadeiras de despropósito lambendo de Hora os Aléns...
Horizontes fechando os olhos ao espaço em que são elos de
                                        [erro...
Fanfarras de ópios de silêncios futuros... Longes
                                        [trens...
Portões vistos longe... através das árvores... tão de ferro!...

                        29-Março-1913.

¡Tan igual a sí misma, la Hora, siempre!... Vaivén de copas
                                    [de palma...
Silencio que las hojas miran en nosotros... Otoño ido
En un canto de ave imprecisa... Azul estancado, perdido...
¡Oh, qué mudo grito de ansiedad pone garras a la Hora!
¡Qué asombro de mí se desvive por algo que no es lo que llora!
Extiendo hacia el más allá mis manos, y al extenderlas veo
Que no es aquello que quiero aquello que deseo...
Címbalos de Imperfección... ¡Oh qué remota
Es la Hora que de sí expulsa el Tiempo!... ¡Ola en repliegue
                                    [de la que brota
El abandono que hago de mí hasta perecer,
Y de tanto recordar el Yo presente ya no me siento ser!...
Aureola que fluye, Fue transparente, hueco en que tenerse...
El Misterio me sabe a ser otro... Luz de luna sobre el no
                                    [contenerse...
El centinela, yerto – la lanza que ha hincado en tierra
Es más alta que él... ¿Para qué todo esto?... El día yerra...
Hiedras de desmesura cubriendo con la Hora tanto Más Allá...
Horizontes que cierran los ojos al espacio enhebrado de
                                    [falta...
Fanfarrias de opios de silencios futuros... Carruaje distante
                                    [que allá va...
Ventanas vistas de lejos... a través de los árboles... ¡tan altas!

29 de marzo de 1913.

CHUVA OBLÍQUA
POEMAS INTERSECCIONISTAS

I

Atravessa esta paisagem o meu sonho dum porto infinito
E a cor das flores é transparente de as velas de grandes
[navios
Que largam do cais arrastando nas águas por sombra
Os vultos ao sol daquelas árvores antigas...

O porto que sonho é sombrio e pálido
E esta paisagem é cheia de sol deste lado...
Mas no meu espírito o sol deste dia é porto sombrio
E os navios que saem do porto são estas árvores ao sol...

Liberto em duplo, abandonei-me da paisagem abaixo...
O vulto do cais é a estrada nítida e calma
Que se levanta e se ergue como um muro,
E os navios passam por dentro dos troncos das árvores
Com uma horizontalidade vertical,
E deixam cair amarras na água pelas folhas uma a uma
[dentro...

LLUVIA OBLICUA
POEMAS INTERSECCIONISTAS[4]

I

Atraviesa este paisaje mi sueño de un puerto infinito
Y el color de las flores es transparente en las velas de
[grandes barcos
Que zarpan del muelle arrastrando en las aguas en sombra
Los bultos al sol de aquellos árboles antiguos...

El puerto que sueño es pálido y sombrío
Y el paisaje está lleno de sol de este lado...
Mas en mi espíritu el sol de este día es un puerto sombrío
Y los barcos que salen del puerto son estos árboles al sol...

Dos veces liberado, me abandoné paisaje abajo...
El bulto del muelle es la senda nítida y calma
Que al elevarse se yergue como un muro,
Y los barcos pasan por dentro de los troncos de los árboles
Con una horizontalidad vertical,
Y dejan caer amarras en el agua por dentro de las hojas, una
[a una...

4. Pessoa rechazó siempre la homologación entre el futurismo ita-
liano y el portugués. Si bien no dejó de reconocer la incidencia del
primero sobre algunos de sus amigos (Almada Negreiros y Santa Rita Pintos, en especial), renegó de toda identificación entre su propia producción, a la que llamó *páulica* o *interseccionista* y la corriente de la que en Italia fue vocero superlativo Marinetti. En un texto
que firma Álvaro de Campos se lee: "La actitud principal del futurismo [italiano] es la Objetividad Absoluta, la eliminación del arte,

Não sei quem me sonho...
Súbito toda a água do mar do porto é transparente
E vejo no fundo, como uma estampa enorme que lá
                              [estivesse desdobrada,
Esta paisagem toda, renque de árvores, estrada a arder em
                              [aquele porto,
E a sombra duma nau mais antiga que o porto que passa
      Entre o meu sonho do porto e o meu ver esta paisagem
      E chega ao pé de mim, e entra por mim dentro,
      E passa para o outro lado da minha alma...

II

Ilumina-se a igreja por dentro da chuva deste dia,
E cada vela que se acende é mais chuva a bater na
                              [vidraça...

Alegra-me ouvir a chuva porque ela é o templo estar aceso,
E as vidraças da igreja vistas de fora são o som da chuva
                              [ouvido por dentro...

No sé quién me sueño...
De súbito toda el agua del mar del puerto es transparente
Y veo en el fondo, como una estampa enorme que allí fuese
[desplegada,
Todo este paisaje, hilera de árboles, senda que arde en aquel
[puerto,
Y la sombra de un galeón más antiguo que el puerto que pasa.
Entre mi sueño del puerto y mi visión de este paisaje
Y llega junto a mí, y en mí se adentra,
Y pasa al otro lado de mi alma...

II

Se ilumina la iglesia dentro de la lluvia de este día,
Y cada vela que se prende es más lluvia que golpea en el
[vitral...

Me alegra oír la lluvia porque ella es el templo encendido,
Y los vitrales de la iglesia vistos desde afuera son el sonido
[de la lluvia oído desde adentro...

---

de todo cuanto es *alma*, de cuanto es sentimiento, emoción, liris-
mo, subjetividad en suma. El futurismo es dinámico y analítico por
excelencia. Pues bien, si hay algo que es típico del Interseccionismo
(tal el nombre del movimiento portugués) es la subjetividad excesiva, la síntesis extrema, la exageración de la actitud *estática*". Como señala Raúl Morodo ("*Fernando Pessoa e as Revoluções Nacio-
nais Europeias*"), Ed. Caminho, Porto, 1998, p. 78 y 79, "Las revistas
Orpheu (Orfeo), más ecléctico, y sobre todo, como su nombre lo in-
dica, *Portugal Futurista* son correctamente consideradas como expresión de vanguardia y del modernismo portugués". De éste, sólo llegó a editarse un número en 1917. *(N. del T.)*

O esplendor do altar-mor é o eu não poder quasi ver os
                                                    [montes
Através da chuva que é ouro tão solene na toalha do
                                                    [altar...
Soa o canto do coro, latino e vento a sacudir-me a vidraça
E sente-se chiar a água no facto de haver coro...

A missa é um automóvel que passa
Através dos fiéis que se ajoelham em hoje ser um dia triste...
Súbito vento sacode em esplendor maior
A festa da catedral e o ruído da chuva absorve tudo
Até só se ouvir a voz do padre água perder-se ao longe
Com o som de rodas de automóvel...

E apagam-se as luzes da igreja
Na chuva que cessa...

III

A Grande Esfinge do Egipto sonha por este papel dentro...
Escrevo – e ela aparece-me através da minha mão
                                                    [transparente
E ao canto do papel erguem-se as pirâmides...

Escrevo – perturbo-me de ver o bico da minha pena
Ser o perfil do rei Quéops...
De repente paro...
Escureceu tudo... Caio por um abismo feito de tempo...
Estou soterrado sob as pirâmides a escrever versos à luz
                                        [clara deste candeeiro
E todo o Egipto me esmaga de alto através dos traços que
                                        [faço com a pena...

18

El esplendor del altar mayor es mi impotencia para ver los
[montes
A través de la lluvia que es oro tan solemne en el mantel del
[altar...
Suena el canto del coro, latín y viento me sacuden el vitral
Y se siente gemir el agua en el hecho de haber coro...

La misa es un auto que pasa
a través de los fieles que se arrodillan en lo triste de este día...
Un viento súbito sacude con esplendor
la fiesta de la catedral y el ruido de la lluvia absorbe todo
Hasta que sólo se oye la voz del cura agua perdiéndose a lo lejos
Con el chirriar de las llantas del auto...

Y se apagan las luces de la iglesia
En la lluvia que cesa...

III

La Gran Esfinge de Egipto sueña papel adentro...
Escribo – y ella se me aparece a través de mi mano
[transparente
Y al borde del papel se yerguen las pirámides...

Escribo – y me turbo al ver que la punta de mi pluma
Es el perfil del rey Keops...
De pronto me detengo...
Todo oscureció... Caigo en un abismo hecho de tiempo...
Estoy enterrado bajo las pirámides escribiendo versos bajo
[la luz clara de esta lámpara
Y todo Egipto me aplasta desde lo alto a través de los trazos
[de mi pluma...

Ouço a Esfinge rir por dentro
O som na minha pena a correr no papel...
Atravessa o eu não poder vê-la uma mão enorme,
Varre tudo para o canto do tecto que fica por detrás de mim,
E sobre o papel onde escrevo, entre ele e a pena que
                                        [escreve
Jaz o cadáver do rei Keops, olhando-me com olhos muito
                                        [abertos,
E entre os nossos olhares que se cruzam corre o Nilo
E uma alegria de barcos embandeirados erra
Numa diagonal difusa
Entre mim e o que eu penso...

Funerais do rei Quéops em ouro velho e Mim!...

IV

Que pandeiretas o silêncio deste quarto!...
As paredes estão na Andaluzia...
Há danças sensuais no brilho fixo da luz...

De repente todo o espaço pára...,
Pára, escorrega, desembrulha-se...,
E num canto do tecto, muito mais longe do que ele está,
Abrem mãos brancas janelas secretas
E há ramos de violetas caindo
De haver uma noite de primavera lá fora
Sobre o eu estar de olhos fechados...

Oigo a la Esfinge reír por dentro
El sonido de mi pluma que corre en el papel...
Una mano enorme atraviesa el que yo no pueda verla,
Barre todo hacia el borde del techo que está detrás de mí,
Y sobre el papel donde escribo, entre él y la pluma que
[escribe,
Yace el cadáver del rey Keops, mirándome con los ojos muy
[abiertos,
Y entre nuestras miradas que se cruzan corre el Nilo
Y una alegría de barcos embanderados yerra
En una diagonal difusa
Entre mí y lo que pienso...

¡Funerales del rey Keops en oro viejo y en Mí!...

IV

¡Qué panderetas el silencio de este cuarto!...
Las paredes están en Andalucía...
Hay danzas sensuales en el brillo fijo de la luz...

De pronto todo el espacio se detiene...
Se detiene, resbala, se desata...
Y en un rincón del techo, mucho más lejos de donde él está,
abren manos blancas ventanas secretas
Y ramos de violetas van cayendo
Desde ese haber una noche de primavera allá afuera
Sobre el mi estar de ojos cerrados...

V

Lá fora vai um redemoinho de sol os cavalos do carroussel...
Árvores, pedras, montes, bailam parados dentro de mim...
Noite absoluta na feira iluminada, luar no dia de sol lá
[fora,
E as luzes todas da feira fazem ruído dos muros do
[quintal...
Ranchos de raparigas de bilha à cabeça
Que passam lá fora, cheias de estar sob o sol,
Cruzam-se com grandes grupos peganhentos de gente que
[anda na feira,
Gente toda misturada com as luzes das barracas, com a
[noite e com o luar,
E os dois grupos encontram-se e penetram-se
Até formarem só um que é os dois...
A feira e as luzes da feira e a gente que anda na feira,
E a noite que pega na feira e a levanta no ar,
Andam por cima das copas das árvores cheias de sol,
Andam visivelmente por baixo dos penedos que luzem ao sol,
Aparecem do outro lado das bilhas que as raparigas levam à
[cabeça,
E toda esta paisagem de primavera é a lua sobre a feira,
E toda a feira com ruídos e luzes é o chão deste dia de sol...

De repente alguém sacode esta hora dupla como numa peneira
E, misturado, o pó das duas realidades cai
Sobre as minhas mãos cheias de desenhos de portos
Com grandes naus que se vão e não pensam em voltar...
Pó de ouro branco e negro sobre os meus dedos...
As minhas mãos são os passos daquela rapariga que
[abandona a feira,
Sozinha e contente como o dia de hoje...

V

Allá afuera en remolino de sol giran los caballos de la calesita...
Árboles, piedras, montes, bailan inmóviles dentro de mí...
Noche absoluta en la feria iluminada, luz de luna en el día
                                        [de sol allá afuera,
Y todas las luces de la feria se hacen eco de los ruidos de los
                                        [muros del huerto...
Grupos de muchachas con cántaros en la cabeza
Que pasan allá afuera, plenas de tanto sol,
Se cruzan con grandes grupos viscosos de gente que anda
                                        [por la feria,
Gente mezclada con las luces de las carpas, con la noche y
                                        [el resplandor de la luna,
Y los dos grupos se encuentran y penetran
Hasta formar sólo uno que es los dos...
La feria y las luces de la feria y la gente que anda en la feria,
Y la noche que envuelve a la feria y la alza en el aire,
Van por sobre las copas de los árboles colmadas de sol,
Van visiblemente por debajo de los peñascos que lucen al sol,
Aparecen del otro lado de los cántaros que las muchachas
                                        [llevan en sus cabezas,
Y todo el paisaje de primavera es la luna sobre la feria,
Y toda la feria con ruidos y luces es el suelo de este día de sol...

De pronto alguien sacude esta hora doble como en un tamiz
Y, mezclado, el polvo de las dos realidades cae
Sobre mis manos llenas de dibujos de puertos
Donde grandes veleros zarpan sin pensar en volver...
Polvo de oro blanco y negro sobre mis dedos...
Mis manos son los pasos de aquella muchacha que
                                        [abandona la feria,
Sola y contenta como el día de hoy...

VI

O maestro sacode a batuta,
E lânguida e triste a música rompe...
Lembra-me a minha infância, aquele dia
Em que eu brincava ao pé dum muro de quintal
Atirando-lhe com uma bola que tinha dum lado
O deslizar dum cão verde, e do outro lado
Um cavalo azul a correr com um jockey amarelo...

Prossegue a música, e eis na minha infância
De repente entre mim e o maestro, muro branco,
Vai e vem a bola, ora um cão verde,
Ora um cavalo azul com um jockey amarelo...

Todo o teatro é o meu quintal, a minha infância
Está em todos os lugares, e a bola vem a tocar música
Uma música triste e vaga que passeia no meu quintal
Vestida de cão verde tornando-se jockey amarelo...
(Tão rápida gira a bola entre mim e os músicos...)

Atiro-a de encontro à minha infância e ela
Atravessa o teatro todo que está aos meus pés
A brincar com um jockey amarelo e um cão verde
E um cavalo azul que aparece por cima do muro
Do meu quintal... E a música atira com bolas
À minha infância... E o muro do quintal é feito de gestos
De batuta e rotações confusas de cães verdes
E cavalos azuis e jockeys amarelos...

VI

El maestro agita la batuta,
Y lánguida y triste la música irrumpe...
Me recuerda mi infancia, aquel día
En que yo jugaba junto al muro de la huerta
Arrojando contra él una pelota que por un lado tenía
El deslizar de un perro verde, y del otro,
Un caballo azul corriendo con un jockey amarillo...

Prosigue la música, y he aquí que en mi infancia
De pronto entre mí y el maestro, muro blanco,
Va y viene la pelota, a veces perro verde,
Caballo azul a veces con un jockey amarillo...

Todo el teatro es mi huerto, mi infancia
Está en todas partes, y la pelota viene a tocar música,
Una música triste y vaga que pasea por mi huerta
Vestida de perro verde que se convierte en jockey amarillo...
(Tan rápida gira la pelota entre los músicos y yo...)

Lanzo la pelota al encuentro de mi infancia y ella
Cruza todo el teatro tendido a mis pies
Jugando con un jockey amarillo y un perro verde
Y un caballo azul que se asoma por sobre el muro
De mi huerta... Y la música lanza pelotas
A mi infancia... Y el muro del huerto está hecho de gestos
De batuta y rotaciones confusas de perros verdes
Y caballos azules y jockeys amarillos...

Todo o teatro é um muro branco de música
Por onde um cão verde corre atrás da minha saudade
Da minha infância, cavalo azul com um jockey amarelo...

E dum lado para o outro, da direita para a esquerda,
Donde há árvores e entre os ramos ao pé da copa
Com orquestras a tocar música,
Para onde há filas de bolas na loja onde a comprei
E o homem da loja sorri entre as memórias da minha infância...

E a música cessa como um muro que desaba,
A bola rola pelo despenhadeiro dos meus sonhos
                                [interrompidos,
E do alto dum cavalo azul, o maestro, jockey amarelo
                                [tornando-se preto,
Agradece, pousando a batuta em cima da fuga dum muro,
E curva-se, sorrindo, com uma bola branca em cima da
                                [cabeça,
Bola branca que lhe desaparece pelas costas abaixo...

8 de Março de 1914.

Todo el teatro es un muro blanco de música
Por donde un perro verde corre detrás de mi nostalgia
De mi infancia, caballo azul con un jockey amarillo...

Y de un lado a otro, de derecha a izquierda,
Donde hay árboles y entre las ramas junto a la copa
Con orquestas tocando música,
Donde hay filas de pelotas en la tienda donde la compré
Y el tendero sonríe entre los recuerdos de mi infancia...

Y la música cesa como un muro que se desploma,
La pelota rueda por el despeñadero de mis sueños
                                        [interrumpidos,
Y desde lo alto de un caballo azul, el maestro, jockey
                                        [amarillo que se vuelve negro,
Agradece, posando la batuta sobre la fuga de un muro,
Y se inclina, sonriendo, con una pelota blanca sobre la
                                        [cabeza,
Pelota blanca que desaparece por su espalda...

8 de marzo de 1914.

HORA ABSURDA

O teu silêncio é uma nau com todas as velas pandas...
Brandas, as brisas brincam nas flâmulas, teu sorriso...
E o teu sorriso no teu silêncio é as escadas e as andas
Com que me finjo mais alto e ao pé de qualquer paraíso...

Meu coração é uma ânfora que cai e que se parte...
O teu silêncio recolhe-o e guarda-o, partido, a um canto...
Minha ideia de ti é um cadáver que o mar traz à praia..., e
                                                    [entanto
Tu és a tela irreal em que erro em cor a minha arte...

Abre todas as portas e que o vento varra a ideia
Que temos de que um fumo perfuma de ócio os salões...
Minha alma é uma caverna enchida pla maré cheia,
E a minha ideia de te sonhar uma caravana de histriões...

Chove ouro baço, mas não no lá-fora... É em mim... Sou a Hora,
E a Hora é de assombros e toda ela escombros dela...
Na minha atenção há uma viúva pobre que nunca chora...
No meu céu interior nunca houve uma única estrela...

Hoje o céu é pesado como a ideia de nunca chegar a um porto...
A chuva miúda é vazia... A Hora sabe a ter sido...
Não haver qualquer cousa como leitos para as naus!... Absorto
Em se alhear de si, teu olhar é uma praga sem
                                                    [sentido...

Todas as minhas horas são feitas de jaspe negro,
Minhas ânsias todas talhadas num mármore que não há,

HORA ABSURDA

Tu silencio es todas las velas desplegadas de un galeón...
Suaves las brisas juegan en los incontables banderines...
Y tu sonrisa en tu silencio es cada umbral, cada escalón
Donde me finjo más alto oteando los confines...

Mi corazón es un ánfora que cae y que se parte...
Tu silencio lo recoge y, roto, lo deja a un costado...
Mi idea de ti es un cadáver que el mar trae a la playa... y a su
                                                         [lado
Tú eres la tela irreal en que yerran los colores de mi arte...

Abre todas las puertas y que el viento barra la idea
Que tenemos de que un humo perfuma de ocio los salones...
Mi alma es una caverna henchida por la marea,
Y mi idea de soñarte, una caravana de histriones...

Llueve oro opaco, no afuera sino en mí... Yo soy la Hora,
Y la Hora es de asombros y toda escombros es ella...
Atrae mi atención una pobre viuda que no llora...
En mi cielo interior nunca hubo una estrella...

Hoy el cielo pesa como la idea de no llegar jamás...
La llovizna es vacía... La Hora sabe a haber sido...
¡Ah, qué pena que no haya algo como lechos para naves!...
Absorta en alienarse, tu mirada es una maldición sin
                                                         [sentido...

Todas mi horas están labradas en jaspe negro,
Mis ansias todas talladas en un mármol que no es,

Não é alegria nem dor esta dor com que me alegro,
E a minha bondade inversa não é nem boa nem má...

Os feixes dos lictores abriram-se à beira dos caminhos...
Os pendões das vitórias medievais nem chegaram às
                                        [cruzadas...
Puseram in-fólios úteis entre as pedras das barricadas...
E a erva cresceu nas vias-férreas com viços daninhos...

Ah, como esta hora é velha!... E todas as naus partiram!...
Na praia só um cabo morto e uns restos de vela falam
Do Longe, das horas do Sul, de onde os nossos sonhos
                                        [tiram
Aquela angústia de sonhar mais que até para si
                                        [calam...

O palácio está em ruínas... Dói ver no parque o abandono
Da fonte sem repuxo... Ninguém ergue o olhar da estrada
E sente saudades de si ante aquele lugar-outono...
Esta paisagem é um manuscrito com a frase mais bela
                                        [cortada...

A doida partiu todos os candelabros glabros,
Sujou de humano o lago com cartas rasgadas, muitas...
E a minha alma é aquela luz que não mais haverá nos
                                        [candelabros...
E que querem ao lado aziago minhas ânsias, brisas
                                        [fortuitas?...

Porque me aflijo e me enfermo?... Deitam-se nuas
                                        [ao luar
Todas as ninfas... Veio o sol e já tinham partido...
O teu silêncio que me embala é a ideia de naufragar,
E a ideia de a tua voz soar a lira dum Apolo fingido...

No es alegría mi dolor este dolor con que me alegro
Y no es buena ni es mala mi bondad, es al revés...

Haces de lictores se abrieron a la vera del camino...
El pendón de las victorias medievales ni llegó a las
                                                    [Cruzadas...
Pusieron infolios útiles entre piedras de barricadas...
Y en las vías férreas crecieron hierbas con vigor dañino...

¡Ah qué vieja es esta hora!... ¡Y no hay naves en el puerto!...
En la playa un cabo suelto y restos de vela abultan,
Hablan de lo Lejano, de horas del Sur, de donde nuestros
                                                    [sueños muertos
Extraen aquella angustia de soñar que hasta a sí mismos se
                                                    [ocultan...

El palacio está en ruinas... Duele ver en el parque el abandono
De la fuente sin surtidor... Nadie alza del camino su mirada
Ni siente nostalgias de sí ante ese otoño sin tonos...
Este paisaje es un manuscrito con su frase más bella
                                                    [cortada...

La loca rompió los desnudos candelabros,
Tiñó de humano el lago con cartas rotas, tantas...
Y mi alma es esa luz que ya no habrá en los
                                                    [candelabros...
¿Y a su lado infausto, brisas fortuitas, querrán mis
                                                    [ansias?

¿Por qué me aflijo y me enfermo?... Desnudas, se echan a
                                                    [descansar
Las ninfas bajo la luna... Llegó el sol y se habían ido...
El silencio en que me arrullas me sabe a naufragar
Y al sonar tu voz parece la lira de un Apolo fingido...

Já não há caudas de pavões todas olhos nos jardins de
[outrora...
As próprias sombras estão mais tristes... Ainda
Há rastos de vestes de aias (parece) no chão, e ainda chora
Um como que eco de passos pela alameda que eis finda...

Todos os ocasos fundiram-se na minha alma...
As relvas de todos os prados foram frescas sob meus pés frios...
Secou em teu olhar a ideia de te julgares calma,
E eu ver isso em ti é um porto sem navios...

Ergueram-se a um tempo todos os remos... Pelo ouro das
[searas
Passou uma saudade de não serem o mar... Em frente
Ao meu trono de alheamento há gestos com pedras raras...
Minha alma é uma lâmpada que se apagou e ainda está
[quente...

Ah, e o teu silêncio é um perfil de píncaro ao sol!
Todas as princesas sentirem o seio oprimido...
Da última janela do castelo só um girassol
Se vê, e o sonhar que há outros põe brumas no nosso sentido...

Sermos, e não sermos mais!... Ó leões nascidos na jaula!...
Repique de sinos para além, no Outro Vale... Perto?...
Arde o colégio e uma criança ficou fechada na aula...
Porque não há-de ser o Norte o Sul?... O que está
[descoberto?...

E eu deliro... De repente pauso no que penso... Fito-te
E o teu silêncio é uma cegueira minha... Fito-te e sonho...
Há coisas rubras e cobras no modo como medito-te,
E a tua ideia sabe à lembrança de um sabor medonho...

32

Ya no hay colas de pavos todas ojos en jardines de
[otrora...
Hasta las sombras están más tristes... Perduran
Restos de ropajes de ayas en el suelo, y aún llora
Algo como un eco de pasos en la alameda, mas no dura...

Todos los ocasos se fundieron en mi alma...
Todos los prados fueron frescos bajo mis pies fríos...
Se marchitó en tus ojos la ilusión de creerte en calma,
Y el estar viendo eso en ti es un puerto ya vacío...

A un tiempo se alzaron todos los remos... A las mieses
[doradas
Las rozó, como una brisa, la pena de no poder ser mar... Frente
A mi trono de enajenado hay gestos con piedras talladas...
Mi alma es un candil que aún sin luz se muestra
[ardiente...

¡Ah, tu silencio es un perfil de cumbre al sol!
Todas las princesas sintieron su pecho oprimido...
Desde la última ventana del castillo sólo un girasol
Se ve y soñar que hay más abruma los sentidos...

¡Ser y dejar de ser!... ¡Oh leones nacidos enjaulados!
Tañen campanas allá, en el Otro Valle... ¿Cuál?...
Arde el colegio y en él hay un niño atrapado...
¿Por qué no ha de ser el Norte, Sur?... ¿Qué es
[lo real?...

Y deliro... Me detengo de pronto en lo que pienso... Te miro
Te miro y te sueño... Y tu silencio es una ceguera mía...
Hay cosas rojas y cobras en el modo en que te deliro
Y tu idea me recuerda el sabor de una agonía...

Para que não ter por ti desprezo? Porque não perdê-lo?...
Ah, deixa que eu te ignore... O teu silêncio é um leque –
Um leque fechado, um leque que aberto seria tão belo, tão belo,
Mas mais belo é não o abrir, para que a Hora não
                                                    [peque...

Gelaram todas as mãos cruzadas sobre todos os peitos...
Murcharam mais flores do que as que havia no jardim...
O meu amar-te é uma catedral de silêncios eleitos,
E os meus sonhos uma escada sem princípio mas com fim...

Alguém vai entrar pela porta... Sente-se o ar
                                                    [sorrir...
Tecedeiras viúvas gozam as mortalhas de virgens que
                                                    [tecem...
Ah, o teu tédio é uma estátua de uma mulher que há-de vir,
O perfume que os crisântemos teriam, se o tivessem...

É preciso destruir o propósito de todas as pontes,
Vestir de alheamento as paisagens de todas as terras,
Endireitar à força a curva dos horizontes,
E gemer por ter de viver, como um ruído brusco de
                                                    [serras...

Há tão pouca gente que ame as paisagens que não existem!...
Saber que continuará a haver o mesmo mundo amanhã –
                                                    [como nos desalegra!...
Que o meu ouvir o teu silêncio não seja nuvens que
                                                    [atristem
O teu sorriso, anjo exilado, e o teu tédio, auréola negra...

Suave, como ter mãe e irmãs, a tarde rica desce...
Não chove já, e o vasto céu é um grande sorriso imperfeito...

¿Por qué no despreciarte? ¿Por qué no dejar de hacerlo?
Ah, permite que te ignore... Tu silencio es un cerrado
Abanico – un abanico al que quisiera verlo
Abierto. Pero mejor es que no y que la Hora no incurra en
                                            [pecado...

Se helaron todas las manos cruzadas sobre todos los pechos...
Se marchitaron más flores de las que había en el jardín...
Amarte es una catedral de silencios y despechos,
Y mis sueños una escalera sin principio y con fin...

Alguien se apronta a entrar por esa puerta... El aire sonríe
                                            [transparente...
Viudas gozan mientras tejen las mortajas que a vírgenes
                                            [habrán de envolver...
Ah, tu tedio es la estatua de una mujer inminente,
Qué perfume tendrían los crisantemos, si lo supiesen tener...

Es preciso destruir la intención de todos los puentes,
Vestir de alienación el paisaje de todas las tierras,
Enderezar la curva de todo horizonte es urgente,
Y gemir por tener que vivir, como un áspero ruido de
                                            [sierras...

¡Hay tan poca gente que ame los paisajes irreales!...
¡Cómo apena saber que el mundo seguirá siendo el mismo
                                            [mañana!...
Que mi oír tu silencio no sea nubes que empañan,
                                            [desleales,
Tu sonrisa de ángel en exilio, y tu tedio, aureola vana...

Suave, como tener madre y hermanas, cae la tarde colorida...
No llueve ya, y el cielo es una gran sonrisa ahíta...

A minha consciência de ter consciência de ti é uma prece,
E o meu saber-te a sorrir é uma flor murcha a meu peito...

Ah, se fôssemos duas figuras num longínquo vitral!...
Ah, se fôssemos as duas cores de uma bandeira de glória!...
Estátua acéfala posta a um canto, poeirenta pia batismal,
Pendão de vencidos tendo escrito ao centro este lema –
                                                    [*Vitória!*

O que é que me tortura?... Se até a tua face calma
Só me enche de tédios e de ópios de ócios medonhos!...
Não sei... Eu sou um doido que estranha a sua própria alma...
Eu fui amado em efígie num país para além dos sonhos...

Lisboa, 4 de Julho de 1913.

Mi conciencia de tener de ti conciencia es una herida,
Y el saberte sonriendo es una flor en mi pecho marchita...

¡Ah, si fuésemos dos figuras en un lejano vitral!...
¡Ah, si fuésemos los dos colores de una bandera de gloria!...
Arrinconada estatua acéfala, polvorienta pila bautismal,
Pendón de vencidos que en su centro tiene por lema escrito
[– ¡*Victoria!*

¿Qué me tortura?... ¡Si hasta tu rostro en calma
Sólo me llena de ocios y de opios de horrendos tedios!...
No sé... Yo soy un loco que extraña su propia alma...
Fui amado en efigie en un país más allá de los sueños...

Lisboa, 4 de julio de 1913.

37

PASSOS DA CRUZ

I

Esqueço-me das horas transviadas...
O outono mora mágoas nos outeiros
E põe um roxo vago nos ribeiros...
Hóstia de assombro a alma, e toda estradas...

Aconteceu-me esta paisagem, fadas
De sepulcros a orgíaco... Trigueiros
Os céus da tua face, e os derradeiros
Tons do poente segredam nas arcadas...

No claustro sequestrando a lucidez
Um espasmo apagado em ódio à ânsia
Põe dias de ilhas vistas do convés

No meu cansaço perdido entre os gelos,
E a cor do outono é um funeral de apelos
Pela estrada da minha dissonância...

II

Há um poeta em mim que Deus me disse...
A primavera esquece nos barrancos
As grinaldas que trouxe dos arrancos
Da sua efémera e espectral ledice...

PASOS DE LA CRUZ

I

Me olvido de las horas extraviadas...
El otoño siembra penas en las cuestas
Y en los arroyos fija el ocre vago de la puesta
Del sol. Hostia de asombros el alma desperdigada...

Me sucedió este paisaje, hadas
De sepulcros orgiásticos... Trigueños
Los cielos de tu cara, y de sueños
Siembran los tonos del poniente las arcadas...

En el claustro, nublando el alma abierta,
Un espasmo tenue con odio a las ansias
Pone días de islas vistas desde cubierta

En mi cansancio perdido entre los hielos,
Y el tono del otoño es funeral de anhelos
Por el camino de mi disonancia...

II

A un poeta, en mí, Dios da sustento...
La primavera olvida en las lomadas
Las guirnaldas que trajo arracimadas
Desde su espectral y efímero contento...

Pelo prado orvalhado a meninice
Faz soar a alegria os seus tamancos...
Pobre de anseios teu ficar nos bancos
Olhando a hora como quem sorrisse...

Florir do dia a capitéis de Luz...
Violinos do silêncio enternecidos...
Tédio onde o só ter tédio nos seduz...

Minha alma beija o quadro que pintou...
Sento-me ao pé dos séculos perdidos
E cismo o seu perfil de inércia e voo...

III

Adagas cujas jóias velhas galas...
Opalesci amar-me entre mãos raras,
E, fluido a febres entre um lembrar de aras,
O convés sem ninguém cheio de malas...

O íntimo silêncio das opalas
Conduz orientes até jóias caras,
E o meu anseio vai nas rotas claras
De um grande sonho cheio de ócio e salas...

Passa o cortejo imperial, e ao longe
O povo só pelo cessar das lanças
Sabe que passa o seu tirano, e estruge

Sua ovação, e erguem as crianças...
Mas no teclado as tuas mãos pararam
E indefinidamente repousaram...

Deja oír la niñez a su paso por el prado
cubierto de vacío, la alegría bulliciosa...
Ido, pobre de anhelos, reposas
En la hora absorto, como un embrujado...

Florece el día en capiteles donde lucen
Violines de silencio enternecidos...
Tedio donde sólo el tedio nos seduce...

En el cuadro que pintó halla consuelo
Mi alma. Y a orillas de los siglos sucedidos
Medito su perfil de inercia y vuelo...

III

Dagas enjoyadas, viejas galas... Y yo abierto
En ópalo me amé entre manos raras,
Y fluido en fiebre y en un recuerdo de aras,
El combés, sin nadie, de maletas va cubierto...

El íntimo silencio de los laberintos
Lleva a los orientes de mil joyas caras,
Y mis afanes van por las rutas claras
De un gran sueño lleno de ocio y recintos...

Pasa el cortejo imperial, y tras las vallas
El pueblo sólo por las erguidas lanzas
Sabe que su tirano pasa y estalla

Su ovación. En sus manos a los niños alzan...
Pero las tuyas sobre el teclado se aquietaron
E indefinidamente reposaron...

IV

Ó tocadora de harpa, se eu beijasse
Teu gesto, sem beijar as tuas mãos!,
E, beijando-o, descesse plos desvãos
Do sonho, até que enfim eu o encontrasse

Tornado Puro Gesto, gesto-face
Da medalha sinistra – reis cristãos
Ajoelhando, inimigos e irmãos,
Quando processional o andor passasse!...

Teu gesto que arrepanha e se extasia...
O teu gesto completo, lua fria
Subindo, e em baixo, negros, os juncais...

Caverna em estalactites o teu gesto...
Não poder eu prendê-lo, fazer mais
Que vê-lo e que perdê-lo!... E o sonho é o resto...

V

Ténue, roçando sedas pelas horas,
Teu vulto ciciante passa e esquece,
E dia a dia adias para prece
O rito cujo ritmo só decoras...

Um mar longínquo e próximo humedece
Teus lábios onde, mais que em ti, descoras...
E, alada, leve, sobre a dor que choras,
Sem qu'rer saber de ti a tarde desce...

IV

¡Oh tocadora de arpa, si pudiera
Besar tu gesto sin besar tus manos!,
Y besándolo ascendiera a los rellanos
últimos del sueño y ahí lo viera

Convertido en Puro Gesto, un gesto cara
De medalla siniestra: reyes cristianos
Arrodillándose, enemigos y hermanos,
Cuando la lenta procesión pasara!...

Tu gesto que cautiva y extasía...
Ese gesto completo, luna fría
Subiendo y abajo, lo negro del juncal...

Caverna de estalactitas es tu gesto...
¡Ah, no poder apresarlo ni lograr
Más que verlo y perderlo! Es sueño el resto...

V

Tenue, rozando sedas de hora en hora,
Tu rostro susurrante olvida y pasa,
Y día a día con un rezo aplazas
El rito cuyo ritmo tanto adoras...

Un mar lejano y próximo humedece
Tus labios. De ellos, más que de ti, huye el color
Y alada, leve, sobre el penar de tu dolor,
Sin querer saber de ti, la noche crece...

Erra no ante-luar a voz dos tanques...
Na quinta imensa gorgolejam águas,
Na treva vaga ao meu ter dor estanques...

Meu império é das horas desiguais,
E dei meu gesto lasso às algas mágoas
Que há para além de sermos outonais...

VI

Venho de longe e trago no perfil,
Em forma nevoenta e afastada,
O perfil de outro ser que desagrada
Ao meu actual recorte humano e vil.

Outrora fui talvez, não Boabdil,
Mas o seu mero último olhar, da estrada
Dado ao deixado vulto de Granada,
Recorte frio sob o unido anil...

Hoje sou a saudade imperial
Do que já na distância de mim vi...
Eu próprio sou aquilo que perdi...

E nesta estrada para Desigual
Florem em esguia glória marginal
Os girassóis do império que morri...

La voz de las fuentes yerra en el ido anochecer...
Gorjean las aguas en la extendida bruma,
Y en la tiniebla vaga mi estancada pena de ser...

El mío es un imperio de horas desiguales,
Y di mi gesto agónico a la pena de la espuma
Que subsiste más allá de que seamos otoñales...

VI

Vengo de lejos y llevo en el perfil
En forma nebulosa y distanciada
El perfil de otro ser que desagrada
Mi silueta actual humana y vil.

Tal vez antaño fui, no Boabdil,
Sino, desde el camino, su postrer mirada
Hacia el perdido bulto de Granada,
Fría silueta bajo un tono añil...

Yo soy esta nostalgia de veras imperial
De cuanto en la distancia vi de mí...
Yo mismo soy aquello que perdí...

Y en ese camino hacia lo Desigual
Florecen en tenue gloria marginal
Los girasoles del imperio que yo fui.

VII

Fosse eu apenas, não sei onde ou como,
Uma cousa existente sem viver,
Noite de Vida sem amanhecer
Entre as sirtes do meu dourado assomo...

Fada maliciosa ou incerto gnomo
Fadado houvesse de não pertencer
Meu intuito gloriola com ter
A árvore do meu uso o único pomo...

Fosse eu uma metáfora somente
Escrita nalgum livro insubsistente
Dum poeta antigo, de alma em outras gamas,

Mas doente, e, num crepúsculo de espadas,
Morrendo entre bandeiras desfraldadas
Na última tarde de um império em chamas...

VIII

Ignorado ficasse o meu destino
Entre pálios (e a ponte sempre à vista),
E anel concluso a chispas de ametista
A frase falha do meu póstumo hino...

Florescesse em meu glabro desatino
O himeneu das escadas da conquista
Cuja preguiça, arrecadada, dista
Almas do meu impulso cristalino...

VII

Fuese yo apenas, no sé dónde ni cómo,
Una cosa existente aunque sin ser,
Noche de Vida sin amanecer
Entre los arrecifes de mi dorado asomo...

Hada maliciosa o gnomo bruto
Predestinado a no pertenecer,
Mi objeto es ufanarme de tener
Del árbol, para mí, el único fruto...

Fuera yo una metáfora, un lamento
Escrito en el libro sin talento
De un poeta antiguo, cuya alma clama,

Pero que enfermo y, en un crepúsculo de espadas,
Fuese muriendo entre banderas desplegadas
En la última tarde de un imperio en llamas...

VIII

Ojalá ignorada quedara mi suerte
Entre palios (y el puente siempre a la vista),
Anillo forjado con chispas de amatista,
Trunca la frase que anunciará mi muerte...

Ojalá floreciera en mi raso desatino
El himeneo del impulso de conquista,
Más mi pereza, agazapada, dista
Almas de mi anhelo cristalino...

Meus ócios ricos assim fossem, vilas
Pelo campo romano, e a toga traça
No meu soslaio anónimas (desgraça

A vida) curvas sob mãos intranquilas...
E tudo sem Cleópatra teria
Findado perto de onde raia o dia...

IX

Meu coração é um pórtico partido
Dando excessivamente sobre o mar.
Vejo em minha alma as velas vãs passar
E cada vela passa num sentido.

Um soslaio de sombras e ruído
Na transparente solidão do ar
Evoca estrelas sobre a noite estar
Em afastados céus o pórtico ido...

E em palmares de Antilhas entrevistas
Através de, com mãos eis apartados
Os sonhos, cortinados de ametistas,

Imperfeito o sabor de compensando
O grande espaço entre os troféus alçados
Ao centro do triunfo em ruído e bando...

Ojalá mis ricos ocios fuesen villas
Romanas, mientras mi toga con gracia
A mi lado traza anónimas (desgracia

La vida) curvas bajo manos intranquilas...
Y todo sin Cleopatra habría
Acabado al despuntar el día...

IX

Mi corazón es un pórtico partido
Que se vuelca demasiado sobre el mar.
Veo en mi alma las velas al pasar
Y cada vela cruza un sentido.

Un atisbo de sombras y de ruido
En la transparente soledad del cielo
Evoca estrellas que, tras correr el velo
De la noche, dan luz al pórtico partido...

Y en palmeras de Antillas más que vistas,
Presentidas tras los sueños apartados, veo
Fulgurantes cortinas de amatistas.

Que compensan la imperfecta melodía
Del gran espacio que, entre muy altos trofeos,
En el centro del triunfo sólo es ruido y agonía...

X

Aconteceu-me do alto do infinito
Esta vida. Através de nevoeiros,
Do meu próprio ermo ser fumos primeiros,
Vim ganhando, e através estranhos ritos

De sombra e luz ocasional, e gritos
Vagos ao longe, e assomos passageiros
De saudade incógnita, luzeiros
De divino, este ser fosco e proscrito...

Caiu chuva em passados que fui eu.
Houve planícies de céu baixo e neve
Nalguma cousa de alma do que é meu.

Narrei-me à sombra e não me achei sentido.
Hoje sei-me o deserto onde Deus teve
Outrora a sua capital de olvido...

XI

Não sou eu quem descrevo. Eu sou a tela
E oculta mão colora alguém em mim.
Pus a alma no nexo de perdê-la
E o meu princípio floresceu em Fim.

Que importa o tédio que dentro em mim gela,
E o leve outono, e as galas, e o marfim,
E a congruência da alma que se vela
Com os sonhados pálios de cetim?

X

Me sucedió desde lo alto del infinito
Esta vida. A través de brumas y de nieblas
De mi propio yermo ser, de humos y tinieblas,
Vine ganando, y a través de extraños ritos

De sombra y luz ocasional, y gritos
Vagos a lo lejos, y asomos pasajeros
De incógnita nostalgia, luceros
De lo divino, este ser opaco y proscrito...

Cayó lluvia en pasados que yo he sido.
Y llanuras de nieve y cielos bajos hubo
En algo así como el alma que he perdido.

Me narré a la sombra y no me hallé sentido.
Hoy me sé en el desierto donde Dios sostuvo
Su olvidada capital en tiempos idos...

XI

No soy yo quien describe. Soy el lienzo
Y, oculta, una mano colorea a alguien en mí.
Mi alma se perdió en lo que pienso
Y mi principio se extravió resuelto en Fin.

¿Qué importa el tedio que me hiela,
Y el leve otoño, y las galas, y el marfil,
Y la congruencia del alma que ya vela
Con soñados palios su perfil?

Disperso... E a hora como um leque fecha-se...
Minha alma é um arco tendo ao fundo o mar...
O tédio? A mágoa? A vida? O sonho? Deixa-se...

E, abrindo as asas sobre Renovar,
A erma sombra do voo começado
Pestaneja no campo abandonado...

XII

Ela ia, tranquila pastorinha,
Pela estrada da minha imperfeição.
Seguia-a, como um gesto de perdão,
O seu rebanho, a saudade minha...

«Em longes terras hás-de ser rainha»
Um dia lhe disseram, mas em vão...
Seu vulto perde-se na escuridão...
Só sua sombra ante meus pés caminha...

Deus te dê lírios em vez desta hora,
E em terras longe do que eu hoje sinto
Serás, rainha não, mas só pastora –

Só sempre a mesma pastorinha a ir,
E eu serei teu regresso, esse indistinto
Abismo entre o meu sonho e o meu porvir...

Disperso... Y la hora como un abanico se cierra...
Mi alma es un arco y en su fondo el mar que danza...
¿Tedio? ¿Amargura? ¿Vida? ¿Sueño? Yerran...

Unas y otros. Y al abrir alas hacia la Esperanza,
La yerma sombra del vuelo comenzado
Se arrastra sobre el campo abandonado...

XII

Iba ella, en paz, dulce pastora,
Por la senda de mi imperfección.
Yo la seguía, como un gesto de perdón,
Y su rebaño era mi nostalgia, otrora...

"Tú serás reina, en tierras lejanas",
Un día le dijeron, pero en vano...
Se apaga su forma con la luz del verano...
Sólo su sombra con mis pies se hermana...

Dios te dé lirios en vez de esta hora,
Y en otras tierras, lejos de lo que siento,
No serás reina, no, sino pastora –

Nada sino esa tierna pastora en el sendero duro,
Y yo seré tu regreso, tal como presiento,
Abismo entre mi sueño y el futuro...

XIII

Emissário de um rei desconhecido,
Eu cumpro informes instruções de além,
E as bruscas frases que aos meus lábios vêm
Soam-me a um outro e anómalo sentido...

Inconscientemente me divido
Entre mim e a missão que o meu ser tem,
E a glória do meu Rei dá-me o desdém
Por este humano povo entre quem lido...

Não sei se existe o Rei que me mandou,
Minha missão será eu a esquecer,
Meu orgulho o deserto em que em mim estou...

Mas há! eu sinto-me altas tradições
De antes de tempo e espaço e vida e ser...
Já viram Deus as minhas sensações...

XIV

Como uma voz de fonte que cessasse
(E uns para os outros nossos vãos olhares
Se admiraram), pra além dos meus palmares
De sonho, a voz que do meu tédio nasce

Parou... Apareceu já sem disfarce
De música longínqua, asas nos ares,
O mistério silente como os mares,
Quando morreu o vento e a calma pasce...

XIII

Emisario de un rey desconocido,
Del Más Allá cumplo informes, instrucciones,
Y son ellas en mis labios bruscas oraciones
Que me suenan a un otro y anómalo sentido...

Inconscientemente me fragmento
Entre lo que soy y la misión que me sustenta,
Y la gloria de mi Rey en mí alimenta
El desdén por este pueblo al que me enfrento...

No sé si existe el Rey de quien yo soy
Emisario. Mi misión tal vez consiste en que la olvide;
Mi orgullo, en el desierto que hay en mí y donde estoy...

Mas ¡ay! me siento parte de una alta tradición
Previa al tiempo, al espacio, a cuanto vive...
Ya se convierte en Dios mi sensación...

XIV

Como la voz de una fuente que de golpe cesase
(Y unos a otros nuestros ojos perplejos
Se miraran), más allá de la región de mis sueños, lejos,
La voz que de mi tedio nace

Enmudeció... Y ya sin tener que ocultarse
En distantes melodías o remotos pinares,
Apareció el misterio, silente como mares
Cuando el viento murió y la calma se esparce...

A paisagem longínqua só existe
Para haver nela um silêncio em descida
Pra o mistério, silêncio a que a hora assiste...

E, perto ou longe, grande lago mudo,
O mundo, o informe mundo onde há a vida...
E Deus, a Grande Ogiva ao fim de tudo...

El paisaje lejano sólo existe
Porque en él hay un silencio que anida
En el misterio, silencio al que la hora asiste...

Y cerca o lejos, como un gran lago sin voz,
El mundo, el informe mundo donde hay vida...
Y la Gran Ojiva, al fin de todo: Dios...

A CASA BRANCA NAU PRETA

Estou reclinado na poltrona, é tarde, o verão apagou-se...
Nem sonho, nem cismo, um torpor alastra em meu cérebro...
Não existe amanhã para o meu torpor nesta hora...
Ontem foi um mau sonho que alguém teve por mim...
Há uma interrupção lateral na minha consciência...
Continuam encostadas as portas da janela desta tarde
Apesar de as janelas estarem abertas de par em par...
Sigo sem atenção as minhas sensações sem nexo
E a personalidade que tenho está entre o corpo e a alma...

Quem dera que houvesse
Um estado não perfeitamente interior para a alma,
Um objectivismo com guizos imóveis à roda de em mim...
A impossibilidade de tudo quanto eu não chego a sonhar
Dói-me por detrás das costas da minha consciência de sentir...

As naus seguiram,
Seguiram viagem não sei em que dia escondido,
E a rota que deviam seguir estava escrita nos ritmos,
Nos ritmos perdidos das canções mortas dos marinheiros
                                              [de sonho.

Árvores paradas da quinta, vistas através da
                                       [janela,
Árvores estranhas a mim a um ponto inconcebível à
                         [consciência de as estar vendo,
Árvores iguais todas a não serem mais que eu vê-las,
Não poder eu fazer qualquer cousa género haver árvores
                            [que deixasse de doer,

CASA BLANCA GALEÓN NEGRO

Estoy reclinado en el sillón, es tarde, el verano ya se apagó...
Ni sueno, ni medito, un sopor se esparce en mi cerebro...
No existe mañana para mi sopor de esta hora...
Ayer fue un mal sueño que alguien tuvo por mí...
Hay una interrupción lateral en mi conciencia...
Siguen cerrados los postigos de esta tarde
A pesar de que las ventanas están abiertas de par en par...
Sigo sin atención mis sensaciones sin nexo
Y la personalidad que tengo está entre el cuerpo y el alma...

Ojalá hubiese
Un estado no perfectamente interior para el alma,
Un objetivismo con siluetas inmóviles a mi alrededor...
La imposibilidad de todo cuanto no llego a soñar
Me duele detrás de la espalda de mi conciencia de sentir...

Las naves prosiguieron,
Siguieron viaje no sé en qué día escondido,
Y la ruta que debían tomar estaba escrita en los ritmos,
En los ritmos perdidos de las canciones muertas de los
                                    [marineros de sueño.

Arboles inmóviles, erguidos, del campo, vistos a través de
                                    [la ventana,
Arboles extraños a mí hasta un punto inconcebible para la
                                    [conciencia de estar viéndolos,
Arboles idénticos en esto de no ser sino yo quien los ve,
No poder hacer algo como que haya árboles que dejasen de
                                    [doler,

Não poder eu coexistir para o lado de lá com estar-vos
[vendo do lado de cá,
E poder levantar-me desta poltrona deixando os sonhos no
[chão...

Que sonhos?... Eu não sei se sonhei... Que naus partiram?
[para onde?...
Tive essa impressão sem nexo porque no quadro fronteiro
Naus partem... Naus, não: barcos, mas as naus estão
[em mim,
E é sempre melhor o impreciso que embala do que o certo
[que basta,
Porque o que basta acaba onde basta, e onde acaba não
[basta,
E nada que se pareça com isso devia ser o sentido da vida...

Quem pôs as formas das árvores dentro da existência das
[árvores?
Quem deu frondoso a arvoredos e me deixou por verdecer?
Onde tenho o meu pensamento, que me dói estar sem ele,
Sentir sem auxílio de poder parar quando quiser, e o mar alto
E a última viagem, sempre para lá, das naus
[a subir...

Não há substância de pensamento na matéria de alma com
[que penso...
Há só janelas abertas de par em par encostadas por causa do
[calor que já não faz,
E o quintal cheio de luz sem luz agora ainda-agora, e quasi eu...

Na vidraça aberta, fronteira ao ângulo com que o meu olhar
[a colhe
A casa branca distante onde mora... (O morador é
[abstracto.)

No poder coexistir yo con el lado de allá mientras los veo
[desde el lado de acá,
Y poder levantarme de este sillón dejando los sueños en el
[suelo...

¿Qué sueños?... Yo no sé si soñé... ¿Qué naves han
[zarpado? ¿Hacia dónde?...
Tuve esa impresión sin nexo porque en el cuadro de enfrente
Zarpan galeones... Galeones, no: barcos, pero los galeones
[están en mí,
Y siempre es mejor lo impreciso que mece que lo cierto que
[basta,
Porque lo que basta acaba donde basta, y donde acaba no
[basta,
Y nada que se parezca a eso debería ser el sentido de la vida...

¿Quién puso las formas de los árboles dentro de la
[existencia de los árboles?
¿Quién hizo frondosas las arboledas y me dejó sin florecer?
Donde tengo mi pensamiento, algo me duele por estar sin él,
Sentir sin poder dejar de hacerlo cuando quiera, y el alto mar
Y el último viaje, siempre más allá de los galeones que van
[yendo...

No hay sustancia de pensamiento en la materia del alma
[con que pienso...
Hay sólo ventanas abiertas de par en par con los postigos
[cerrados por el calor que ya no hace,
Y el campo lleno de luz sin luz ahora aún ahora, y casi yo...

En el cristal abierto, contigua al ángulo con que mi mirada
[la recoge,
La casa blanca distante donde vive... (El ocupante es
[abstracto)

Fecho o olhar e os meus olhos fitos na casa branca sem a ver
São outros olhos vendo sem estar fitos nela a nau que se
[afasta,
E eu parado, mole, adormecido,
Tenho pela vista o tacto do mar lá em baixo embalando-me
[longe de aqui,
Tenho-o na inconsciência e sofro...

Aos próprios palácios distantes a nau que penso não leva.
Às escadas dando sobre o mar inatingível ela não
[alberga.
Aos jardins maravilhosos nas ilhas inexplícitas não deixa.
Tudo perde o sentido com que o abrigo em meu pórtico
E o mar entra por os Teus olhos o pórtico cessando...

Caia a noite, não caia a noite, só importa a candeia
Por acender nas casas que não vejo na encosta e eu lá...
Húmida sombra nos sons do tanque nocturno sem lua, as
[rãs rangem,
Coaxar tarde no vale, porque tudo é vale onde o
[som dói...

Milagre do aparecimento da Senhora das Angústias aos
[loucos...
Maravilha do enegrecimento do punhal tirado para os actos...
Os olhos fechados, a cabeça pendida contra a coluna certa
E o mundo para além dos virais paisagem sem ruínas...

A casa branca nau preta...

Felicidade na Austrália...

11 de Outubro de 1916.

Dejo de ver y mis ojos fijos en la casa blanca sin verla
Son otros ojos fijos viendo sin estar fijos en ella; la nave que
[se aleja,
Y yo inmóvil, indolente, adormecido,
Alcanzo por la vista el tacto del mar allí abajo meciéndome
[lejos de aquí,
Lo tengo en la inconsciencia y sufro...

Y hasta los palacios distantes el galeón en que pienso no llega.
A las escaleras que dan sobre el mar inaccesible él no las
[alberga.
A los jardines maravillosos de las islas veladas él no conduce.
Todo pierde el sentido con que lo abrigo en mi pórtico
Y el mar entra por Tus ojos poniendo fin al pórtico...

Caiga la noche o no caiga, sólo importa la lumbre
Por encender en las casas que no veo en la cuesta y yo allí...
Húmeda sombra en los sonidos del estanque nocturno sin
[luna, las ranas crujen,
Croar tardío en el valle, porque todo es valle donde el
[sonido duele...

Milagro de la aparición ante los locos de Nuestra Señora de
[las Angustias...
Maravilla del ennegrecimiento del puñal lanzado a la acción...
Los ojos cerrados, la cabeza que pende de la columna fija
Y el mundo más allá de los vitrales paisaje sin ruinas...

Casa blanca galeón negro...

Felicidad en Australia...

11 de octubre de 1916.

ALÉM-DEUS

I
ABISMO

Olho o Tejo, e de tal arte
Que me esquece olhar olhando,
E súbito isto me bate
De encontro ao devaneando –
O que é ser-rio e correr?
O que é está-lo eu a ver?

Sinto de repente pouco,
Vácuo, o momento, o lugar.
Tudo de repente é oco –
Mesmo o meu estar a pensar.
Tudo – eu e o mundo em redor –
Fica mais que exterior.

Perde tudo o ser, ficar,
E do pensar se me some.
Fico sem poder ligar
Ser, ideia, alma de nome
A mim, à terra e aos céus...

E súbito encontro Deus.

64

MÁS ALLÁ DE DIOS

I
ABISMO

Miro el Tajo y si se quiere
A fuerza de mirar no sé que veo,
Y eso de pronto me hiere
Al golpear mi devaneo:
¿Qué es ser río y ser fluyendo?
¿Y qué el que yo lo esté viendo?

Siento poco de repente,
Vacuo el momento, el lugar.
Hueco todo, súbitamente,
Esto, incluso, de pensar.
Todo – yo y el mundo alrededor –
Resulta más que exterior.

Todo pierde el ser, su estar,
Y del pensar se me esfuma.
Y yo ya no puedo aunar
Ser, idea, el alma en suma,
A los cielos, a la tierra y a mi voz...

Y de súbito encuentro a Dios.

II
PASSOU

Passou, fora de Quando,
De Porquê, e de Passando...,

Turbilhão de Ignorado,
Sem ter turbilhonado...,

Vasto por fora do Vasto
Sem ser, que a si se assombra...

O universo é o seu rasto...
Deus é a sua sombra...

III
A VOZ DE DEUS

Brilha uma voz na noute...
De dentro de Fora ouvi-a...
Ó Universo, eu sou-te...
Oh, o horror da alegria
Deste pavor, do archote
Se apagar, que me guia!

Cinzas de ideia e de nome
Em mim, e a voz: *Ó mundo,*
Sermente em ti eu sou-me...
Mero eco de mim, me inundo
De ondas de negro lume
Em que pra Deus me afundo.

66

II
PASÓ

Pasó más allá de un Cuándo
De un Porqué y de un Pasando

Convulsión de lo Ignorado,
Sin nada convulsionado...,

Vasto fuera de lo Vasto
Que, sin ser, de sí se asombra...

El universo es su rastro...
Y Dios, es su sombra...

III
LA VOZ DE DIOS

Brilla en la noche de hoy
Una voz. Inmerso en el Afuera la oí...
Oh, Universo, yo te soy...
¡Ah, el horror de la alegría que sentí
En el pavor de que la tea con que voy
Se apague en mi agonía!

Cenizas de un nombre y de una idea
En mí, y la voz: *Oh mundo,*
Que siéndote me sea...
Mero eco de mí, me inundo
De olas negras que Dios crea
Y en las que me hundo.

IV
A QUEDA

Da minha ideia do mundo
    Caí.
Vácuo além de profundo,
Sem ter Eu nem Ali...

Vácuo sem si-próprio, caos
De ser pensado como ser...
Escada absoluta sem degraus...
Visão que se não pode ver...

Além-Deus! Além-Deus! Negra calma...
Clarão de Desconhecido...
Tudo tem outro sentido, ó alma,
Mesmo o ter-um-sentido...

V
BRAÇO SEM CORPO BRANDINDO UM GLÁDIO

Entre a árvore e o vê-la
Onde está o sonho?
Que arco da ponte mais vela
Deus?... E eu fico tristonho
Por não saber se a curva da ponte
É a curva do horizonte...

Entre o que vive e a vida
Pra que lado corre o rio?
Árvore de folhas vestida –

IV
La caída

De mi idea del mundo
         Caí.
Vacío más allá de lo profundo,
Donde no hay Yo ni Allí...

Vacío sin qué ni quién, desatino
De ser pensando como ser...
Escalera absoluta sin destino...
Visión que no se puede ver...

¡Lejos, lejos de Dios! Negra calma...
Resplandor de lo Desconocido...
Todo tiene otro sentido, oh alma,
Hasta el tener sentido...

V
Brazo sin cuerpo blandiendo una espada

Entre el árbol y el verlo algo me abruma.
¿Dónde está el sueño?
¿Qué arco del puente difuma
Dios con más empeño?
Apena no ver si la curva del puente
Es o no la del poniente.

Entre lo vivo y la vida
¿Hacia dónde va el paso
Del río? Ramas de hojas vestidas,

Entre isso e Árvore há fio?
Pombas voando – o pombal
Está-lhes sempre à direita, ou é real?

Deus é um grande Intervalo,
Mas entre quê e quê?...
Entre o que digo e o que calo
Existo? Quem é que me vê?
Erro-me... E o pombal elevado
Está em torno da pomba, ou de lado?

¿Entre eso y el Árbol, hay lazo?
Vuelan palomas, ¿el palomar
Está siempre a la derecha o es real?

Dios es una enorme Pausa
¿Pero lo es entre qué y qué?...
Entre lo mudo y lo que mi voz alcanza,
¿Existo? ¿Quién es el que me ve?
Deambulo... Y el palomar elevado,
¿Envuelve a la paloma, o está a un lado?

EPISÓDIOS

A MÚMIA

I

Andei léguas de sombra
Dentro em meu pensamento.
Floresceu às avessas
Meu ócio com sem-nexo,
E apagaram-se as lâmpadas
Na alcova cambaleante.

Tudo prestes se volve
Um desejo macio
Visto pelo meu tacto
Dos veludos da alcova,
Não pela minha vista.

Há um oásis no Incerto
E, como uma suspeita
De luz por não-há-frinchas,
Passa uma caravana.

Esquece-me de súbito
Como é o espaço, e o tempo
Em vez de horizontal
É vertical.

EPISODIOS

LA MOMIA

I

Anduve leguas de sombra
Dentro de mi pensamiento.
Floreció del reverso
Mi ocio con sin nexo,
Y se apagaron las lámparas
En la alcoba tambaleante.

Pronto todo se vuelve
Un blando deseo
De terciopelos de alcoba
Visto por mi tacto,
Y al que soy ciego.

En lo Incierto hay un oasis
Y, como una sospecha de luz
Por las grietas que no hay,
Pasa una caravana.

Se me olvida de pronto cómo
Es el espacio, y el tiempo
En vez de horizontal
Es vertical.

A alcova
Desce não sei por onde
Até não me encontrar.
Ascende um leve fumo
Das minhas sensações.
Deixo de me incluir
Dentro de mim. Não há
Cá-dentro nem lá-fora.

E o deserto está agora
Virado para baixo.

A noção de mover-me
Esqueceu-se do meu nome.

Na alma meu corpo pesa-me.
Sinto-me um reposteiro
Pendurado na sala
Onde jaz alguém morto.

Qualquer cousa caiu
E tiniu no infinito.

II

Na sombra Cleópatra jaz morta.
Chove.

Embandeiraram o barco de maneira errada.
Chove sempre.

La alcoba
Baja no sé por dónde
Hasta no encontrarme.
Asciende un humo leve
Desde mis sensaciones.
Me dejo de incluir
Dentro de mí. Aquí
No hay ni adentro ni afuera.

Y el desierto está ahora
Vuelto boca abajo.

La noción de moverme
Ha olvidado mi nombre.

Me pesa el cuerpo en el alma.
Me siento un baldaquino
Colgado en el salón
Donde alguien yace muerto.

Algo ha caído
Y tintineó en lo infinito.

II

En la sombra Cleopatra yace muerta.
Llueve.

Embanderaron la nave de manera errada.
Llueve siempre.

Para que olhas tu a cidade longínqua?
Tua alma é a cidade longínqua.
Chove friamente.

E quanto à mãe que embala ao colo um filho morto –
Todos nós embalamos ao colo um filho morto.
Chove, chove.

O sorriso triste que sobra a teus lábios cansados,
Vejo-o no gesto com que os teus dedos não deixam os teus
[anéis.
Porque é que chove?

III

De quem é o olhar
Que espreita por meus olhos?
Quando penso que vejo,
Quem continua vendo
Enquanto estou pensando?
Por que caminhos seguem,
Não os meus tristes passos,
Mas a realidade
De eu ter passos comigo?

Às vezes, na penumbra
Do meu quarto, quando eu
Para mim próprio mesmo
Em alma mal existo,
Toma um outro sentido
Em mim o Universo –
É uma nódoa esbatida

¿Para qué miras la ciudad lejana?
Tu alma es la ciudad lejana.
Llueve fríamente.

Y en cuanto a la madre que mece en su regazo un hijo muerto,
Todos mecemos en el regazo a un hijo muerto.
Llueve, llueve.

La sonrisa triste que sobra en tus labios cansados,
La veo en el gesto con que tus dedos no dejan tus
                                                    [anillos.

¿Por qué llueve?

III

¿De quién es la mirada
Que atisba por mis ojos?
Cuando pienso que veo,
¿Quién sigue viendo
Mientras estoy pensando?
¿Y qué camino siguen
No mis tristes pasos,
Sino la realidad
De que haya pasos conmigo?

A veces en la penumbra
De mi cuarto, cuando
Aun para mí mismo
En alma apenas existo,
Adquiere otro sentido
En mí el Universo:
Es una mancha tenue

De eu ser consciente sobre
Minha ideia das cousas.

Se acenderem as velas
E não houver apenas
A vaga luz de fora –
Não sei que candeeiro
Aceso onde na rua –
Terei foscos desejos
De nunca haver mais nada
No Universo e na Vida
De que o obscuro momento
Que é minha vida agora:

Um momento afluente
Dum rio sempre a ir
Esquecer-se de ser,
Espaço misterioso
Entre espaços desertos
Cujo sentido é nulo
E sem ser nada a nada.

E assim a hora passa
Metafisicamente.

IV

As minhas ansiedades caem
Por uma escada abaixo.
Os meus desejos balouçam-se
Em meio de um jardim vertical.

La de ser consciente
De mi idea de las cosas.

Si las velas se encendieran
Y no existiese sólo
La vaga luz externa
De no sé qué farola
Ni dónde en la calle,
Yo tendría toscos deseos
De que nunca hubiera otra cosa
En el Universo y en la Vida
Que el oscuro momento
Que es mi vida ahora:

Un momento afluyente
De mi río que corre siempre
A olvidarse de ser,
Espacio misterioso.
Entre espacios desiertos
Cuyo sentido es nulo
Y donde la nada es nada.

Y así la hora pasa
Metafísicamente.

IV

Mis ansiedades caen
Rodando por la escalera.
Mis deseos se balancean
En mitad de un jardín vertical.

Na Múmia a posição é absolutamente exacta.

Música longínqua,
Música excessivamente longínqua,
Para que a Vida passe
E colher esqueça aos gestos.

V

Porque abrem as cousas alas para eu passar?
Tenho medo de passar entre elas, tão paradas conscientes.
Tenho medo de as deixar atrás de mim a tirarem a Máscara.
Mas há sempre cousas atrás de mim.
Sinto a sua ausência de olhos fitar-me, e estremeço.

Sem se mexerem, as paredes vibram-me sentido.
Falam comigo sem voz de dizerem-me as cadeiras.
Os desenhos do pano da mesa têm vida, cada um é um
                                                    [abismo.
Luze a sorrir com visíveis lábios invisíveis
A porta abrindo-se conscientemente
Sem que a mão seja mais que o caminho para abrir-se.

De onde é que estão olhando para mim?
Que cousas incapazes de olhar estão olhando para mim?
Quem espreita de tudo?

As arestas fitam-me.
Sorriem realmente as paredes lisas.

Sensação de ser só a minha espinha.

As espadas.

La posición de la Momia es exacta, absolutamente.

Música lejana.
Música excesivamente lejana,
Para que la Vida pase
Y olvide recoger los gestos.

V

¿Por qué me abren paso las cosas?
Temo pasar entre ellas, tan inmóviles conscientes.
Temo dejarlas tras de mí quitándose la Máscara.
Mas siempre hay cosas tras de mí.
Siento su ausencia de ojos mirándome, y me estremezco.

Las paredes, sin moverse, me vibran sentido.
Sin voz que me interpele, las sillas, hablan conmigo.
Tienen vida los dibujos del mantel, cada uno es un
                                              [abismo.
Brilla sonriendo con visibles labios invisibles
La puerta que se abre conscientemente
Sin que la mano sea más que el camino que sigue para abrirse.

¿Desde dónde me están mirando?
¿Qué cosas incapaces de mirar me están mirando?
¿Quién lo espía todo?

Las aristas me miran.
Sonríen realmente las paredes lisas.

Sensación de ser sólo mi espinazo.

Las espadas.

FICÇÕES DO INTERLÚDIO

I
PLENILÚNIO

As horas pela alameda
Arrastam vestes de seda,

Vestes de seda sonhada
Pela alameda alongada

Sob o azular do luar...
E ouve-se no ar a expirar –

A expirar mas nunca expira –
Uma flauta que delira,

Que é mais a ideia de ouvi-la
Que ouvi-la quasi tranquila

Pelo ar a ondear e a ir...

Silêncio a tremeluzir...

II
SAUDADE DADA

Em horas inda louras, lindas
Clorindas e Belindas, brandas,
Brincam no tempo das berlindas,
As vindas vendo das varandas.

FICCIONES DEL INTERLUDIO

I
PLENILUNIO

Las horas por la alameda
Arrastran prendas de seda,

Prendas de soñada seda
Por la extendida alameda

Bajo la luna azulada
En el aire, arrebatada,

Se oye expirar mas no expira
Una flauta que delira,

Que es más la impresión de oírla
Que de veras el sentirla

Por el aire ondeando y yendo...

Silencio ardiendo...

II
ÁLGIDA NOSTALGIA

En horas rubias aún, hermosas
Belindas y Clorindas, tan iguales,
Juegan en un tiempo de carrozas,
A quienes llegan viendo, tras sus ventanales.

De onde ouvem vir a rir as vindas
Fitam a frio as frias bandas.

Mas em torno à tarde se entorna
A atordoar o ar que arde
Que a eterna tarde já não torna!
E em tom de atoarda todo o alarde
Do adornado ardor transtorna
No ar de torpor da tarda tarde.

E há nevoentos desencantos
Dos encantos dos pensamentos
Nos santos lentos dos recantos
Dos bentos cantos dos conventos...
Prantos de intentos, lentos, tantos
Que encantam os atentos ventos.

III
PIERROT BÊBADO

Nas ruas da feira,
Da feira deserta,
Só a lua cheia
Branqueia e clareia
As ruas da feira
Na noite entreaberta.

Só a lua alva
Branqueia e clareia
A paisagem calva
De abandono e alva
Alegria alheia.

Venir por la senda mientras retozan.
Y las miran con desdén por desiguales.

Pero en torno la tarde se entorna
Aturdiendo el aire que arde.
¡Ah, que la eterna tarde ya no torna!
Y en tono de aturdir todo el alarde
De ese adornado ardor trastorna
En el aire el sopor de la tardía tarde.

Y hay brumosos desencantos
De tantos y tantos pensamientos
En los lentos y santos encantos
De los benditos cantos de convento...
Llantos, intentos, lentos, tantos
Que cautivan los vientos atentos.

III

PIERROT BORRACHO

En las calles de la feria,
De la feria ya desierta,
Sólo la luna llena
Blanquea y clarea
Las calles de la feria
En la noche entreabierta.

Sólo la pálida luna alba
Blanquea y clarea
La escena calva
De abandono y alba
Alegría ajena.

Bêbada branqueia
Como pela areia
Nas ruas da feira,
Da feira deserta,
Na noite já cheia
De sombra entreaberta.

A lua baqueia
Nas ruas da feira
Deserta e incerta...

IV
MINUETE INVISÍVEL

Elas são vaporosas,
Pálidas sombras, as rosas
Nadas da hora lunar...

Vêm, aéreas, dançar
Como perfumes soltos
Entre os canteiros e os buxos...
Chora no som dos repuxos
O ritmo que há nos seus vultos...

Passam e agitam a brisa...
Pálida, à pompa indecisa
Da sua flébil demora
Paira em auréola à hora...

Passam nos ritmos da sombra...
Ora é uma folha que tomba,

Ebria blanquea
Como sobre arena
Por las calles claras
De la feria desierta,
En la noche llena
De sombra entreabierta.

Cae la luna
En las calles de la feria
Desierta e incierta...

IV
Minué invisible

Ellas son tan vaporosas,
Pálidas sombras, las rosas,
Nadas de esta hora lunar...

Aéreas vienen a bailar
Como perfumes etéreos
Y un ritmo tan sólo aéreo
Entre canteros, doliente,
Llora en el son de la fuente...

Pasa y agitan la brisa...
La pálida pompa indecisa
De su tan tenue demora
Le infunde un aura a la hora...

Cruzan cadencias de sombra,
Una hoja cae y nombra

Ora uma brisa que treme
Sua leveza solene...

E assim vão indo, delindo
Seu perfil único e lindo,
Seu vulto feito de todas,
Nas alamedas, em rodas
No jardim lívido e frio...

Passam sozinhas, a fio,
Como um fumo indo, a rarear,
Pelo ar longínquo e vazio,
Sob o, disperso pelo ar,
Pálido pálio lunar...

V
HIEMAL

Baladas de uma outra terra, aliadas
Às saudades das fadas, amadas por gnomos idos,
Retinem lívidas ainda aos ouvidos
Dos luares das altas noites aladas...
Pelos canais barcas erradas
Segredam-se rumos descridos...

E tresloucadas ou casadas com o som das baladas,
As fadas são belas, e as estrelas
São delas... Ei-las alheadas...

E são fumos os rumos das barcas sonhadas,
Nos canais fatais iguais de erradas,
As barcas parcas das fadas,

Algo. Y una brisa que distrae
Con su levedad atrae...

Y así van yendo las rosas,
Esas que son vaporosas
En su entramado de seda.
Se las ve en las alamedas
De un lívido jardín primaveral...

Pasan solas, en hilera, y al igual
Que el humo que, difuso,
Se une y desune al pasar,
Van por el aire que impuso
Ya su pálido palio lunar...

V
Hiemal

Baladas de otra tierra, aliadas
A la añoranza de hadas, amadas por gnomos idos,
Lívidas aún resuenan en los oídos
De las lunas de altas noches aladas...
Por los canales unas barcas erradas.
Secretéanse rumbos descreídos...

Y alocadas o casadas con el son de las baladas
Las hadas son bellas, y las estrellas,
De ellas son... Helas ahí enajenadas...

Y humos son los rumbos de las barcas soñadas,
Y en los canales fatales, igualmente erradas,
Las barcas parcas de las hadas,

Das fadas aladas e hiemais
E caladas...

Toadas afastadas, irreais, de baladas...
Ais...

De las hadas aladas y hiemales
Y calladas...

Tonadas tan lejanas, irreales, de baladas...
Ayes...

ABDICAÇÃO

Toma-me, ó noite eterna, nos teus braços
E chama-me teu filho.
                        Eu sou um rei
Que voluntariamente abandonei
O meu trono de sonhos e cansaços.

Minha espada, pesada a braços lassos,
Em mãos viris e calmas entreguei;
E meu ceptro e coroa, – eu os deixei
Na antecâmara, feitos em pedaços.

Minha cota de malha, tão inútil,
Minhas esporas, de um tinir tão fútil,
Deixei-as pela fria escadaria.

Despi a realeza, corpo e alma,
E regressei à noite antiga e calma
Como a paisagem ao morrer do dia.

ABDICACIÓN

Oh noche eterna, tómame en tus manos
Y llámame hijo.
                    Un rey fui
Y voluntariamente perdí
Mi trono de fatiga y sueños vanos.

Mi espada, excesiva en mis exhaustos brazos,
A manos viriles y calmas entregué
Y mi cetro y mi corona yo dejé
En la recámara, hechos pedazos.

Mi cota de malla, tan inútil
Mis espuelas, de tintinear tan fútil,
Dejé en la escalinata fría.

Despojé de realeza cuerpo y alma,
Y regresé a la noche antigua y calma
Como el paisaje al morir el día.

À MEMÓRIA DO PRESIDENTE-REI
SIDÓNIO PAIS

Longe da fama e das espadas,
Alheio às turbas ele dorme.
Em torno há claustros ou arcadas?
Só a noite enorme.

Porque para ele, já virado
Para o lado onde está só Deus,
São mais que Sombra e que Passado
A terra e os céus.

Ali o gesto, a astúcia, a lida,
São já para ele, sem as ver,
Vácuo de acção, sombra perdida,
Sopro sem ser.

EN MEMORIA DEL PRESIDENTE-REY
SIDÓNIO PAIS[5]

Lejos de la fama y las espadas,
Ajeno a las turbas él reposa.
¿En torno hay claustros o arcadas?
Sólo la noche es enorme.

Porque para él, ya volcado
Hacia donde sólo Dios está,
Son más que Sombra y que Pasado
La tierra y la celeste inmensidad.

Allí el gesto, la astucia, la lida,
Son ya para él, que no las puede ver.
Vacío de acción, sombra perdida
Soplo sin ser.

5. Sidónio Pais comandó el golpe de Estado que se produjo en Portugal el día 8 de diciembre de 1917. Estableció una dictadura pero mantuvo la República formalmente. Esa dictadura sólo duró un año. Éste es un dato político indispensable para comprender la actitud que asume Pessoa en el poema que le dedica. Como bien señala Raúl Morodo: (ob. cit; p. 87 a 89) "Ante todo (el sidonismo fue), un populismo presidencialista con un contenido ideológico mínimo: orden contra desorden (vieja y "nueva" república), antipartidismo (idea de movimiento, de conciliación de la "familia portuguesa": los partidos dividen la Nación), antiparlamentarismo (disolución de la Asamblea Nacional). El apoyo político estuvo en el Partido Nacional Republicano (prácticamente sin programa: eslogan populista) y el

Só com sua alma e com a treva,
A alma gentil que nos amou
Inda esse amor e ardor conserva?
Tudo acabou?

No mistério onde a Morte some
Aquilo a que a alma chama a vida,
Que resta dele a nós – só o nome
E a fé perdida?

Se Deus o havia de levar,
Para que foi que no-lo trouxe –
Cavaleiro leal, do olhar
Altivo e doce?

Soldado-rei que oculta sorte
Como em braços da Pátria ergueu,
E passou como o vento norte
Sob o ermo céu.

Sólo con su alma y con la niebla,
¿El alma gentil que nos amó
Aún ese amor y ardor conserva?
¿O todo se acabó?

En el misterio donde en la Muerte apaga
Eso que el alma llama vida,
¿Qué nos queda de él – el nombre, nada,
La fe perdida?

¿Si Dios se lo tenía que llevar,
Para qué, entonces, nos lo dio,
Caballero leal, de dulce y altivo mirar,
Qué tanto nos cautivó?

Oculta suerte que al rey-soldado
En brazos de la Patria alzó,
Y que, como un viento desolado,
Bajo el yermo cielo pasó.

---

apoyo social se buscó entre los grandes propietarios, en la alta bur-
guesía (sectores monárquicos que veían en el sidonismo una posibilidad de restauración). El liderazgo carismático de Sidónio era el eje
del partido-movimiento y, en general, de la dictadura impuesta, [...]
Sidónio Pais encarnó, para Pessoa, su ideal político: era masón, militar, antiparlamentario, nacionalista, antipartidos. Pessoa lo saluda
como presidente-rey "por voluntad del Destino, el derecho de la
Fuerza, derechos mayores que el sufragio: [...] La frustración del sidonismo, idealizado por Pessoa, se producirá no sólo con la muerte
de Sidónio Pais, en 1918, como también a causa de esta contradicción:
Pessoa seguirá hablando de las cualidades místicas", del liderazgo carismático de Sidónio Pais, pero reconocerá que él no pudo " romper
con el cerco de ladrones que lo rodeaba". *(N. del T.)*

Mas a alma acesa não aceita
Essa morte absoluta, o nada
De quem foi Pátria, e fé eleita,
E ungida espada.

Se o amor crê que a Morte mente
Quando a quem quer leva de novo,
Quão mais crê o Rei ainda existente
O amor de um povo!

Quem ele foi sabe-o a Sorte,
Sabe-o o Mistério e a sua lei.
A Vida fê-lo herói, e a Morte
O sagrou Rei!

Não é com fé que nós não cremos
Que ele não morra inteiramente.
Ah, sobrevive! Inda o teremos
Em nossa frente.

No oculto para o nosso olhar,
No visível à nossa alma,
Inda sorri com o antigo ar
De força calma.

Ainda de longe nos anima,
Inda na alma nos conduz –
Gládio de fé erguido acima
Da nossa cruz!

Nada sabemos do que oculta
O véu igual de noite e dia.
Mesmo ante a Morte a Fé exulta:
Chora e confia.

Pero el alma no acepta, encendida,
Esa muerte absoluta, la nada
De quien fue Patria, y fe elegida,
Y ungida espada.

Si el amor cree que la Muerte miente
Cuando a quien ama lo arranca de su lado,
¡Cuánto más cree en el Rey aún existente
El pueblo que lo ha amado!

Quién fue él lo sabe la suerte,
Lo sabe el Misterio y su ley.
¡La Vida lo hizo héroe, y la Muerte
Lo consagró Rey!

No es por fe que creemos
Que él no ha muerto enteramente.
Sobrevive, lo sabemos,
Y conducirá a su gente.

En lo oculto, si se pretende ver,
Visible, en cambio para el alma,
Aún sonríe con ese aire de ayer,
De entereza y calma.

¡Aún desde lejos nos anima,
En el alma nos guía con valor,
Espada de fe erguida encima
De la cruz del Señor!

Nada sabemos sobre lo que oculta
El velo idéntico, noche y día,
Incluso ante la Muerte la Fe abulta:
Llora y confía.

Apraz ao que em nós quer que seja
Qual Deus quis nosso querer tosco,
Crer que ele vela, benfazeja
Sombra connosco.

Não sai da alma nossa a fé
De que, alhures que o mundo e o fado,
Ele inda pensa em nós e é
O bem-amado.

Tenhamos fé, porque ele foi.
Deus não quer mal a quem o deu.
Não passa como o vento o herói
Sob o ermo céu.

E amanhã, quando queira a Sorte,
Quando findar a expiação,
Ressurrecto da falsa morte,
Ele já não,

Mas a ânsia nossa que encarnara,
A alma de nós de que foi braço,
Tornará, nova forma clara,
Ao tempo e ao espaço.

Tornará feito qualquer outro,
Qualquer cousa de nós com ele;
Porque o nome do herói morto
Inda compele;

Inda comanda, a armada ida
Para os campos da Redenção.
Às vezes leva à frente, erguida
'Spada, a Ilusão.

Place ver que, queriendo que él sea,
Como Dios de nuestro ser se apiada;
Creer que él vela nos recrea,
Sombra amada.

No abandona el alma nuestra fe
En que, más allá de mundo y hado,
Él aún piensa en nosotros y es
El bien amado.

Creamos puesto que lo tuvimos.
Dios no malquiere a sus destinatarios.
No pasa como el viento aquel que vino
Bajo el cielo centenario.

Y mañana, cuando lo quiera la Suerte,
Y acabado esté nuestro tormento,
Resurrecto de la falsa muerte,
El exento,

—Que el ansia nuestra encarnara,
Y del alma nuestra fuera aliento—,
Volverá, nueva forma clara,
Al espacio y al tiempo.

Volverá convertido en otro hombre,
Algo de nosotros hablará por su boca,
Porque del héroe muerto el nombre
Aún convoca,

Aún conduce la armada ida
Hacia los campos de la Redención.
A veces lleva cual estandarte, erguida
Espada, la Ilusión.

E um raio só do ardente amor,
Que emana só do nome seu,
Dê sangue a um braço vingador,
Se esmoreceu.

Com mais armas que com Verdade
Combate a alma por quem ama.
É lenha só a Realidade:
A fé é a chama.

Mas ai, que a fé já não tem forma
Na matéria e na cor da Vida,
E, pensada, em dor se transforma
A fé perdida!

P'ra que deu Deus a confiança
A quem não ia dar o bem?
Morgado da nossa esperança,
A Morte o tem!

Mas basta o nome e basta a glória
Para ele estar connosco, e ser
Carnal presença de memória
A amanhecer;

'Spectro real feito de nós,
Da nossa saudade e ânsia,
Que fala com oculta voz
Na alma, a distância;

E a nossa própria dor se torna
Uma vaga ânsia, um 'sperar vago,
Como a erma brisa que transtorna
Um ermo lago.

Y basta un rayo del ardiente amor,
Que sólo de su nombre emana,
Para dar sangre al brazo vengador,
Si cae o desmaya.

Con más armas que las de la Verdad
Combate el alma por quien ama,
No es más que leña la Realidad:
La fe es la llama.

¡Pero, ay, la fe ya no tiene forma
Ni en la materia ni en el color de la Vida,
Y, pensada, en dolor se transforma
La fe perdida!

¿Para qué Dios infundió confianza
A quien privó de la suerte?
¡Primogénito de nuestra esperanza,
Lo tiene la Muerte!

Pero bastan el nombre y la gloria
Para que él esté con nosotros siendo
Carnal presencia de memoria
Amaneciendo;

Espectro real hecho con nuestro cuerpo,
Con nuestra nostalgia y ansia,
Que nos habla pues no ha muerto,
En el alma y a distancia;

Y nuestro propio dolor se excita
Y es ansia vaga y un esperar vago,
Como la yerma brisa que agita
Un yermo lago.

Não mente a alma ao coração.
Se Deus o deu, Deus nos amou.
Porque ele pode ser, Deus não
Nos desprezou.

Rei-nato, a sua realeza,
Por não podê-la herdar dos seus
Avós, com mística inteireza
A herdou de Deus;

E, por directa consonância
Com a divina intervenção,
Uma hora ergueu-nos alta a ânsia
De salvação.

Toldou-o a Sorte que o trouxera
Outra vez com nocturno véu.
Deus p'ra que no-lo deu, se era
P'ra o tornar seu?

Ah, tenhamos mais fé que a esp'rança!
Mais vivo que nós somos, fita
Do Abismo onde não há mudança
A terra aflita.

E se assim é; se, desde o Assombro
Aonde a Morte as vidas leva,
Vê esta pátria, escombro a escombro,
Cair na treva;

Se algum poder do que tivera
Sua alma, que não vemos, tem,
De longe ou perto – porque espera?
Porque não vem?

No miente el alma al corazón.
Si Dios lo dio, Dios nos amó.
Él pudo ser: no haya desazón
Dios no nos despreció.

Rey nato, su realeza,
Ninguno de los suyos se la dio,
Y debiendo heredarla, con mística entereza
La heredó de Dios;

Y por directa consonancia
Con la divina intervención,
Alta en nosotros alzó el ansia
De salvación.

Lo tronchó la Suerte que lo trajera
Otra vez con nocturno velo,
¿Para qué Dios lo ofertó si era
Para nuestro desvelo?

¡Ah, tengamos más fe que esperanza!
Más vivo que nosotros, él acecha
Del Abismo donde no hay mudanza
La tierra maltrecha.

Y si así es; si, desde el Asombro
Adonde las vidas lleva la Muerte,
Ve esta patria, escombro a escombro,
Caer inerte;

Si algún poder de los que tuviera
Su alma, que no vemos, tiene,
De lejos o de cerca – ¿por qué espera?
¿Por qué no viene?

Em nova forma ou novo alento,
Que alheio pulso ou alma tome,
Regresse como um pensamento,
Alma de um nome!

Regresse sem que a gente o veja,
Regresse só que a gente o sinta –
Impulso, luz, visão que reja
E a alma pressinta!

E qualquer gládio adormecido,
Servo do oculto impulso, acorde,
E um novo herói se sinta erguido
Porque o recorde!

Governa o servo e o jogral.
O que íamos a ser morreu.
Não teve aurora a matinal
'Strela do céu.

Vivemos só de recordar.
Na nossa alma entristecida
Há um som de reza a invocar
A morta vida;

E um místico vislumbre chama
O que, no plaino trespassado,
Vive ainda em nós, longínqua chama –
O DESEJADO.

Sim, só há a esp'rança, como aquela
– E quem sabe se a mesma? – quando
Se foi de Aviz a última estrela
No campo infando.

¡En nueva forma o nuevo aliento,
Que ajeno pulso o alma tome,
Que regrese como un pensamiento,
Alma de un nombre!

¡Que regrese sin que nadie lo vea,
Que regrese sólo dejándose sentir,
Impulso, luz, visión que sea,
Y que el alma lo pueda presentir!

Y que ese acero dormido
Despierte fiel a un impulso oculto,
¡Y un nuevo héroe se vea ungido
Por su culto!

Gobiernan el siervo y el truhán
Lo que íbamos a ser murió.
No tuvo aurora la matinal
Estrella que nació.

No hacemos sino recordar.
En el alma entristecida,
Una plegaria no cesa de invocar
La muerta vida.

Un místico vislumbre llama
Al que, si bien hoy desplazado,
Vive en nosotros, aún lejana llama –
EL MUY DESEADO.

Sí, sólo hay esperanza; como aquélla
–¿Y quién sabe sino la misma? –que nació
Cuando de Aviz se fue la última estrella
Del campo que la muerte cosechó.

Novo Alcácer Quibir na noite!
Novo castigo e mal do Fado!
Por que pecado novo o açoite
Assim é dado?

Só resta a fé, que a sua memória
Nos nossos corações gravou,
Que Deus não dá paga ilusória
A quem amou.

Flor alta do paul da grei,
Antemanhã da Redenção,
Nele uma hora encarnou el-rei
Dom Sebastião.

O sopro de ânsia que nos leva
A querer ser o que já fomos,
E em nós vem como em uma treva,
Em vãos assomos,

Bater à porta ao nosso gesto,
Fazer apelo ao nosso braço,
Lembrar ao sangue nosso o doesto
E o vil cansaço,

¡Nuevo Alcácer Quibir[6] en la noche!
¡Nuevo mal y castigo del Hado!
¿De qué nuevo pecado es reproche
El azote que así nos ha golpeado?

Sólo resta la fe que su memoria
En nuestros corazones plasmó,
Que Dios no da paga ilusoria
A quienes amó.

Alta flor de nuestra hundida grey,
Alba de quienes se redimirán,
En ella una vez encarnó el Rey
Don Sebastián[7].

El soplo del anhelo que nos lleva
A querer encarnar nuestro deseo,
Viene y va en nosotros y no llega
A ser más que escarceo.

Convoquemos con fuerza nuestro ser,
que sea él quién a nuestro brazo instruya,
Recordemos a la sangre su deber
Y que ya nada la destruya.

---

6. Véase nota siguiente.
7. Don Sebastián gobernó Portugal a partir de 1568, a los catorce
años. Educado como recuerda José Hermano Saravia "en el culto
del heroísmo militar y del carácter casi divino de la persona real",
estaba persuadido de que Portugal salvaría a la cristiandad amena-
zada, y que él era el instrumento de esa salvación. Su reinado duró diez años y, a lo largo de esa década, no soñó sino con combatir
a los enemigos de la fe. Cuando en 1576 el trono de Marruecos fue
conquistado por un moro apoyado por los turcos, encontró el pre-

Nele um momento clareou,
A noite antiga se seguiu,
Mas que segredo é que ficou
No escuro frio?

Que memória, que luz passada
Projecta, sombra, no futuro,
Dá na alma? Que longínqua espada
Brilha no escuro?

Que nova luz virá raiar
Da noite em que jazemos vis?
Ó sombra amada, vem tornar
A ânsia feliz.

Quem quer que sejas, lá no abismo
Onde a morte a vida conduz,
Sê para nós um misticismo
A vaga luz

Com que a noite erma inda vazia
No frio alvor da antemanhã
Sente, da esp'rança que há no dia,
Que não é vã.

Ella una vez floreció,
En antigua noche ganó vida.
¿Por qué secreta razón cayó y quedó
En la oscuridad, perdida?

¿Qué memoria, qué luz pasada
Se proyecta, como sombra, en el futuro,
Y da en el alma? ¿Qué lejana espada
Brilla en lo oscuro?

¿Qué nueva luz despuntará
En la noche en que de bruces yacemos?
Oh, sombra amada, ¿amanecerá?
¡Tanto lo queremos!

Seas quien seas, allá en el abismo
Donde la muerte la vida apaga,
Sé para nosotros todo un misticismo,
La luz vaga

Con que en la noche yerma, aún vacía,
o en el frío resplandor de la mañana,
Siente la esperanza que habrá un día,
Y que no es vana.

---

texto para encabezar una gran expedición guerrera. En 1578, con
veinticuatro años, se embarcó con diecisiete mil combatientes. Ne-
gándose a oír los consejos de sus oficiales más experimentados en
la guerra del África, se apartó de la costa para enfrentar al ejército
del Rey de Marruecos, al que encontró en las proximidades de Alcácer Quibir. La batalla culminó en un desastre para las tropas del
Rey, ocho mil portugueses murieron y los restantes cayeron pri-
sioneros. Del rey Don Sebastián nada más se supo. *(N. del T.)*

E amanhã, quando houver a Hora,
Sendo Deus pago, Deus dirá
Nova palavra redentora
Ao mal que há,

E um novo verbo ocidental
Encarnando em heroísmo e glória,
Traga por seu broquel real
Tua memória!

Precursor do que não sabemos,
Passado de um futuro a abrir
No assombro de portais extremos
Por descobrir.

Sê estrada, gládio, fé, fanal,
Pendão de glória em glória erguido!
Tornas possível Portugal
Por teres sido!

Não era extinta a antiga chama
Se tu e o amor puderam ser.
Entre clarins te a glória aclama,
Morto a vencer!

E, porque foste, confiando
Em QUEM SERÁ porque tu foste,
Ergamos a alma, e com o infando
Sorrindo arroste,

Até que Deus o laço solte
Que prende à terra a asa que somos,
E a curva novamente volte
Ao que já fomos,

Y mañana, cuando sea la Hora,
Sintiéndose Dios pago,
Dirá una nueva palabra redentora
Del tiempo aciago.

¡Y que un nuevo verbo occidental
Encarnado en heroísmo y gloria,
Avive con su escudo real
Tu memoria!

Precursor de lo aún ignoto,
Pasado de un futuro por venir
En el asombro de suelos remotos
Por descubrir.

¡Senda sé, espada, fe, y fanal,
Pendón de gloria en gloria erguido!
¡Haces posible otra vez a Portugal,
Puesto que has sido!

¡No habrá fenecido la llama
Antigua, si tú y el amor pudieran ser
Entre clarines la gloria te aclama,
Muerto que supo vencer!

Y porque fuiste, confiando
En QUIÉN SERÁ, porque tú fuiste,
Alta el alma, contra lo infando
Sonriendo embiste,

Hasta que Dios el lazo disuelva
Que ata el ala en que consistimos,
Y la curva nuevamente vuelva
A lo que fuimos.

E no ar de bruma que estremece
(Clarim longínquo matinal!)
O DESEJADO enfim regresse
A Portugal!

¡Y en la bruma que se estremece
(¡Lejano clarín matinal!)
EL DESEADO al fin regrese
A Portugal!

NATAL

Nasce um deus. Outros morrem. A Verdade
Nem veio nem se foi: o Erro mudou.
Temos agora uma outra Eternidade,
E era sempre melhor o que passou.

Cega, a Ciência a inútil gleba lavra.
Louca, a Fé vive o sonho do seu culto.
Um novo deus é só uma palavra.
Não procures nem creias: tudo é oculto.

NAVIDAD

Nace un dios. Otros mueren. La Verdad
No vino ni se fue: el Error cambió.
Tenemos ahora otra Eternidad,
Y era siempre mejor lo que pasó.

Ciega, la Ciencia la inútil gleba labra.
Loca, la Fe vive el sueño de su culto.
Un nuevo dios es sólo una palabra.
No busques ni creas más: todo es oculto.

CANÇÃO

Silfos ou gnomos tocam?...
Roçam nos pinheirais
Sombras e bafos leves
De ritmos musicais.

Ondulam como em voltas
De estradas não sei onde,
Ou como alguém que entre árvores
Ora se mostra ora se esconde.

Forma longínqua e incerta
Do que eu nunca terei...
Mal oiço, e quasi choro,
Porque choro não sei.

Tão ténue melodia
Que mal sei se ela existe
Ou se é só o crepúsculo,
Os pinhais e eu estar triste.

Mas cessa, como uma brisa
Esquece a forma aos seus ais;
E agora não há mais música
Do que a dos pinheirais.

CANCIÓN

¿Silfos o gnomos tocan?...
Rozan los pinares
Sombras y soplos tenues
De ritmos musicales.

Ondulan como curvas
De sendas por no sé dónde,
O como quien entre árboles
Ya se muestra, ya se esconde.

Forma lejana e incierta
De lo que nunca tendré...
La oigo apenas, y casi lloro,
Por qué lloro no lo sé.

Melodía que de tan tenue
Ya casi no sé si existe
O si sólo es el ocaso,
Los pinos y mi estar triste.

Pero cesa como una brisa,
Su forma olvida y sus ayes;
Y ya no se oye otra música
Que la de los pinares.

ALGUNS POEMAS

SACADURA CABRAL

No frio mar do alheio Norte,
    Morto, quedou,
Servo da Sorte infiel que a sorte
    Deu e tirou.

Brilha alto a chama que se apaga.
    A noite o encheu.
De estranho mar que estranha plaga,
    Nosso, o acolheu?

Floriu, murchou na extrema haste;
    Jóia do ousar,
Que teve por eterno engaste
    O céu e o mar.

ALGUNOS POEMAS

SACADURA CABRAL[8]

En el ajeno mar del Norte en bruma,
  Muerto quedó,
Siervo de la Suerte infiel que la fortuna
  Dio y quitó.

Brilla en lo alto la llama que se apaga.
  La noche lo cubrió.
¿En extraño mar, qué extraña plaga,
  Al nuestro, lo acogió?

Floreció, se marchitó en su cumbre;
  Joya de osadía,
A la que siempre dieron lumbre
  Mar y cielo y lejanía.

8: Artur de Sacadura Cabral (1881-1924) fue navegante y aviador. Organizó la aviación marítima de Portugal y fue el primer piloto de su país en volar sobre el océano Atlántico, uniendo Lisboa y Río de Janeiro en el año 1919. Murió a bordo de un Fokker 4146 que conducía sobre el Mar del Norte. *(N. del T.)*

DE UM CANCIONEIRO

No entardecer da terra
O sopro do longo outono
Amareleceu o chão.
Um vago vento erra,
Como um sonho mau num sono,
Na lívida solidão.

Soergue as folhas, e pousa
As folhas, e volve, e revolve,
E esvai-se inda outra vez.
Mas a folha não repousa,
E o vento lívido volve
E expira na lividez.

Eu já não sou quem era;
O que eu sonhei, morri-o;
E até do que hoje sou
Amanhã direi, *Quem dera*
Volver a sê-lo!... Mais frio
O vento vago voltou.

*

Leve, breve, suave,
Um canto de ave
Sobe no ar com que principia
O dia.
Escuto, e passou...
Parece que foi só porque escutei
Que parou.

DE UN CANCIONERO

En el atardecer de la tierra
El largo otoño que sopla
Impuso al suelo su edad
Y el vago viento que yerra,
Como un mal sueño se acopla
A esa lívida soledad.

Agita las hojas, las posa
El viento vuelve y revuelve,
Y se esfuma otra vez.
Mas las hojas no reposan,
El viento lívido vuelve
Y expira en su palidez.

Yo ya no soy quien era;
Ultimé hasta lo soñado;
Y de esto que de mí quedó
Mañana diré, ¡*Quién pudiera*
Volver a serlo!...Y helado
El viento vago volvió.

*

Leve, breve, suave
Un canto de ave
Sube en el aire se diría,
Con que empieza el día.
Escucho y pasó...
Como si por escucharlo fuera
Que cesó.

Nunca, nunca, em nada,
Raie a madrugada,
Ou splenda o dia, ou doire no declive,
Tive
Prazer a durar
Mais do que o nada, a perda, antes de eu o ir
Gozar.

*

Pobre velha música!
Não sei por que agrado,
Enche-se de lágrimas
Meu olhar parado.

Recordo outro ouvir-te.
Não sei se te ouvi
Nessa minha infância
Que me lembra em ti.

Com que ânsia tão raiva
Quero aquele outrora!
E eu era feliz? Não sei:
Fui-o outrora agora.

*

Dorme enquanto eu velo...
Deixa-me sonhar...
Nada em mim é risonho.
Quero-te para sonho,
Não para te amar.

Nunca, nunca, en nada,
Ya despunte el alba,
Esté el día en su apogeo o dorado en el ocaso,
Tuve
Un placer que durara
Más que la nada, perdido, antes de que
Lo fuera a gozar.

*

¡Pobre vieja música!
No sé qué placer
Conmueve mis ojos
Que lloran sin ver.

Recuerdo otro oírte.
No sé si te oí
En aquella infancia
Que me evoca en ti.

¡Con ansia que es rabia
Quiero aquel otrora!
¿En él era feliz? No sé;
Lo fui otrora ahora.

*

Duerme mientras velo...
Déjame soñar...
Nada en mí es risueño.
Te quiero como sueño,
No te quiero amar.

A tua carne calma
É fria em meu querer.
Os meus desejos são cansaços.
Nem quero ter nos braços
Meu sonho do teu ser.

Dorme, dorme, dorme,
Vaga em teu sorrir...
Sonho-te tão atento
Que o sonho é encantamento
E eu sonho sem sentir.

*

Trila na noite uma flauta. É de algum
Pastor? Que importa? Perdida
Série de notas vaga e sem sentido nenhum,
Como a vida.

Sem nexo ou princípio ou fim ondeia
A ária alada.
Pobre ária fora de música e de voz, tão cheia
De não ser nada!

Não há nexo ou fio por que se lembre aquela
Ária, ao parar;
E já ao ouvi-la sofro a saudade dela
E o quando cessar.

*

Es tu carne en calma
Fría en mi querer.
Mi deseo es algo inerte.
No quiero en mis brazos verte.
Prefiero mi sueño a tu ser.

Duerme, duerme, duerme,
Te veo, incierta, sonreír...
Y te sueño tan atento
Que el sueño es encantamiento
Y yo sueño sin sentir.

*

Trina una flauta en la noche. ¿Es la vaga
Voz de un pastor? ¿Qué importa? Perdida
Serie de notas errantes; que se apaga
Como la vida.

Sin nexo o principio o fin, suena
El aria alada.
¡Pobre aria sin música y sin voz, llena
De no ser nada!

Ningún hilo o nexo sabrá darme aquella
Aria, cuando ya no la pueda escuchar;
Al oírla, siento añoranzas de ella,
De lo que no podré recuperar.

*

Põe-me as mãos nos ombros...
Beija-me na fronte...
Minha vida é escombros,
A minha alma insonte.

Eu não sei por quê,
Meu dês de onde venho,
Sou o ser que vê,
E vê tudo estranho.

Põe a tua mão
Sobre o meu cabelo...
Tudo é ilusão.
Sonhar é sabê-lo.

*

Manhã dos outros! Ó sol que dás confiança
    Só a quem já confia!
É só à dormente, e não à morta, esperança
    Que acorda o teu dia.

A quem sonha de dia e sonha de noite, sabendo
    Todo sonho vão,
Mas sonha sempre, só para sentir-se vivendo
    E a ter coração,

A esses raias sem o dia que trazes, ou somente
    Como alguém que vem
Pela rua, invisível ao nosso olhar consciente,
    Por não ser-nos ninguém.

Pon tus manos en mis hombros...
Bésame en la frente...
Mi vida son escombros,
Mi alma es inocente.

Yo no sé por qué,
Soy, desde antaño,
El ser que así ve,
Y ve todo extraño.

Pon tu mano
Sobre mi cabello...
Todo es vano.
Soñar es saberlo.

*

¡Mañana de los otros! ¡Oh sol que das confianza
    Sólo a quien ya confía!
Sólo a la dormida, y no a la muerta esperanza
    Despierta tu día.

A quien noche y día sueña sabiendo
    Vana la ensoñación,
Mas siempre sueña, para sentirse viviendo
    Y que tiene corazón.

A esos iluminas sin que haga falta tu día diligente,
    Como a un ajeno que cruza la calzada
Invisible a nuestra vista consciente,
    Desconocido que no nos dice nada.

*

Treme em luz a água.
Mal vejo. Parece
Que uma alheia mágoa
Na minha alma desce –

Mágoa erma de alguém
De algum outro mundo
Onde a dor é um bem
E o amor é profundo,

E só punge ver,
Ao longe, iludida,
A vida a morrer
O sonho da vida.

*

Dorme sobre o meu seio,
Sonhando de sonhar...
No teu olhar eu leio
Um lúbrico vagar.
Dorme no sonho de existir
E na ilusão de amar...

Tudo é nada, e tudo
Um sonho finge ser.
O spaço negro é mudo.
Dorme, e, ao adormecer,
Saibas do coração sorrir
Sorrisos de esquecer.

*

Tiembla el agua en luz.
Casi no veo. Pareciera
Como si bajo su cruz
En mi alma alguien creciera.

Pena yerma de un ajeno
Venido de otro mundo,
Donde el dolor es bueno
Y el amor profundo.

Y si algo hiere
Es ver, distante y dolida,
La vida donde muere
El sueño de la vida.

*

Duérmete sobre mi pecho
Soñando con soñar...
En tus ojos acecho
Un lascivo mirar.
Duérmete en el sueño de existir
Y en la ilusión de amar...

Todo es nada, te aseguro,
Y todo un sueño finge ser.
Es mudo el espacio oscuro.
Duerme y, ya dormida,
Sepa tu alma sonreír
La sonrisa del que olvida.

Dorme sobre o meu seio,
Sem mágoa nem amor...
No teu olhar eu leio
O íntimo torpor
De quem conhece o nada-ser
De vida e gozo e dor.

*

Ao longe, ao luar,
No rio uma vela,
Serena a passar,
Que é que me revela?

Não sei, mas meu ser
Tornou-se-me estranho,
E eu sonho sem ver
Os sonhos que tenho.

Que angústia me enlaça?
Que amor não se explica?
É a vela que passa
Na noite que fica.

*

Em toda a noite o sono não veio. Agora
    Raia do fundo
Do horizonte, encoberta e fria, a manhã.
    Que faço eu no mundo?
Nada que a noite acalme ou levante a aurora,
    Coisa séria ou vã.

Duérmete sobre mi pecho
Sin pena y sin amor...
En tu mirada acecho
El íntimo sopor
De quien sabe que la vida
Es nada. Nada el goce ni el dolor.

*

Bajo la luna, lejos,
En el río una vela,
Serena pasa y su reflejo,
¿Qué me revela?

Yo no sé, pero mi ser
Se me hizo extraño,
Y sueño sin ver
Sueños con que me engaño.

¿Qué angustia me abraza?
¿Quién a este amor entiende?
Es la vela que pasa
Y la noche se extiende.

*

El sueño no vino en toda la noche. Ahora
En el horizonte despunta,
Brumosa y fría, la mañana.
¿Qué hago en el mundo?
Nada que la noche apacigüe ni la aurora
Calme. Ni cosa seria ni vana.

Com olhos tontos da febre vã da vigília
    Vejo com horror
O novo dia trazer-me o mesmo dia do fim
    Do mundo e da dor –
Um dia igual aos outros, da eterna família
    De serem assim.

Nem o símbolo ao menos val, a significação
    Da manhã que vem
Saindo lenta da própria essência da noite que era,
    Para quem,
Por tantas vezes ter sempre sperado em vão,
    Já nada spera.

*

Ela canta, pobre ceifeira,
Julgando-se feliz talvez;
Canta, e ceifa, e a sua voz, cheia
De alegre e anónima viuvez,

Ondula como um canto de ave
No ar limpo como um limiar,
E há curvas no enredo suave
Do som que ela tem a cantar.

Ouvi-la alegra e entristece,
Na sua voz há o campo e a lida,
E canta como se tivesse
Mais razões p'ra cantar que a vida.

Ah, canta, canta sem razão!
O que em mim sente stá pensando.

Con ojos afiebrados por la vana vigilia,
        Veo con horror
El día nuevo que me trae el mismo día banal
        Del fondo del mundo y del dolor —
Día que es todos los días, de la eterna familia
        De lo que es igual.

No hay símbolo siquiera, no hay significado
        En la mañana que surge
Brotando lenta de la noche extenuada,
        Para quien ya nada urge,
Pues tantas veces en vano ha esperado
        Que ya no espera nada.

                    *

        Canta la pobre segadora,
        Sintiéndose feliz, tal vez.
        Canta y siega, y su voz sonora,
        De alegre y anónima viudez,

        Ondula como un canto de ave
        Al aire, límpida y sin par,
        Y hay curvas en la trama suave
        Del son que emite al cantar.

        Oírla alegra y entristece,
        En su voz hay campo y fatiga,
        Y canta como si tuviese
        Más razones para hacerlo que la vida.

        ¡Ah, canta, canta sin razón!
        Lo que en mí siente está pensando.

Derrama no meu coração
A tua incerta voz ondeando!

Ah, poder ser tu, sendo eu!
Ter a tua alegre inconsciência,
E a consciência disso! Ó céu!
Ó campo! ó canção! A ciência

Pesa tanto e a vida é tão breve!
Entrai por mim dentro! Tornai
Minha alma a vossa sombra leve!
Depois, levando-me, passai!

¡Derrama en mi corazón
Tu incierta voz ondulando!

¡Ah, poder ser yo siendo tú!
¡Tener tu alegre inconsciencia,
Y de ello la conciencia! ¡Oh infinitud!
¡Oh, campo! ¡Oh, canción! ¡La ciencia

Pesa tanto y la vida es tan breve!
¡Entrad dentro de mí! ¡Tornad
Mi alma vuestra sombra leve!
¡Después, llevándome, pasad!

RUBAIYAT

O fim do longo, inútil dia ensombra.
A mesma sp'rança que não deu se escombra,
Prolixa... A vida é um mendigo bêbado
Que estende a mão à sua própria sombra.

Dormimos o universo. A extensa massa
Da confusão das cousas nos enlaça,
Sonhos; e a ébria confluência humana
Vazia ecoa-se de raça em raça.

Ao gozo segue a dor, e o gozo a esta.
Ora o vinho bebemos porque é festa,
Ora o vinho bebemos porque há dor,
Mas de um e de outro vinho nada resta.

RUBAYAT

Ya el fin del largo, inútil día se oscurece.
La esperanza que nos dio se desvanece,
Difusa... La vida es un pordiosero borracho
Que abre la palma hacia su sombra que se mece.

Dormimos el universo. La extensa masa
Confusa de las cosas nos enlaza
En sueños; y la ebria confluencia humana
Vacía retumba, de raza en raza.

Al goce sigue el dolor y a él la pena manifiesta.
Bebemos vino, ya sea porque es fiesta,
O lo bebemos ya porque hay dolor,
Pero de uno y otro vino nada resta.

ANTI-GAZETILHA

No comboio descendente
Vinha tudo à gargalhada,
Uns por verem rir os outros
E os outros sem ser por nada –
No comboio descendente
De Queluz à Cruz Quebrada...

No comboio descendente
Vinham todos à janela,
Uns calados para os outros
E os outros a dar-lhes trela –
No comboio descendente
Da Cruz Quebrada a Palmela...

No comboio descendente
Mas que grande reinação:
Uns dormindo, outros com sono,
E os outros nem sim nem não –
No comboio descendente
De Palmela a Portimão...

ANTIGACETILLA

En el tren que iba volviendo
Eran todas carcajadas.
Reían unos de los otros
Y estos reían por nada,
En el tren que iba volviendo
De Queluz a Cruz Quebrada...

En el tren que iba volviendo
El bullicio era de escuela.
Pocos eran los callados
Muchas las voces gemelas,
En el tren que iba volviendo
De Cruz Quebrada a Palmela...

En el tren que iba volviendo
Todo estaba entreverado:
Caras dormidas, ojos abiertos
Y expresiones de desgano,
En el tren que iba volviendo
De Palmela a Portimano...

O AVÔ E O NETO

Ao ver o neto a brincar,
Diz o avô, entristecido:
«Ah, quem me dera voltar
A estar assim entretido!

«Quem me dera o tempo quando
Castelos assim fazia,
E que os deixava ficando
Às vezes p'ra o outro dia;

«E toda a tristeza minha
Era, ao acordar p'ra vê-lo,
Ver que a criada já tinha
Arrumado o meu castelo».

Mas o neto não o ouve
Porque está preocupado
Com um engano que houve
No portão para o soldado.

E, enquanto o avô cisma, e triste
Lembra a infância que lá vai,
Já mais uma casa existe
Ou mais um castelo cai;

E o neto, olhando afinal
E vendo o avô a chorar,
Diz, «Caiu, mas não faz mal:
Torna-se já a arranjar».

EL ABUELO Y EL NIETO

Al ver al nieto jugar,
el abuelo entristecido
Dice: "¡Quién pudiera estar
Otra vez entretenido!"

"Ah, volver al tiempo encantado
En que castillos yo construía,
Y de veras bien armados
Los guardaba hasta el otro día;

"Pero era todo tristeza
Al despertar lleno de brío,
Y ver que, por la limpieza,
Los habían destruido".

Mas el nieto no lo escucha
Porque él se encuentra ganado
Por el fervor de la lucha
Que trabaron sus soldados

Y mientras pena abstraído,
Su infancia el abuelo evoca,
Una casa él ha construido
O un castillo entre las rocas;

Hasta que el nieto viendo
A su abuelo envuelto en llanto,
Dice: "Se cayó, fue el viento:
No llores, ya lo levanto".

MARINHA

Ditosos a quem acena
Um lenço de despedida!
São felizes: têm pena...
Eu sofro sem pena a vida.

Doo-me até onde penso,
E a dor é já de pensar,
Órfão de um sonho suspenso
Pela maré a vazar...

E sobe até mim, já farto
De improfícuas agonias,
No cais de onde nunca parto,
A maresia dos dias.

MARINA

¡Dichosos lo que se alejan
Viendo pañuelos de despedida!
Una pena los aqueja...
Yo sin pena sufro la vida.

Me duele hasta donde pienso,
Y el dolor ya es de pensar,
Huérfano de un sueño intenso
Suspendido sobre el mar...

Y sube hasta mí, ya harto
De inútiles agonías,
En el muelle del que no parto,
La marea de los días.

QUALQUER MÚSICA...

Qualquer música, ah, qualquer,
Logo que me tire da alma
Esta incerteza que quer
Qualquer impossível calma!

Qualquer música – guitarra,
Viola, harmónio, realejo...
Um canto que se desgarra...
Um sonho em que nada vejo...

Qualquer coisa que não vida!
Jota, fado, a confusão
Da última dança vivida...
Que eu não sinta o coração!

ALGUNA MELODÍA

¡Ah, una melodía, la que fuere,
Que me arranque por fin del alma
Esta incerteza que quiere
Una imposible calma!

Alguna melodía, cualquiera – guitarra,
Viola, lo que sea...
Un canto que se desgarra...
Un sueño en que no me vea...

¡Todo menos la vida!
Jota, fado, confusión
De la última fiesta vivida...
¡Que no sienta mi corazón!

DEPOIS DA FEIRA

Vão vagos pela estrada,
Cantando sem razão
A última esperança dada
À última ilusão.
Não significam nada.
Mimos e bobos são.

Vão juntos e diversos
Sob um luar de ver,
Em que sonhos imersos
Nem saberão dizer,
E cantam aqueles versos
Que lembram sem querer.

Pajens de um morto mito,
Tão líricos!, tão sós!
Não têm na voz um grito,
Mal têm a própria voz;
E ignora-os o infinito
Que nos ignora a nós.

DESPUÉS DE LA FERIA

Confusos por la calzada,
Cantando van sin razón
La última esperanza dada
A la última ilusión.
No significan nada.
Bufones y mimos son.

Van juntos y dispersos
Bajo una luna sin horas,
En qué sueños inmersos
Todos ellos lo ignoran,
Y cantan aquellos versos
Que sin querer rememoran.

¡Pajes de un muerto mito,
Líricos de un ensueño!
No guarda su voz ni un grito,
Ni son de su voz los dueños;
Los ignora el infinito
Como ignora nuestros sueños.

TOMÁMOS A VILA DEPOIS
DE UM INTENSO BOMBARDEAMENTO

A criança loura
Jaz no meio da rua.
Tem as tripas de fora
E por uma corda sua
Um comboio que ignora.

A cara está um feixe
De sangue e de nada.
Luz um pequeno peixe –
Dos que boiam nas banheiras –
À beira da estrada.

Cai sobre a estrada o escuro,
Longe, ainda uma luz doura
A criação do futuro...

E o da criança loura?

TOMAMOS EL POBLADO TRAS
UN INTENSO BOMBARDEO

La niña rubia deshecha
Yace en la calle tendida.
Tiene las tripas salidas
Y hay en su mano derecha
Un tren de lata, sin vida.

Su cara en un despojo
De sangre y de nada,
Y se ve un pececito rojo,
De goma y con grandes ojos,
Al borde de la calzada.

Ya sobre el camino cae lo oscuro,
Lejos, aún una luz dora
La creación del futuro...

¿Y la niña, ahora?

CANÇÃO

Sol nulo dos dias vãos,
Cheios de lida e de calma,
Aquece ao menos as mãos
A quem não entras na alma!

Que ao menos a mão, roçando
A mão que por ela passe,
Com externo calor brando
O frio da alma disfarce!

Senhor, já que a dor é nossa
E a fraqueza que ela tem,
Dá-nos ao menos a força
De a não mostrar a ninguém!

CANCIÓN

¡Sol nulo de los días vanos,
Llenos de esfuerzo y calma,
Entibia al menos las manos
De quien no alcanzas el alma!

¡Que esas manos al menos emulen
La mano que las acaricia,
Y con externo calor disimulen
El frío que su alma asfixia!

¡Señor, ya que es nuestro el dolor
Y la pena que lo crea,
Danos al menos vigor
Para que nadie lo vea!

O MENINO DA SUA MÃE

No plaino abandonado,
Que a morna brisa aquece,
De balas trespassado
– Duas de lado a lado –
Jaz morto, e arrefece.

Raia-lhe a farda o sangue,
De braços estendidos,
Alvo, louro, exangue,
Fita com olhar langue
E cego os céus perdidos.

Tão jovem! Que jovem era!
Agora que idade tem?
Filho único, a mãe lhe dera
Um nome, e o mantivera –
«O menino da sua mãe»...

Caiu-lhe da algibeira
A cigarreira breve.
Dera-lhe a mãe. Está inteira
E boa a cigarreira,
Ele é que já não serve.

Da outra algibeira, alada
Ponta a roçar o solo,
A brancura embainhada
Do lenço... Deu-lho a criada
Velha, que o trouxe ao colo.

154

EL NIÑO DE MAMÁ

En el llano abandonado
Que la brisa tibia envuelve,
Por las balas traspasado
– Dos, de lado a lado –
Yace muerto y se disuelve.

Hay sangre en su uniforme.
Con los brazos extendidos,
Pálido, rubio y deforme
Mira sin ver el orbe,
Ciego a los cielos perdidos.

¡Tan joven! ¡Qué joven era!
(¿Ahora, cuál es su edad?)
Hijo único, la madre le dio
Nombre pero siempre lo llamó:
"El niño de mamá".

Cayó de su campera
La cigarrera plateada
Que su madre le dio. Y aun entera
Y buena la cigarrera,
Ya no le sirve de nada.

De otro bolsillo, alada
Sobresale, rozando el suelo,
La blancura bordada
De un pañuelo... Regalo de la criada
Que de niño le dio consuelo.

Lá longe, em casa, há a prece:
Que volte cedo e bem!
(Malhas que o Império tece!)
Jaz morto, e apodrece,
O menino da sua mãe...

Lejos, en la casa, un rezo está pidiendo
"¡Que esté bien y vuelva ya!"
(¡Redes que el Imperio va tejiendo!)
Ya muerto, se está pudriendo
El niño de su mamá.

Sagra, sinistro, a alguns o astro baço.
Seus três anéis irreversíveis são
A desgraça, a amargura, a solidão.
Oito luas fatais fitam no espaço.

Este, poeta, Apolo em seu regaço
A Saturno entregou. A plúmbea mão
Lhe ergueu ao alto o aflito coração,
E, erguido, o apertou, sangrando lasso.

Inúteis oito luas da loucura
Quando a cintura tríplice denota
Solidão, e desgraça, e amargura!

Mas da noite sem fim um rastro brota,
Vestígio de maligna formosura:
É a lua além de Deus, álgida e ignota.

GOMES LEAL[9]

Siniestro, a algunos, consagra el astro sin color.
Son sus tres anillos irreversibles
Amargura, soledad y dolor.
Fatales observan ocho lunas inamovibles.

A este poeta, Apolo en su pecho
A Saturno entregó. Su puño plomizo
Hacia lo alto alzó su corazón deshecho,
Y, erguido, lo estrechó, enfermizo.

¡Inútiles ocho lunas de la locura
Cuando el talle triple denota
Soledad y dolor y amargura!

Mas de la noche sin fin un rastro brota,
Vestigio de maligna hermosura:
Es la luna más allá de Dios, glacial e ignota.

---

9. Poeta portugués. Vivió entre 1848 y 1921. Autor de poemas pan-
fletarios y satíricos. *(N. del T.)*

O ÚLTIMO SORTILÉGIO

«Já repeti o antigo encantamento,
E a grande Deusa aos olhos se negou.
Já repeti, nas pausas do amplo vento,
As orações cuja alma é um ser fecundo.
Nada me o abismo deu ou o céu mostrou.
Só o vento volta onde estou toda e só,
E tudo dorme no confuso mundo.

«Outrora meu condão fadava as sarças
E a minha evocação do solo erguia
Presenças concentradas das que esparsas
Dormem nas formas naturais das cousas.
Outrora a minha voz acontecia.
Fadas e elfos, se eu chamasse, via,
E as folhas da floresta eram lustrosas.

«Minha varinha, com que da vontade
Falava às existências essenciais,
Já não conhece a minha realidade.
Já, se o círculo traço, não há nada.
Murmura o vento alheio extintos ais,
E ao luar que sobe além dos matagais
Não sou mais do que os bosques ou a estrada.

«Já me falece o dom com que me amavam.
Já me não torno a forma e o fim da vida
A quantos que, buscando-os, me buscavam.
Já, praia, o mar dos braços não me inunda.
Nem já me vejo ao sol saudado erguida,

EL ÚLTIMO SORTILEGIO

"Ya repetí el antiguo encantamiento,
Y la gran Diosa a mis ojos se negó.
Ya repetí, en cada pausa del viento,
Oraciones cuya alma es algo fecundo.
Nada me dio el abismo o el cielo me mostró.
Sólo el viento vuelve adonde entera y sola yo
Estoy, y todo duerme en el confuso mundo.

"Antaño, con mi don, hechizaba yo las zarzas
Y mi invocación del suelo erguía
Presencias concentradas que esparcidas
Duermen en las formas naturales de las cosas.
Antaño con mi voz eso yo hacía.
Hadas y elfos, al oírme, respondían.
Y las hojas del bosque eran lustrosas.

"La mágica vara que, por mi voluntad,
Hablaba a las presencias esenciales,
No reconoce ya mi realidad:
Si trazo el círculo, no sucede nada.
Susurra el viento ajeno extintos ayes.
Y bajo la luna que asoma detrás de los zarzales
No soy más que el bosque o la cañada.

"Ya se extingue el don con que me amaban.
No me convierto ya en forma o fin de vida
Para quienes, tras ellos, me buscaban.
Aplanado, el mar ya no me inunda.
Ni ya ante el sol honrado estoy erguida

Ou, em êxtase mágico perdida,
Ao luar, à boca da caverna funda.

«Já as sacras potências infernais,
Que, dormentes sem deuses nem destino,
À substância das cousas são iguais,
Não ouvem minha voz ou os nomes seus.
A música partiu-se do meu hino.
Já meu furor astral não é divino
Nem meu corpo pensado é já um deus.

«E as longínquas deidades do atro poço,
Que tantas vezes, pálida, evoquei
Com a raiva de amar em alvoroço,
Inevocadas hoje ante mim estão.
Como, sem que as amasse, eu as chamei,
Agora, que não amo, as tenho, e sei
Que meu vendido ser consumirão.

«Tu, porém, Sol, cujo ouro me foi presa,
Tu, Lua, cuja prata converti,
Se já não podeis dar-me essa beleza
Que tantas vezes tive por querer,
Ao menos meu ser findo dividi –
Meu ser essencial se perca em si,
Só meu corpo sem mim fique alma e ser!

«Converta-me a minha última magia
Numa estátua de mim em corpo vivo!
Morra quem sou, mas quem me fiz e havia,
Anónima presença que se beija,
Carne do meu abstracto amor captivo,
Seja a morte de mim em que revivo;
E tal qual fui, não sendo nada, eu seja!»

O bajo la luna, en éxtasis, perdida
En la boca de la cueva profunda.

"Ya las sacras potencias infernales,
Como durmientes sin dioses ni destino
Que a la sustancia de las cosas son iguales,
No escuchan sus nombres ni mi voz.
La música a mi canto ya no vino.
Ya mi furor astral no es adivino
Ni mi cuerpo pensado ya es un dios.

"Y las remotas deidades del funesto pozo,
Que tantas veces, pálida, evoqué
Con la furia de quien ama en alborozo,
No convocadas hoy ante mí están.
Puesto que yo, sin amarlas, las llamé,
Las tengo ahora que no amo y sé
Que mi vendido ser consumirán.

"¡Mas tú, Sol, cuyo oro fue mi presa,
Y tú, Luna, cuya plata convertí,
Si ya no podéis darme esa belleza
Que tantas veces tuve por querer,
Al menos mi ser muerto dividid:
Que mi ser esencial se pierda en sí,
Y mi cuerpo sin mí sea alma y ser!

"¡Conviértame la postrera magia mía
En estatua de mí en un cuerpo vivo!
¡Muera quien soy, y quien de mí hice y había,
Anónima presencia que se besa,
Carne de mi abstracto ser cautivo,
Sea la muerte de mí en que revivo;
Y tal cual fui, no siendo nada, sea!"

O ANDAIME

O tempo que eu hei sonhado
Quantos anos foi de vida!
Ah, quanto do meu passado
Foi só a vida mentida
De um futuro imaginado!

Aqui à beira do rio
Sossego sem ter razão.
Este seu correr vazio
Figura, anónimo e frio,
A vida vivida em vão.

A sprança que pouco alcança!
Que desejo vale o ensejo?
E uma bola de criança
Sobe mais que a minha sprança,
Rola mais que o meu desejo.

Ondas do rio, tão leves
Que não sois ondas sequer,
Horas, dias, anos, breves
Passam – verduras ou neves
Que o mesmo sol faz morrer.

Gastei tudo que não tinha.
Sou mais velho do que sou.
A ilusão, que me mantinha,
Só no palco era rainha:
Despiu-se, e o reino acabou.

EL ANDAMIO

El tiempo que he soñado
¡Cuántos años fue de vida!
¡Ah, cuánto de mi pasado
Fue sólo vida mentida
De un futuro imaginado!

Aquí, a orillas del río,
Me sereno sin razón
Al ver su paso vacío
Que encarna, anónimo y frío,
La vida sin ton ni son.

¡La esperanza poco alcanza!
¿Qué afán vale mi desvelo?
El globo que un niño lanza
Sube más que mi esperanza,
Rueda más que mis anhelos.

Olas del río, tan leves
Que ni siquiera son olas,
Horas, días, años, breves
Pasan – verdores y nieves
Que un mismo sol se devora.

Gasté lo que no tenía
Envejecí más que yo.
La fe que me sostenía
Y de reina se vestía,
Fue ilusión y se acabó.

Leve som das águas lentas,
Gulosas da margem ida,
Que lembranças sonolentas
De esperanças nevoentas!
Que sonhos o sonho e a vida!

Que fiz de mim? Encontrei-me'
Quando estava já perdido.
Impaciente deixei-me
Como a um louco que teime
No que lhe foi desmentido.

Som morto das águas mansas
Que correm por ter que ser,
Leva não só as lembranças,
Mas as mortas esperanças –
Mortas, porque hão-de morrer.

Sou já o morto futuro.
Só um sonho me liga a mim –
O sonho atrasado e obscuro
Do que eu devera ser – muro
Do meu deserto jardim.

Ondas passadas, levai-me
Para o olvido do mar!
Ao que não serei legai-me,
Que cerquei com um andaime
A casa por fabricar.

Leve son de aguas ociosas
En pos de la margen perdida,
¡Qué memorias perezosas
De esperanzas neblinosas!
¡Qué sueño el sueño y la vida!

¿Qué hice de mí? Me encontré
Cuando ya estaba perdido.
Impaciente me dejé
Como a un loco que aún cree
En lo que le fue desmentido.

Son extinto de aguas mansas
Que van porque tienen que ir,
Llévate mis añoranzas
Y las muertas esperanzas –
Muertas, pues todo debe morir.

Yo soy el muerto futuro.
Sólo un sueño me une a mí:
El sueño atrasado y oscuro
De lo que yo debí ser: un muro
De mi desierto jardín.

¡Olas, pasadas, llevadme al partir
Hacia el olvido del mar!
A lo que no seré, quiero ir
Pues no supe concluir
La casa por habitar.

GUIA-ME A só razão.
Não me deram mais guia.
Alumia-me em vão?
Só ela me alumia.

Tivesse Quem criou
O mundo desejado
Que eu fosse outro que sou,
Ter-me-ia outro criado.

Deu-me olhos para ver.
Olho, vejo, acredito.
Como ousarei dizer:
«Cego, fora eu bendito»?

Como o olhar, a razão
Deus me deu, para ver
Para além da visão –
Olhar de conhecer.

Se ver é enganar-me,
Pensar um descaminho,
Não sei. Deus os quis dar-me
Por verdade e caminho.

Sólo la razón me orienta.
Con otra guía no cuento.
¿En vano ella me alimenta?
Es mi único sustento.

Si a bien tuviese
Quien el mundo deseado
Creó, que yo otro fuese,
Otro me habría creado.

Me dio ojos para ver.
Miro, veo, me parece.
¿Cómo osaría creer
Que ser ciego mejor fuese?

Así como los ojos, la razón
Dios me dio para ver
Más allá de la visión;
Ojos para conocer.

Si ver es ver apariencias
Y pensar un desatino,
No sé. Dios no me dio más ciencia,
Ni más verdad ni camino.

INICIAÇÃO

Não dormes sob os ciprestes,
Pois não há sono no mundo.
....
O corpo é a sombra das vestes
Que encobrem teu ser profundo.

Vem a noite, que é a morte,
E a sombra acabou sem ser.
Vais na noite só recorte,
Igual a ti sem querer.

Mas na Estalagem do Assombro
Tiram-te os Anjos a capa.
Segues sem capa no ombro,
Com o pouco que te tapa.

Então Arcanjos da Estrada
Despem-te o deixam-te nu.
Não tens vestes, não tens nada:
Tens só teu corpo, que és tu.

Por fim, na funda caverna,
Os Deuses despem-te mais.
Teu corpo cessa, alma externa,
Mas vês que são teus iguais.

....

INICIACIÓN

No duermes bajo el ramaje,
Pues no hay sueño en este mundo.
....
El cuerpo es la sombra del traje
Que cubre tu ser profundo.

La noche es la muerte: aquieta,
Y la sombra acabó sin ser.
Vas por la noche, silueta
Apenas: igual a ti sin querer.

En la Casa del Asombro
Te quita un Ángel la capa.
Sigues sin capa en el hombro,
Con lo poco que te tapa.

Luego Arcángeles de la Senda
Te desvisten y desnudan.
Nada te cubre, sin prendas
Tu cuerpo y tú ya se aúnan.

Más ropa en la honda caverna
Por fin te quitan los Inmortales.
Tu cuerpo cesa, alma externa,
Tú y ellos ya son iguales.

....

A sombra das tuas vestes
Ficou entre nós na Sorte.
Não stás morto entre ciprestes.

....

Neófito, não há morte.

La sombra de tu ropaje
Entregada fue a su Suerte.
No estás muerto entre ramajes.
....

Ah, neófito, no hay muerte.

AUTOPSICOGRAFIA

O poeta é um fingidor.
Finge tão completamente
Que chega a fingir que é dor
A dor que deveras sente.

E os que lêem o que escreve,
Na dor lida sentem bem,
Não as duas que ele teve,
Mas só a que eles não têm.

E assim nas calhas de roda
Gira, a entreter a razão,
Esse comboio de corda
Que se chama o coração.

AUTOPSICOGRAFÍA

El poeta es un fingidor.
Finge tan completamente
Que hasta finge que es dolor
El dolor que de veras siente.

Y quienes leen lo que escribe,
Sienten, en el dolor leído,
No los dos que el poeta vive,
Sino aquel que no han tenido.

Y así va por su camino,
Distrayendo a la razón,
Ese tren sin real destino
Que se llama corazón.

ISTO

Dizem que finjo ou minto
Tudo que escrevo. Não.
Eu simplesmente sinto
Com a imaginação.
Não uso o coração.

Tudo que sonho ou passo,
O que me falha ou finda,
É como que um terraço
Sobre outra cousa ainda.
Essa cousa é que é linda.

Por isso escrevo em meio
Do que não está ao pé,
Livre do meu enleio,
Sério do que não é.
Sentir? Sinta quem lê!

ESTO

Dicen que finjo o miento
En toda mi producción
No. Simplemente siento
Con la imaginación.
No uso el corazón.

Lo que yo sueño o me pasa,
Lo que alcancé o aún me acosa,
Es como una terraza
Abierta siempre a otra cosa.
Y esa cosa sí es hermosa.

Escribo expuesto, por eso,
A lo que en verdad no sé,
Libre ya de mis excesos,
Serio ante lo que no es.
¿Sentir? ¡Que sienta quien lee!

FRESTA

Em meus momentos escuros
Em que em mim não há ninguém,
E tudo é névoas e muros
Quanto a vida dá ou tem,

Se, um instante, erguendo a fronte
De onde em mim sou soterrado,
Vejo o longínquo horizonte
Cheio de sol posto ou nado,

Revivo, existo, conheço;
E, inda que seja ilusão
O exterior em que me esqueço,
Nada mais quero nem peço:
Entrego-lhe o coração.

ABERTURA

En mis momentos oscuros
Cuando en mí no asoma nadie,
Y no es más que niebla y muros,
Lo que en la vida me atañe,

Alzo la frente un instante
De donde vivo agobiado
Y, en el espacio distante,
Veo al sol caer dorado.

Existo entonces, revivo;
Y aunque sólo sea ilusión
Lo exterior en que me olvido,
Nada más quiero ni pido:
Le entrego mi corazón.

EROS E PSIQUE

... E assim vedes, meu Irmão, que as verdades que
vos foram dadas no Grau de Neófito, e aquelas
que vos foram dadas no Grau de Adepto Menor,
são, ainda que opostas, a mesma Verdade.
Do ritual do Grau de Mestre do Átrio
na Ordem Templária de Portugal

Conta a lenda que dormia
Uma princesa encantada
A quem só despertaria
Um infante, que viria
De além do muro da estrada.

Ele tinha que, tentado,
Vencer o mal e o bem,
Antes que, já libertado,
Deixasse o caminho errado
Por o que à Princesa vem.

A Princesa adormecida,
Se espera, dormindo espera.
Sonha em morte a sua vida,
E orna-lhe a fronte esquecida,
Verde, uma grinalda de hera.

Longe o Infante, esforçado,
Sem saber que intuito tem,

EROS Y PSIQUE

...Y así vez, Hermano mío, que las verdades que os fueron reveladas en el Grado de Neófito, y aquellas que os fueron reveladas en el Grado de Adepto Menor, son, aunque opuestas, una misma verdad.

Del ritual del Grado de Maestro del Atrio
en la Orden Templaria de Portugal

Cuenta el mito que dormía
Una princesa encantada
A quien sólo despertaría
Un infante que vendría
De más allá de la estrada.

Este noble, convocado,
Bien y mal vencer debía,
Antes que, ya liberado,
El camino fuese hallado
Por el que Ella seguía.

La Bella aguarda dormida
En lecho ornado de piedra.
Sueña en la muerte su vida,
Y su frente está ceñida
Por verdes hojas de hiedra.

Sin ver dónde va, obcecado,
La vía predestinada

Rompe o caminho fadado.
Ele dela é ignorado.
Ela para ele é ninguém.

Mas cada um cumpre o Destino –
Ela dormindo encantada,
Ele buscando-a sem tino
Pelo processo divino
Que faz existir a estrada.

E, se bem que seja obscuro
Tudo pela estrada fora,
E falso, ele vem seguro,
E, vencendo estrada e muro,
Chega onde em sono ela mora.

E, inda tonto do que houvera,
À cabeça, em maresia,
Ergue a mão, e encontra hera,
E vê que ele mesmo era
A Princesa que dormia.

Pisa el Señor convocado.
Él por ella es ignorado,
Y ella, en él, sólo soñada.

Cada cual cumple el Destino –
Ella durmiendo encantada,
El buscándola sin tino –
Que fija el gesto divino
Y que da vida a esta trama.

Y si bien todo es oscuro
En la senda donde avanza,
Y falso, él va seguro,
Y venciendo senda y muro,
Llega donde ella descansa.

Agotado por la búsqueda y la espera
Enlazadas en tanta noche y día,
Alza la mano, la roza y desespera
Al ver que él mismo era
La Princesa que dormía.

NATAL

Natal. Na província neva.
Nos lares aconchegados
Um sentimento conserva
Os sentimentos pesados.

Coração oposto ao mundo,
Como a família é verdade!
Meu pensamento é profundo,
Por isso tenho saudade.

E como é branca de graça
A paisagem que não sei,
Vista de trás da vidraça
Do lar que nunca terei!

NAVIDAD

Navidad. Nieva en la provincia.
En hogares abrigados
Un sentimiento reinicia
Los sentimientos pasados.

¡Corazón opuesto al mundo
Dame familia otra vez!
Mi pensamiento es profundo,
¿Mi nostalgia no lo es?

¡Y de un blanco sin igual
Es el paisaje que ignoro,
Visto desde el ventanal
Del hogar por el que lloro!

INTERVALO

Quem te disse ao ouvido esse segredo
Que raras deusas têm escutado –
Aquele amor cheio de crença e medo
Que é verdadeiro só se é segredado?...
Quem to disse tão cedo?

Não fui eu, que te não ousei dizê-lo.
Não foi um outro, porque o não sabia.
Mas quem roçou da testa teu cabelo
E te disse ao ouvido o que sentia?
Seria alguém, seria?

Ou foi só que o sonhaste e eu te o sonhei?
Foi só qualquer ciúme meu de ti
Que o supôs dito, porque o não direi,
Que o supôs feito, porque o só fingi
Em sonhos que nem sei?

Seja o que for, que foi que levemente,
A teu ouvido vagamente atento,
Te falou desse amor em mim presente
Mas que não passa do meu pensamento
Que anseia e que não sente?

Foi um desejo que, sem corpo ou boca,
A teus ouvidos de eu sonhar-te disse
A frase eterna, imerecida e louca –
A que as deusas esperam da ledice
Com que o Olimpo se apouca.

INTERVALO

¿Quién te dijo al oído ese secreto
A pocas diosas ofertado –
Aquel amor hecho de fe, miedo, y discreto,
Que es veraz sólo si susurrado?...
¿Quién te dijo tan pronto ese secreto?

A tanto no me atrevía, de modo que yo no fui.
Otro no pudo ser, porque no lo sabía.
¿Quién, pues, rozó tu frente y así
Te susurró al oído qué sentía?
¿Quién, dime, quién lo haría?

¿O es que lo soñaste o yo te lo soñé?
¿Fueron celos míos de ti
Los que dieron por dicho lo que no diré,
Los que concretaron lo que sólo oí
En sueños? Dime qué fue.

Sea lo que fuere, ¿qué, tan suavemente,
Hasta tu oído vagamente atento,
Te habló de ese amor en mí presente
Que no es más que pensamiento,
Que anhela y que no siente?

Fue un deseo que sin cuerpo ni boca,
A tus oídos soñados dio alimento;
Frase eterna, inmerecida y loca –
Esa que las diosas aguardan del contento
Con que el Olimpo siempre nos provoca.

CONSELHO

Cerca de grandes muros quem te sonhas.
Depois, onde é visível o jardim
Através do portão de grade dada,
Põe quantas flores são as mais risonhas,
Para que te conheçam só assim.
Onde ninguém o vir não ponhas nada.

Faze canteiros como os que outros têm,
Onde os olhares possam entrever
O teu jardim como lho vais mostrar.
Mas onde és teu, e nunca o vê ninguém,
Deixa as flores que vêm do chão crescer
E deixa as ervas naturais medrar.

Faze de ti um duplo ser guardado;
E que ninguém, que veja e fite, possa
Saber mais que um jardim de quem tu és
Um jardim ostensivo e reservado,
Por trás do qual a flor nativa roça
A erva tão pobre que nem tu a vês...

CONSEJO

Que altos muros rodeen a quien sueñas.
Haz, después, de tu jardín algo visible
A través de la reja labrada;
Pon cuantas flores sean risueñas,
Para que sólo así seas accesible.
Y donde nadie vea, allí no pongas nada.

Que tus canteros sean como todos suelen ser,
Y que los ojos viéndolos puedan creer
Que tu jardín es tal como lo quieres mostrar.
Pero donde eres tuyo y donde nadie te va a ver,
Deja que del suelo todo pueda florecer
Al pasto espontáneo permítele medrar.

Haz de ti un ser doblemente ausente;
Y que nadie pueda, al observar,
Tener de ti más que ese jardín que es
Opaco y al unísono evidente,
Y atrás del cual la mejor flor sabe buscar
La hierba pobre que ni tú mismo ves...

Álvaro de Campos

OPIÁRIO

Ao senhor Mário de Sá-Carneiro

É antes do ópio que a minh'alma é doente.
Sentir a vida convalesce e estiola
E eu vou buscar ao ópio que consola
Um Oriente ao oriente do Oriente.

Esta vida de bordo há-de matar-me.
São dias só de febre na cabeça
E, por mais que procure até que adoeça,
Já não encontro a mola pra adaptar-me.

Em paradoxo e incompetência astral
Eu vivo a vincos d'ouro a minha vida,
Onda onde o pundonor é uma descida
E os próprios gozos gânglios do meu mal.

É por um mecanismo de desastres,
Uma engrenagem com volantes falsos,
Que passo entre visões de cadafalsos
Num jardim onde há flores no ar, sem hastes.

OPIARIO[10]

Al señor Mário de Sá-Carneiro[11]

Es antes del opio que mi alma doliente
Siente la vida que hiere, y convalece;
Y voy en busca del opio que me ofrece
Un Oriente al oriente del Oriente.

Esta vida de a bordo va a matarme.
Son sólo días de fiebre y de delirio.
Y por más que busque el equilibrio
Ya no sé que hacer para adaptarme.

En paradoja e incompetencia astral,
Mi vida pasa entre oros y perdida,
Ola donde el pundonor no es sino una caída
Y los propios goces, ganglios de mi mal.

Es a fuerza de puro descontento,
De un engranaje con volantes falsos,
Que paso entre visiones de cadalsos
Y flores que flotan sin sustento.

10. La palabra 'opiario' no existe en español ni tampoco en portugués. Se trata de un término creado por Fernando Pessoa. Por eso lo preservo textualmente. Cabe inferir que su campo semántico es muy amplio. Con él pareciera aludirse tanto al sitio donde se consume opio como a la atmósfera opresiva y tediosa en que se lo consume. *(N. del T.)*
11. El poeta y narrador Mario de Sá-Carneiro nació en Lisboa en 1890 y se suicidó en París en 1916. Ya antes de partir hacia París,

Vou cambaleando através do lavor
Duma vida-interior de renda e laca.
Tenho a impressão de ter em casa a faca
Com que foi degolado o Precursor.

Ando expiando um crime numa mala,
Que um avô meu cometeu por requinte.
Tenho os nervos na forca, vinte a vinte,
E caí no ópio como numa vala.

Ao toque adormecido da morfina
Perco-me em transparências latejantes
E numa noite cheia de brilhantes
Ergue-se a lua como a minha Sina.

Eu, que fui sempre um mau estudante, agora
Não faço mais que ver o navio ir
Pelo canal de Suez a conduzir
A minha vida, cânfora na aurora.

Perdi os dias que já aproveitara.
Trabalhei para ter só o cansaço
Que é hoje em mim uma espécie de braço
Que ao meu pescoço me sufoca e ampara.

E fui criança como toda a gente.
Nasci numa província portuguesa

Voy a los tumbos cumpliendo la labor
De una vida interior de encaje y laca.
Creo guardar en casa las estacas
En que agonizó mi Precursor.

Oculto y padecido llevo en la maleta
Un crimen que mi abuelo cometió.
Ver mis nervios en la horca me abatió
Y caigo en el opio como en una cuneta.

Al toque embriagador de la morfina
Me pierdo en transparencias palpitantes
Y aunque la noche desborda de brillantes
Se alza en mí una luna mortecina.

Yo, que fui mal estudiante, ahora
No hago más que ver cómo transcurre
Por el canal de Suez la nave en que se aburre
Mi vida, alcanfor que se agota en la aurora.

Perdí los días que creía aprovechados.
Trabajé sólo en pos de este cansancio
Que es hoy en mí una especie de Bizancio
Donde encuentro y no encuentro lo buscado.

Y fui niño como suele ser la gente.
Nací en una provincia portuguesa

---

donde se matricularía en la Facultad de Derecho, su amistad con
Fernando Pessoa era muy sólida. Ambos, sin lugar a dudas,
integraron la vanguardia literaria de su tiempo y compartieron la
aventura de *Orpheu*. Entre sus principales obras poéticas figuran
A Confissão de Lúcio (1914), *Dispersão* (1914), *Indicios de Oiro*
(edición póstuma, 1937) *(N. del T.)*

E tenho conhecido gente inglesa
Que diz que eu sei inglês perfeitamente.

Gostava de ter poemas e novelas
Publicados por Plon e no *Mercure,*
Mas é impossível que esta vida dure.
Se nesta viagem nem houve procelas!

A vida a bordo é uma coisa triste
Embora a gente se divirta às vezes.
Falo com alemães, suecos e ingleses
E a minha mágoa de viver persiste.

Eu acho que não vale a pena ter
Ido ao Oriente e visto a Índia e a China.
A terra é semelhante e pequenina
E há só uma maneira de viver.

Por isso eu tomo ópio. É um remédio.
Sou um convalescente do Momento.
Moro no rés-do-chão do pensamento
E ver passar a Vida faz-me tédio.

Fumo. Canso. Ah uma terra aonde, enfim,
Muito a leste não fosse o oeste já!
Pra que fui visitar a Índia que há
Se não há Índia senão a alma em mim?

Sou desgraçado por meu morgadio.
Os ciganos roubaram minha Sorte,
Talvez nem mesmo encontre ao pé da morte
Um lugar que me abrigue do meu frio.

Y conocí después a gente inglesa
Que dice que hablo inglés perfectamente.

Me gustaría tener poemas y ensayos
Publicados por Plon y en el *Mercure*,
Pero es imposible que esta vida dure.
¡No hubo en este viaje truenos ni rayos!

La vida a bordo es una cosa triste,
Si bien la gente se divierte a veces.
Hablo con suecos, suizos, con ingleses,
Y mi dolor de vivir se alarga, insiste.

Y creo que de nada sirvió ir
A la India, a la China, hacia el Oriente.
La tierra es siempre igual, intrascendente,
Y no hay más que una manera de vivir.

Por eso fumo opio. Es mi salida.
Soy un convaleciente del Momento.
Vivo en el sótano del pensamiento
Y me aburre ver pasar la Vida.

Fumo. Me canso. ¡Ah, una tierra donde, ahí sí,
Muy al este, el oeste no persista!
¿Por qué busqué la India aunque ella exista,
Si la India no es sino el alma en mí?

Soy desgraciado por mi primogenitura.
Los gitanos se adueñaron de mi Suerte.
Ni así tal vez encuentre yo en la muerte
Un lugar donde escapar a la locura.

Eu fingi que estudei engenharia.
Vivi na Escócia. Visitei a Irlanda.
Meu coração é uma avozinha que anda
Pedindo esmola às portas da Alegria.

Não chegues a Port-Said, navio de ferro!
Volta à direita, nem eu sei para onde.
Passo os dias no smoking-room com o conde –
Um escroc francês, conde de fim de enterro.

Volto à Europa descontente, e em sortes
De vir a ser um poeta sonambólico.
Eu sou monárquico mas não católico
E gostava de ser as coisas fortes.

Gostaria de ter crenças e dinheiro,
Ser vária gente insípida que vi.
Hoje, afinal, não sou senão, aqui,
Num navio qualquer um passageiro.

Não tenho personalidade alguma.
É mais notado que eu esse criado
De bordo que tem um belo modo alçado
De laird escocês há dias em jejum.

Não posso estar em parte alguma. A minha
Pátria é onde não estou. Sou doente e fraco.
O comissário de bordo é velhaco.
Viu-me co'a sueca... e o resto ele adivinha.

Um dia faço escândalo cá a bordo,
Só para dar que falar de mim aos mais.
Não posso com a vida, e acho fatais
As iras com que às vezes me debordo.

Fingí haber estudiado ingeniería.
Viví en Escocia. Después visité Irlanda.
Mi corazón es una viejita que anda
Mendigando en el umbral de la Alegría.

¡No llegues a Port-Said, barco de hierro!
Gira a la derecha, yo qué sé hacia dónde.
Paso los días fumando con el conde –
Un vividor francés, con quien me encierro.

Regreso a Europa sin ganas y, con suerte,
Acaso me convierta en vate simbolicón.
Soy monárquico pero no catolicón
Y aficionado a las cosas fuertes.

Me habría encantado creer, tener dinero,
Ser la varia gente insípida que vi.
Hoy, al final, no soy sino, aquí,
En un barco cualquiera, un mero pasajero.

No tengo, está claro, personalidad. Ninguna.
Más que yo se destaca ese empleado
De a bordo al que se ve tan infatuado
Como un lord inglés que celebra cuanto ayuna.

No sé estar donde estoy, en mi presente.
Mi patria siempre queda en otra parte. Soy débil, achacoso.
Y el comisario de a bordo es un celoso.
Me vio con la sueca... Y el resto lo presiente.

Un día de estos armo un escándalo a bordo,
Sin otro fin que dar que hablar a tanta gente.
No puedo con la vida y encuentro improcedentes
Las iras con que a veces me desbordo.

Levo o dia a fumar, a beber coisas,
Drogas americanas que entontecem,
E eu já tão bêbado sem nada! Dessem
Melhor cérebro aos meus nervos como rosas.

Escrevo estas linhas. Parece impossível
Que mesmo ao ter talento eu mal o sinta!
O facto é que esta vida é uma quinta
Onde se aborrece uma alma sensível.

Os ingleses são feitos pra existir.
Não há gente como esta pra estar feita
Com a Tranquilidade. A gente deita
Um vintém e sai um deles a sorrir.

Pertenço a um género de portugueses
Que depois de estar a Índia descoberta
Ficaram sem trabalho. A morte é certa.
Tenho pensado nisto muitas vezes.

Leve o diabo a vida e a gente tê-la!
Nem leio o livro à minha cabeceira.
Enoja-me o Oriente. É uma esteira
Que a gente enrola e deixa de ser bela.

Caio no ópio por força. Lá querer
Que eu leve a limpo uma vida destas
Não se pode exigir. Almas honestas
Com horas pra dormir e pra comer,

Que um raio as parta! E isto afinal é inveja.
Porque estes nervos são a minha morte.
Não haver um navio que me transporte
Para onde eu nada queira que o não veja!

Me paso el día fumando, bebiendo cualquier cosa,
Drogas americanas que anonadan,
Y ando borracho, aun sin probar nada.
Lo mejor para mis nervios serían rosas.

Escribo estas líneas. ¡Realmente es increíble
Que a mi talento yo casi no lo advierta!
Esta vida es como el letargo de una siesta
Donde se aburre mi alma sensible.

Los ingleses se han hecho para existir.
Esta gente es suave como seda,
Y es tranquila, y le basta ver revolotear una moneda
Para que alguno se ponga a sonreír.

El mío responde a un perfil de portugueses
Que después de los descubrimientos
Se quedaron sin trabajo. La muerte, lo presiento,
Es cierta. He pensado en ello muchas veces.

¡Al diablo con la vida y todo el que la usa!
Dejo el libro que leía en una silla.
Me harta el Oriente. Es una maravilla
Que la gente estropeó y de la que abusa.

Caigo, pues, en el opio. No lo puedo impedir.
Que pase en limpio una vida como ésta
No se me puede exigir. ¡Atrás, almas honestas
Con horas fijas para comer y dormir!

¡Que un rayo las parta! Y me sé, que conste, resentido.
Es que mis nervios son un auténtico calvario
Pido, por eso, un viaje elemental, primario
Hacia alguna forma de sentido.

Ora! Eu cansava-me do mesmo modo.
Qu'ria outro ópio mais forte pra ir de ali
Para sonhos que dessem cabo de mim
E pregassem comigo nalgum lodo.

Febre! Se isto que tenho não é febre,
Não sei como é que se tem febre e sente.
O facto essencial é que estou doente.
Está corrida, amigos, esta lebre.

Veio a noite. Tocou já a primeira
Corneta, pra vestir para o jantar.
Vida social por cima! Isso! E marchar
Até que a gente saia pla coleira!

Porque isto acaba mal e há-de haver
(Olá!) sangue e um revólver lá prò fim
Deste desassossego que há em mim
E não há forma de se resolver.

E quem me olhar, há-de me achar banal,
A mim e à minha vida... Ora! um rapaz...
O meu próprio monóculo me faz
Pertencer a um tipo universal.

Ah quanta alma haverá, que ande metida
Assim como eu na Linha, e como eu mística!
Quantos sob a casaca característica
Não terão como eu o horror à vida?

Se ao menos eu por fora fosse tão
Interessante como sou por dentro!
Vou no Maelstrom, cada vez mais prò centro.
Não fazer nada é a minha perdição.

¿Para qué? Me hartaría de uno u otro modo.
Un opio más fuerte me hubiera gustado
Para alcanzar los sueños que hubiesen dolo
Conmigo de bruces en el lodo.

¿Fiebre? Si no me arde la frente.
No sé cómo afiebrarme y sentir.
Lo esencial es que voy a morir.
Esto, mis amigos, es más que evidente.

Cayó la noche. Sonó ya la primera campanada
Que ordena vestirse y pasar a cenar.
¡Toda una vida social! ¡Eso! ¡Ya, marchar
Uno tras otro, muchedumbre engrillada!

Porque esto acaba mal y ha de haber
(¡Cómo no!) Sangre y un revólver al final
De este desasosiego que es mi mal
Y que no entiendo cómo resolver.

Y quien me mire me encontrará banal,
A mí y a mi vida... No soy sino un jovenzuelo
A quien su aspecto sin vuelo
Inscribe en un tipo universal.

¡Ah! ¿Cuántos habrá con el alma sometida
a la Rectitud, y aun así, místicos
Como yo? ¿Cuántos, bajo el frac característico,
No sentirán, como yo, horror a la vida?

¡Si al menos por fuera tuviese yo ocasión
De ser tan interesante como soy por dentro!
Voy en el Maelstrom, cada vez más hacia el centro.
No hacer nada es mi perdición.

Um inútil. Mas é tão justo sê-lo!
Pudesse a gente desprezar os outros
E, ainda que co'os cotovelos rotos,
Ser herói, doido, amaldiçoado ou belo!

Tenho vontade de levar as mãos
À boca e morder nelas fundo e a mal.
Era uma ocupação original
E distraía os outros, os tais sãos.

O absurdo como uma flor da tal Índia
Que não vim encontrar na Índia, nasce
No meu cérebro farto de cansar-se.
A minha vida mude-a Deus ou finde-a...

Deixe-me estar aqui, nesta cadeira,
Até virem meter-me no caixão.
Nasci pra mandarim de condição,
Mas faltam-me o sossego, o chá e a esteira.

Ah que bom que era ir daqui de caída
Prà cova por um alçapão de estouro!
A vida sabe-me a tabaco louro.
Nunca fiz mais do que fumar a vida.

E afinal o que quero é fé, é calma,
E não ter estas sensações confusas,
Deus que acabe com isto! Abra as eclusas –
E basta de comédias na minh'alma!

1914, Março.
No canal de Suez, a bordo.

Un inútil. Pero así he nacido.
¡Ah, si pudiera despreciar toda esta gente
Y aun con aspecto de indigente,
Ser héroe, loco, bello o maldecido!

Tengo ganas de meterme las manos
En la boca y morder hasta sangrarme.
Sería una forma original de realizarme
Y distraer, de paso, a los presuntos sanos.

Lo absurdo –como si de la India imaginaria fuera
Un fruto que la India real no me brindó– brota
En mi cerebro, hasta que se agota.
Que Dios cambie mi vida o que yo muera.

Déjenme estar aquí, a la vera
De todo, hasta que termine en un cajón.
Nací para mandarín ¡qué distinción!
Pero me faltan la paz, el té y la estera.

¡Ah, qué bueno sería libre ir bajando
Hacia mi tumba por una rampa de estruendo!
La vida me sabe a tabaco rubio, y bien entiendo
Que no hice más que pasármelas fumando.

Al fin de cuentas, sólo pido fe y quiero calma
Y no tener ya tanta sensación confusa.
¡Qué termine Dios con esto y abra las esclusas
Y basta ya de comedias en mi alma!

marzo de 1914.
A bordo, por el Canal de Suez.

ODE TRIUNFAL

À dolorosa luz das grandes lâmpadas eléctricas da
[fábrica
Tenho febre e escrevo.
Escrevo rangendo os dentes, fera para a beleza
[disto,
Para a beleza disto totalmente desconhecida dos antigos.

Ó rodas, ó engrenagens, r-r-r-r-r-r-r eterno!
Forte espasmo retido dos maquinismos em fúria!
Em fúria fora e dentro de mim,
Por todos os meus nervos dissecados fora,
Por todas as papilas fora de tudo com que eu sinto!
Tenho os lábios secos, ó grandes ruídos modernos,
De vos ouvir demasiadamente de perto,
E arde-me a cabeça de vos querer cantar com um
[excesso
De expressão de todas as minhas sensações,
Com um excesso contemporâneo de vós, ó máquinas!

Em febre e olhando os motores como a uma Natureza
[tropical –
Grandes trópicos humanos de ferro e fogo e força –
Canto, e canto o presente, e também o passado e o futuro,
Porque o presente é todo o passado e todo o futuro
E há Platão e Virgílio dentro das máquinas e das luzes
[eléctricas
Só porque houve outrora e foram humanos Virgílio e
[Platão,
E pedaços do Alexandre Magno do século talvez
[cinquenta,

ODA TRIUNFAL

Bajo la dolorosa luz de las grandes lámparas eléctricas de la
                                        [fábrica
Tengo fiebre y escribo.
Escribo rechinando los dientes, fiera cebada por la belleza
                                        [de esto,
Totalmente desconocida por los antiguos.

¡Oh ruedas, oh engranajes, r-r-r-r-r-r eterno!
¡Fuerte espasmo retenido de la maquinaria en furia!
¡En furia fuera y dentro de mí,
A lo largo de todos mis nervios disecados,
Por todas las papilas fuera de todo aquello con que siento!
Tengo los labios secos, oh grandes ruidos modernos,
A fuerza de oírlos tanto desde tan cerca,
Y me arde la cabeza por querer cantarlos a ustedes con un
                                        [exceso
De expresión de todas mis sensaciones,
Con un exceso contemporáneo de ustedes, ¡oh máquinas!

En fiebre y mirando los motores como una Naturaleza
                                        [tropical –
Grandes trópicos humanos de hierro y fuego y fuerza –
Canto y canto el presente, y también el pasado y el futuro,
Porque el presente es todo el pasado y todo el futuro
Y hay Platón y Virgilio dentro de las máquinas y en las
                                        [luces eléctricas
Sólo porque existieron otrora y fueron humanos, Virgilio y
                                        [Platón,
Y fragmentos del Alejandro Magno tal vez del siglo
                                        [cincuenta,

207

Átomos que hão-de ir ter febre para o cérebro do Ésquilo
                              [do século cem,
Andam por estas correias de transmissão e por estes
                              [êmbolos e por estes volantes,
Rugindo, rangendo, ciciando, estrugindo, ferreando,
Fazendo-me um excesso de carícias ao corpo numa só
                              [carícia à alma.

Ah, poder exprimir-me todo como um motor se exprime!
Ser completo como uma máquina!
Poder ir na vida triunfante como um automóvel último-
                              [modelo!
Poder ao menos penetrar-me fisicamente de tudo isto,
Rasgar-me todo, abrir-me completamente, tornar-me
                              [passento
A todos os perfumes de óleos e calores e carvões
Desta flora estupenda, negra, artificial e insaciável!

Fraternidade com todas as dinâmicas!
Promíscua fúria de ser parte-agente
Do rodar férreo e cosmopolita
Dos comboios estrénuos,
Da faina transportadora-de-cargas dos navios,
Do giro lúbrico e lento dos guindastes,
Do tumulto disciplinado das fábricas,
E do quase-silêncio ciciante e monótono das correias de
                              [transmissão!

Horas europeias, produtoras, entaladas
Entre maquinismos e afazeres úteis!
Grandes cidades paradas nos cafés,
Nos cafés – oásis de inutilidades ruidosas
Onde se cristalizam e se precipitam
Os rumores e os gestos do Útil

208

Átomos que tendrán fiebre en el cerebro del Esquilo del
[siglo cien
Se deslizan por estas correas de transmisión y por estos
[émbolos y estos volantes,
Rugiendo, rechinando, susurrando, estrujando, compactando,
Haciéndome un exceso de caricias en el cuerpo en una sola
[caricia del alma.

¡Ah, poder expresarme entero como se expresa un motor!
¡Ser completo como una máquina!
¡Poder ir por la vida triunfante como un coche último
[modelo!
¡Poder al menos impregnarme físicamente de todo esto,
Rasgarme todo, abrirme completamente, volverme
[poroso
A todos los perfumes de aceites y calores y carbones
De esta flora estupenda, negra, artificial e insaciable!

¡Fraternidad con todas las dinámicas!
¡Furia promiscua de ser parte-agente
Del rodar férreo y cosmopolita
De trenes poderosos,
De la faena de carga de los barcos de transporte,
Del giro lascivo y lento de las grúas,
Del tumulto disciplinado de las fábricas,
Y del casi silencio susurrante y monótono de las correas de
[transmisión!

¡Horas europeas, productoras, encuadradas
Entre maquinarias y tareas productivas!
¡Grandes ciudades detenidas en los cafés,
En los cafés – oasis de inutilidades ruidosas
Donde cristalizan y se precipitan
Los rumores y los gestos de lo Útil

E as rodas, e as rodas-dentadas e as chumaceiras do
                                    [Progressivo!
Nova Minerva sem-alma dos cais e
                                    [das gares!
Novos entusiasmos de estatura do Momento!
Quilhas de chapas de ferro sorrindo encostadas às docas,
Ou a seco, erguidas, nos planos-inclinados dos portos!
Actividade internacional, transatlântica, *Canadian-Pacific*!
Luzes e febris perdas de tempo nos bares, nos hotéis,
Nos Longchamps e nos Derbies e nos Ascots,
E Piccadillies e Avenues de l'Ópera que entram
Pela minh'alma dentro!

Hé-la as ruas, hé-lá as praças, hé-lá-hô *la foule!*
Tudo o que passa, tudo o que pára às montras!
Comerciantes; vadios; escrocs exageradamente bem-
                                    [vestidos;
Membros evidentes de clubs aristocráticos;
Esquálidas figuras dúbias; chefes de família vagamente
                                    [felizes
E paternais até na corrente de oiro que atravessa o colete
De algibeira a algibeira!
Tudo o que passa, tudo o que passa e nunca passa!
Presença demasiadamente acentuada de cocottes;
Banalidade interessante (e quem sabe o quê por dentro?)
Das burguesinhas, mãe e filha geralmente,
Que andam na rua com um fim qualquer;
A graça feminil e falsa dos pederastas que passam,
                                    [lentos;
E toda a gente simplesmente elegante que passeia e se mostra
E afinal tem alma lá dentro!

(Ah, como eu desejaria ser o *souteneur* disto tudo!)

Y las ruedas, y las ruedas dentadas y las chumaceras del
[Progreso!
¡Nueva Minerva sin alma de los muelles y de los andenes
[del ferrocarril!
¡Nuevos fervores que tienen la estatura de este Momento!
¡Quillas de chapas de hierro sonriente apiladas en los diques
O secas y erguidas, en los planos inclinados de los puertos!
¡Actividad internacional, transatlántica, *Canadian-Pacific*!
Luces y febriles pérdidas de tiempo en los bares, en los hoteles,
En los Derbies y Ascots y Longchamps,
Y Piccadillies y Avenues de l'Opera que se meten
Hasta el fondo de mi alma!

¡Eh-las calles, eh-las plazas, eh-la-hó *la foule*!
¡Todo lo que pasa, todo lo que se para frente a las vidrieras!
Comerciantes, vagos, estafadores exageradamente
[elegantes,
Miembros notorios de clubes aristocráticos,
Escuálidas figuras rubias, jefes de familia vagamente
[felices
Y paternales hasta en la cadena de oro que les cruza el chaleco
¡De bolsillo a bolsillo!
¡Todo lo que pasa, todo lo que pasa y nunca pasa!
Presencia demasiado evidente de las *cocottes*;
Banalidad interesante (¿y quién sabe qué por dentro?)
De las burguesitas, madre e hija generalmente,
Que van por la calle con un propósito cualquiera;
La gracia femenina y falsa de los pederastas que pasan,
[lentos,
¡Y toda la gente simplemente elegante que pasea y se exhibe
Y que pese a todo tiene alma!

(¡Ah, cómo desearía yo ser el *souteneur* de todo esto!)

A maravilhosa beleza das corrupções políticas,
Deliciosos escândalos financeiros e diplomáticos,
Agressões políticas nas ruas,
E de vez em quando o cometa dum regicídio
Que ilumina de prodígio e Fanfarra os céus
Usuais e lúcidos da Civilização quotidiana!
Notícias desmentidas dos jornais,
Artigos políticos insinceramente sinceros,
Notícias *passez à-la-caisse*, grandes crimes –
Duas colunas deles passando para a segunda página!
O cheiro fresco a tinta de tipografia!
Os cartazes postos há pouco, molhados!
Vients-de-paraître amarelos com uma cinta branca!
Como eu vos amo a todos, a todos, a todos,
Como eu vos amo de todas as maneiras,
Com os olhos e com os ouvidos e com o olfacto
E com o tacto (o que palpar-vos representa para mim!)
E com a inteligência como uma antena que fazeis vibrar!
Ah, como todos os meus sentidos têm cio de vós!

Adubos, debulhadoras a vapor, progressos de agricultura!
Química agrícola, e o comércio quase uma ciência!
Ó mostruários dos caixeiros-viajantes,
Dos caixeiros-viajantes, cavaleiros-andantes da
                              [Indústria,
Prolongamentos humanos das fábricas e dos calmos
                              [escritórios!

Ó fazendas nas montras! ó manequim! ó últimos
                              [figurinos!
Ó artigos inúteis que toda a gente quer comprar!
Olá grandes armazéns com várias secções!
Olá anúncios eléctricos que vêm e estão e
                              [desaparecem!

¡La maravillosa belleza de las corrupciones políticas,
Deliciosos escándalos financieros y diplomáticos,
Agresiones políticas en las calle,
Y de vez en cuando el cometa de un regicidio
Que ilumina de prodigio y Fanfarria los cielos
Usuales y lúcidos de la Civilización cotidiana!
¡Noticias desmentidas de los diarios,
Artículos políticos insinceramente sinceros,
Noticias *passez à-la-caisse,* grandes crímenes –
A dos columnas que pasan luego a segunda página!
¡El olor fresco de la tinta de imprenta!
¡Los carteles pegados hace poco y húmedos aún!
¡*Vients de-paraître* amarillos con una cinta blanca!
¡Cómo los amo a todos, a todos, a todos,
Cómo los amo de todas las maneras,
Con los ojos y los oídos y con el olfato
Y con el tacto (¡ah, lo que significa palparlo todo para mí!)
Y con la inteligencia como una antena que todo hace vibrar!
¡Ah, cómo todos mis sentidos entran en celo con todo!

¡Abonos, trilladoras a vapor, progresos de la agricultura!
¡Química agrícola, y el comercio casi una ciencia!
¡Oh muestrario de los viajantes de comercio,
De los viajantes de comercio, caballeros andantes de la
                                                    [Industria,
Prolongaciones humanas de las fábricas y de las oficinas
                                                    [apacibles!

¡Oh, telas en las vidrieras! ¡oh, maniquíes! ¡oh, modelos
                                          [afamados de la hora!
¡Oh, artículos inútiles que todos quieren comprar!
¡Salud, grandes almacenes con varias secciones!
¡Salud, anuncios luminosos que aparecen, están y
                                          [desaparecen!

Olá tudo com que hoje se constrói, com que hoje se é
                                        [diferente de ontem!
Eh, cimento armado, beton de cimento, novos
                                        [processos!
Progressos dos armamentos gloriosamente mortíferos!
Couraças, canhões, metralhadoras, submarinos, aeroplanos!

Amo-vos a todos, a tudo, como uma fera.
Amo-vos carnivoramente,
Pervertidamente e enroscando a minha vista
Em vós, ó coisas grandes, banais, úteis, inúteis,
Ó coisas todas modernas,
Ó minhas contemporâneas, forma actual e próxima
Do sistema imediato do Universo!
Nova Revelação metálica e dinâmica de Deus!

Ó fábricas, ó laboratórios, ó *music-halls*, ó Luna-Parks,
Ó couraçados, ó pontes, ó docas flutuantes –
Na minha mente turbulenta e encandescida
Possuo-vos como a uma mulher bela,
Completamente vos possuo como a uma mulher bela que
                                        [não se ama,
Que se encontra casualmente e se acha interessantíssima.

Eh-lá-hô fachadas das grandes lojas!
Eh-lá-hô elevadores dos grandes edifícios!
Eh-lá-hô recomposições ministeriais!
Parlamentos, políticas, relatores de orçamentos,
Orçamentos falsificados!
(Um orçamento é tão natural como uma árvore
E um parlamento tão belo como uma borboleta).

Eh lá o interesse por tudo na vida,
Porque tudo é a vida, desde os brilhantes nas montras

¡Salud, todo con lo que hoy se fabrica, con lo que hoy se
[distingue de ayer!
¡Salud, cemento armado, concreto de cemento, nuevos
[recursos!
¡Progreso de los armamentos gloriosamente mortíferos!
¡Corazas, cañones, ametralladoras, submarinos, aviones!

¡Amo todo esto, a todo, como una fiera!
Lo amo carnívoramente
Perversamente lo amo y enroscando mi vista
En ustedes, ¡oh grandes cosas banales, útiles e inútiles!
¡Oh, cosas todas modernas,
Oh mis contemporáneas, forma actual y cercana
Del sistema inmediato del Universo!
¡Nueva Revelación metálica y dinámica de Dios!

¡Oh, fábricas, oh laboratorios, oh *music-halls*, oh Luna-Parks,
Oh acorazados, oh puentes, oh diques flotantes
En mi mente turbulenta e incandescente,
A todo lo poseo como a una hermosa mujer,
A todo completamente lo poseo como a una hermosa
[mujer a la que no se ama,
Y se encuentra casualmente y nos parece interesantísima!

¡Eh-la-hó, fachadas de las grandes tiendas!
¡Eh-la-hó, ascensores de los grandes edificios!
¡Eh-la-hó, cambios ministeriales!
¡Parlamentos, políticas, relatores de presupuestos,
Presupuestos falsificados!
(Un presupuesto es tan natural como un árbol
Y un parlamento, tan bello como una mariposa).

¡Eh-la-hó, interés por todo en la vida,
Porque todo es la vida, desde los brillantes en las vidrieras

215

Até à noite ponte misteriosa entre os astros
E o mar antigo e solene, lavando as costas
E sendo misericordiosamente o mesmo
Que era quando Platão era realmente Platão
Na sua presença real e na sua carne com a alma dentro,
E falava com Aristóteles, que havia de não ser discípulo dele.

Eu podia morrer triturado por um motor
Com o sentimento de deliciosa entrega duma mulher
                                                    [possuída.
Atirem-me para dentro das fornalhas!
Metam-me debaixo dos comboios!
Espanquem-me a bordo de navios!
Masoquismo através de maquinismos!
Sadismo de não sei quê moderno e eu e barulho!

Up-lá hô jockey que ganhaste o Derby,
Morder entre dentes o teu *cap* de duas cores!

(Ser tão alto que não pudesse entrar por nenhuma porta!
Ah, olhar é em mim uma perversão sexual!)

Eh-lá, eh-lá, eh-lá, catedrais!
Deixai-me partir a cabeça de encontro às vossas esquinas,
E ser levantado da rua cheio de sangue
Sem ninguém saber quem eu sou!

Ó tramways, funiculares, metropolitanos,
Roçai-vos por mim até ao espasmo!
Hilla! hilla! hilla-hô!
Dai-me gargalhadas em plena cara,
Ó automóveis apinhados de pândegos e de putas,
Ó multidões quotidianas nem alegres nem tristes das
                                                    [ruas,

Hasta la noche, puente misterioso entre los astros
Y el mar antiguo y solemne, bañando las orillas
Y siendo piadosamente el mismo
Que era cuando Platón era realmente Platón
En su presencia real y en su carne con el alma dentro,
Y hablaba con Aristóteles, que no habría de ser su discípulo.

Yo podría morar triturado por un motor
Con el sentimiento de deliciosa entrega de una mujer
                                       [poseída.
¡Arrójenme a los hornos!
¡Métanme debajo de los trenes!
¡Azótenme a bordo de los barcos!
¡Masoquismo a través de maquinismos!
¡Sadismo de no sé qué moderno y yo y el estruendo!

¡Arriba jockey que ganaste el Derby
¡Ah, morder con todos los dientes tu gorra de dos colores!

¡Ser tan alto que no pudiese entrar por ninguna puerta!
(¡Ah, mirar es en mí una perversión sexual!)

¡Eh-lá, eh-lá, eh-lá, catedrales!
¡Dejen que se rompa la cabeza contra cada una de sus esquinas,
Y que me recojan en la calle ensangrentado
Sin que nadie sepa quién soy!

¡Oh tranvías, funiculares y subtes,
Quiero sentirlos frotarse contra mí hasta el espasmo!
¡Hilla! ¡hilla! ¡hilla-hó!
¡Arrójenme a la cara mil carcajadas!
¡Oh, automóviles atestados de juerguistas y de putas,
Oh, multitudes cotidianas ni alegres ni tristes de las
                                       [calles,

Rio multicolor anónimo e onde eu não me posso banhar
                    [como quereria!
Ah, que vidas complexas, que coisas lá pelas casas de tudo
                    [isto:
Ah, saber-lhes as vidas a todos, as dificuldades de dinheiro,
As dissensões domésticas, os deboches que não se
                    [suspeitam,
Os pensamentos que cada um tem a sós consigo no seu
                    [quarto
E os gestos que faz quando ninguém o pode ver!
Não saber tudo isto é ignorar tudo, ó raiva,
Ó raiva que como uma febre e um cio e uma fome
Me põe a magro o rosto e me agita às vezes as mãos
Em crispações absurdas em pleno meio das turbas
Nas ruas cheias de encontrões!

Ah, e a gente ordinária e suja, que parece sempre a mesma,
Que emprega palavrões como palavras usuais,
Cujos filhos roubam às portas das mercearias
E cujas filhas aos oito anos – e eu acho isto belo
                    [e amo-o! –
Masturbam homens de aspecto decente nos vãos de
                    [escada.
A gentalha que anda pelos andaimes e que vai para casa
Por vielas quase irreais de estreiteza e podridão.
Maravilhosa gente humana que vive como os cães,
Que está abaixo de todos os sistemas morais,
Para quem nenhuma religião foi feita,
Nenhuma arte criada,
Nenhuma política destinada para eles!
Como eu vos amo a todos, porque sois assim,
Nem imorais de tão baixos que sois, nem bons nem maus,
Inatingíveis por todos os progressos,
Fauna maravilhosa do fundo do mar da vida!

Río multicolor anónimo y donde no puedo bañarme como
[querría!
¡Ah, qué vidas complejas, qué de cosas en las casas de todo
[esto:
Ah, saberlo todo sobre la vida de todos, los apremios de dinero,
Las peleas domésticas, las perversiones
[insospechadas,
Los pensamientos que cada cual tiene a solas en su
[cuarto
Y los gestos que hace cuando nadie lo puede ver!
No saber nada de esto es ignorarlo todo de todo, oh rabia,
¡Oh rabia que, como una fiebre y un celo y un hambre,
Me adelgaza la cara y me agita a veces las manos
En crispaciones absurdas en medio de las turbas
En las calles llenas de encontronazos!

¡Ah, y la gente ordinaria y sucia, que parece siempre la misma,
Que emplea palabrotas como palabras usuales,
Cuyos hijos roban en las puertas de las mercerías
Y cuyas hijas a los ocho años – ¡y esto lo encuentro
[hermoso y lo amo! –
Masturban hombres de aspecto irreprochable en los
[descansos de las escaleras.
La gentuza que trepa a los andamios y regresa a casa
Por callejuelas casi irreales de estrechez y podredumbre.
Maravillosa gente humana que vive como perros,
Que está por debajo de todos los sistemas morales,
Para quien ninguna religión se hizo,
Ningún arte fue creado,
Ni ninguna política le fue destinada!
¡Cómo los amo a todos por ser como son!
Tan bajos que ni siquiera son inmorales, ni buenos ni malos,
Impermeables a todos los progresos,
¡Fauna maravillosa del fondo del mar de la vida!

(Na nora do quintal da minha casa
O burro anda à roda, anda à roda,
É o mistério do mundo é do tamanho disto.
Limpa o suor com o braço, trabalhador descontente.
A luz do sol abafa o silêncio das esferas
E havemos todos de morrer,
Ó pinheirais sombrios ao crepúsculo,
Pinheirais onde a minha infância era outra coisa
Do que eu sou hoje...)

Mas, ah outra vez a raiva mecânica constante!
Outra vez a obsessão movimentada dos ómnibus.
E outra vez a fúria de estar indo ao mesmo tempo dentro de
                                    [todos os comboios
De todas as partes do mundo,
De estar dizendo adeus de bordo de todos os navios,
Que a estas horas estão levantando ferro ou afastando-se
                                    [das docas.
Ó ferro, ó aço, ó alumínio, ó chapas de ferro
                                    [ondulado!
Ó cais, ó portos, ó comboios, ó guindastes, ó
                                    [rebocadores!

Eh-lá grandes desastres de comboios!
Eh-lá desabamentos de galerias de minas!
Eh-lá naufrágios deliciosos dos grandes transatlânticos!
Eh-lá-hô revoluções aqui, ali, acolá,
Alterações de constituições, guerras, tratados, invasões,
Ruído, injustiças, violências, e talvez para breve o fim,
A grande invasão dos bárbaros amarelos pela Europa,
E outro Sol no novo horizonte!

(En la noria del huerto de mi casa
El burro da vueltas y vueltas,
Y el misterio del mundo tiene el tamaño de esto.
Límpiate el sudor con el brazo, trabajador descontento.
La luz del sol ahoga el silencio de las esferas
Y todos nos vamos a morir,
Oh pinares sombríos al crepúsculo,
Pinares donde mi infancia era otra cosa
Que esto que ahora soy...)

¡Pero, ay, otra vez la rabia mecánica constante!
Otra vez la obsesión en movimiento de los autobuses.
Y otra vez la furia de estar yendo al mismo tiempo dentro
                                    [de todos los trenes
De todas partes del mundo,
De estar diciendo adiós a bordo de todos los barcos
Que a estas horas levan anclas o se alejan de los
                                    [muelles.
¡Oh hierro, oh acero, oh aluminio, oh láminas de hierro
                                    [ondulado!
¡Oh muelles, oh puertos, oh trenes, oh grúas, oh
                                    [remolcadores!

¡Salud, grandes desastres de trenes!
¡Salud, derrumbes de las galerías de las minas!
¡Salud, naufragios deliciosos de los grandes transatlánticos!
¡Salud, revoluciones aquí, allí y más allá,
Enmiendas constitucionales, guerras, tratados, invasiones,
Ruido, injusticias, violencias, y tal vez pronto el final,
La gran invasión de Europa por los bárbaros amarillos,
Y otro Sol en el nuevo horizonte!

Que importa tudo isto, mas que importa tudo isto
Ao fúlgido e rubro ruído contemporâneo,
Ao ruído cruel e delicioso da civilização de hoje?
Tudo isso apaga tudo, salvo o Momento,
O Momento de tronco nu e quente como um fogueiro,
O Momento estridentemente ruidoso e mecânico,
O Momento dinâmico passagem de todas as bacantes
Do ferro e do bronze e da bebedeira dos metais.

Eia comboios, eia pontes, eia hotéis à hora do jantar,
Eia aparelhos de todas as espécies, férreos, brutos, mínimos,
Intrumentos de precisão, aparelhos de triturar, de cavar,
Engenhos, brocas, máquinas rotativas!
Eia! eia! eia!
Eia electricidade, nervos doentes da Matéria!
Eia telegrafia-sem-fios, simpatia metálica do
                                        [inconsciente!
Eia túneis, eia canais, Panamá, Kiel, Suez!
Eia todo o passado dentro do presente!
Eia todo o futuro já dentro de nós! eia!
Eia! eia! eia!
Frutos de ferro e útil da árvore-fábrica-cosmopolita!
Eia! eia! eia! eia-hô-ô-ô!
Nem sei que existo para dentro. Giro, rodeio, engenho-me.
Engatam-me em todos os comboios.
Içam-me em todos os cais.
Giro dentro das hélices de todos os navios.
Eia! eia-hô! eia!
Eia! sou o calor mecânico e a electricidade!
Eia! e os *rails* e as casas de máquinas e a Europa!
Eia e hurrah por mim-tudo e tudo, máquinas a trabalhar, eia!

Galgar com tudo por cima de tudo! Hup-lá!

¿Qué importa todo esto, qué importa, realmente, todo esto
Al fúlgido y encarnado ruido contemporáneo,
Al ruido cruel y delicioso de la civilización de hoy?
Todo esto acalla todo, salvo el Momento,
El Momento de tronco desnudo y caliente como un horno,
El Momento estridentemente ruidoso y mecánico,
El Momento dinámico pasaje de todas las bacantes
Del hierro y del bronce y de la borrachera de los metales.

¡Salud, trenes, salud puentes, hoteles a la hora de la cena!
¡Salud, aparatos de todo tipo, de hierro, brutales, mínimos,
Instrumentos de precisión, trituradoras, cavadoras,
Ensamble de piezas, taladros, máquinas rotativas!
¡Eia! ¡Eia! ¡Eia!
¡Salud, electricidad, nervios enfermos de la Materia!
¡Salud, telegrafía sin hilos, simpatía metálica del
                                        [inconsciente!
¡Salud túneles, canales, Panamá, Kiel, Suez!
¡Salud todo el pasado dentro del presente!
¡Salud todo el futuro ya dentro de nosotros! ¡eia!
¡Eia! ¡Eia! ¡Eia!
¡Frutos del hierro y útil del árbol - fábrica - cosmopolita!
¡Eia! ¡eia! ¡eia! ¡eia- hó-hó-ó!
Ni sé si existo por dentro. Giro, doy vueltas, me engarzo.
Me acoplan a todos los trenes.
Me izan en todos los muelles.
Giro en las hélices de todos los barcos.
¡Eia! ¡Eia-hó! ¡Eia!
¡Ea, soy el calor mecánico y la electricidad!
¡Ea! ¡Y los *rails* y las casas de máquinas y Europa!
¡Ea y hurra por mí – todo y en todo, máquinas en marcha, ea!

¡Trepar con todo por sobre todo! ¡Hup-lá!

Hup lá, hup lá, hup-lá-hô, hup-lá!
Hé-há! Hé-hô! Ho-o-o-o-o!
Z-z-z-z-z-z-z-z-z-z-z-z!

Ah não ser eu toda a gente e toda a parte!

Londres, 1914 – Junho.

¡Hup lá, hup lá, hup-lá-hó, hup-lá!
¡Hé-há! ¡Hé-hó! ¡Ho – o – o – o – o!
¡Z – z – z – z – z – z – z - z – z – z – z!

¡Ah, no ser yo toda la gente y todas partes!

Londres, junio de 1914.

ODE MARÍTIMA

a Santa Rita Pintor

Sozinho, no cais deserto, a esta manhã de verão,
Olho prò lado da barra, olho prò Indefinido,
Olho e contenta-me ver,
Pequeno, negro e claro, um paquete entrando.
Vem muito longe, nítido, clássico à sua maneira.
Deixa no ar distante atrás de si a orla vã do seu fumo.
Vem entrando, e a manhã entra com ele, e no rio,
Aqui, acolá, acorda a vida marítima,
Erguem-se velas, avançam rebocadores,
Surgem barcos pequenos de trás dos navios que estão no
                                                 [porto.
Há uma vaga brisa.
Mas a minh'alma está com o que vejo menos,
Com o paquete que entra,
Porque ele está com a Distância, com a Manhã,
Com o sentido marítimo desta Hora,
Com a doçura dolorosa que sobe em mim como uma
                                                 [náusea,
Como um começo a enjoar, mas no espírito.

ODA MARÍTIMA

a Santa Rita Pintor[12]

Solo en el muelle desierto, en esta mañana de verano,
Miro hacia la entrada del puerto, miro hacia lo Indefinido,
Miro y me alegro al ver,
Pequeño, negro y claro, un buque que viene entrando.
Está muy lejos, nítido, clásico a su manera.
Deja en el aire distante, detrás de sí, la estela vana de su humo.
Viene entrando y la mañana entra con él al río,
Aquí, allá, despierta la vida marítima,
Se alzan las velas, avanzan los remolcadores,
Surgen barcos pequeños por detrás de los buques que están
                                        [en el puerto.
Corre una brisa vaga.
Pero mi alma está con lo que veo menos,
Con el buque que entra,
Porque él está con la Distancia, con la Mañana,
Con el sentido marítimo de esta Hora,
Con la dulzura dolorosa que se adueña de mí como una
                                        [náusea,
Como un vértigo que se anuncia, pero en el alma.

12. Guilherme Santa Rita se dio a conocer como Santa Rita Pintor.
Vivió entre los años 1889 y 1918.
Integró el primer grupo modernista del que también formaron parte Fernando Pessoa, Mario de Sá-Carneiro y Almada Negreiros.
Con este último solían traer de París las novedades literarias y sobre todo plásticas del movimiento futurista y de las corrientes afi-
nes. *(N. del T.)*

Olho de longe o paquete, com uma grande independência
[de alma,
E dentro de mim um volante começa a girar, lentamente.

Os paquetes que entram de manhã na barra
Trazem aos meus olhos consigo
O mistério alegre e triste de quem chega e parte.
Trazem memórias de cais afastados e doutros momentos
Doutro modo da mesma humanidade noutros portos.
Todo o atracar, todo o largar de navio,
É – sinto-o em mim como o meu sangue–
Inconscientemente simbólico, terrivelmente
Ameaçador de significações metafísicas
Que perturbam em mim quem eu fui...

Ah, todo o cais é uma saudade de pedra!
E quando o navio larga do cais
E se repara de repente que se abriu um espaço
Entre o cais e o navio,
Vem-me, não sei porquê, uma angústia recente,
Uma névoa de sentimentos de tristeza
Que brilha ao sol das minhas angústias relvadas
Como a primeira janela onde a madrugada bate,
E me envolve como uma recordação duma outra pessoa
Que fosse misteriosamente minha.

Ah, quem sabe, quem sabe,
Se não parti outrora, antes de mim,
Dum cais; se não deixei, navio ao sol
Oblíquo da madrugada,
Uma outra espécie de porto?
Quem sabe se não deixei, antes de a hora
Do mundo exterior como eu o vejo
Raiar-se para mim,

Miro el buque desde lejos, con gran independencia de
[espíritu,
Y dentro de mí, lentamente, comienza a girar un volante.

Los buques que de mañana entran al puerto
Traen hasta mis ojos
El misterio alegre y triste de quien llega y parte.
Traen recuerdos de muelles distantes y de otros momentos,
De otro modo de la misma humanidad en otros puertos.
Todo atracar, todo soltar amarras de un barco,
Es – lo siento en mí como mi sangre –
Inconscientemente simbólico, tremendamente
Cargado de significaciones metafísicas
Que inquietan en mí al que fui...

¡Ah, todo el muelle es una nostalgia de piedra!
Y cuando el barco se aleja del muelle
Y se ve de pronto que se abrió un espacio
Entre el muelle y el buque,
Me invade, no sé por qué, una angustia reciente,
Bruma de sentimientos tristes
Que brilla bajo el sol de mis angustias bañadas en rocío
Como la primera ventana donde el alba asoma,
Y me envuelve como el recuerdo de otra persona
Que misteriosamente fuese mía.

Ah, ¿quién sabe, quién sabe
Si otrora, no partí, antes de mí
De un muelle, si no dejé – buque bajo el sol
Oblicuo del amanecer –
Otra especie de puerto?
¿Quién sabe si antes de que despuntara la mañana
Del mundo exterior, tal como ahora la veo,
Rayarse para mí,

Um grande cais cheio de pouca gente,
Duma grande cidade meio-desperta,
Duma enorme cidade comercial, crescida, apoplética,
Tanto quanto isso pode ser fora do Espaço e do Tempo?
Sim, dum cais, dum cais dalgum modo
                                    [material,
Real, visível como cais, cais realmente,
O Cais Absoluto por cujo modelo inconscientemente
                                    [imitado,
Insensivelmente evocado,
Nós os homens construímos
Os nossos cais nos nossos portos,
Os nossos cais de pedra actual sobre água verdadeira,
Que depois de construídos se anunciam de repente
Cousas-Reais, Espíritos-Cousas, Entidades em Pedra-
                                    [Almas,
A certos momentos nossos de sentimento-raiz
Quando no mundo-exterior como que se abre uma
                                    [porta
E, sem nada que se altere,
Tudo se revela diverso.

Ah o Grande Cais donde partimos em Navios-Nações!
O Grande Cais Anterior, eterno e divino!
De que porto? Em que águas? E porque penso
                                    [eu isto?
Grande Cais como os outros cais, mas o Único.
Cheio como eles de silêncios rumorosos nas antemanhãs,
E desabrochando com as manhãs num ruído de guindastes
E chegadas de comboios de mercadorias,
E sob a nuvem negra e ocasional e leve
Do fumo das chaminés das fábricas próximas
Que lhe sombreia o chão preto de carvão pequenino que
                                    [brilha,

No dejé un gran muelle lleno de poca gente,
En una gran ciudad semidespierta,
En una enorme ciudad comercial, crecida, apoplética,
Tanto cuanto eso puede ser fuera del Espacio y del Tiempo?
Sí, de un muelle, de un muelle en cierto modo de alguna
                              [manera material,
Real, visible como muelle, muelle realmente,
Muelle Absoluto conforme a cuyo modelo
                         [inconscientemente imitado,
Insensiblemente evocado,
Nosotros los hombres construimos
Nuestros muelles en nuestros puertos,
Nuestros muelles de piedra actual sobre agua verdadera,
Y que una vez construidos se anuncian de repente
Como Cosas-Reales, Espíritus-Cosas, Entidad de Piedra-
                                       [Alma,
En ciertos momentos nuestros de sentimiento-raíz
Cuando en el mundo exterior sucede como si se abriera una
                                        [puerta
Y sin que nada llegue a alterarse,
Todo se revela distinto.

¡Ah, el Gran Muelle del que partimos en Buques-Naciones!
¡El Gran Muelle Anterior, eterno y divino!
¿De qué puerto? ¿En qué aguas? ¿Y por qué pienso
                                   [en esto?
Gran Muelle como los otros muelles, pero Único.
Lleno como ellos de silencios rumorosos al amanecer,
Y brotando con las mañanas en un estruendo de grúas
Y caravanas de mercaderías recién llegadas,
Bajo la nube negra, ocasional y leve
Del humo de las chimeneas de las fábricas cercanas
Que oscurecen su suelo ennegrecido por trozos de carbón
                                [resplandeciente,

Como se fosse a sombra duma nuvem que passasse sobre

[água sombria.

Ah, que essencialidade de mistério e sentidos parados
Em divino êxtase revelador
Às horas cor de silêncios e angústias
Não é ponte entre qualquer cais e O Cais!

Cais negramente reflectido nas águas paradas,
Bulício a bordo dos navios,
Ó alma errante e instável da gente que anda embarcada,
Da gente simbólica que passa e com quem nada dura,
Que quando o navio volta ao porto
Há sempre qualquer alteração a bordo!

Ó fugas contínuas, idas, ebriedade do Diverso!
Alma eterna dos navegadores e das navegações!
Cascos reflectidos de vagar nas águas,
Quando o navio larga do porto!
Flutuar como alma da vida, partir como voz,
Viver o momento tremulamente sobre águas eternas.
Acordar para dias mais directos que os dias da Europa,
Ver portos misteriosos sobre a solidão do mar,
Virar cabos longínquos para súbitas vastas

[paisagens

Por inumeráveis encostas atónitas...

Ah, as praias longínquas, os cais vistos de longe,
E depois as praias próximas, os cais vistos de perto.
O mistério de cada ida e de cada chegada,
A dolorosa instabilidade e incompreensibilidade
Deste impossível universo
A cada hora marítima mais na própria pele sentido!
O soluço absurdo que as nossas almas derramam
Sobre as extensões de mares diferentes com ilhas ao longe,

Como si fuese la sombra de una nube que pasara sobre agua
[envuelta en penumbra.
¡Ah, qué esencia misteriosa, qué sentidos detenidos
En divino éxtasis revelador
En las horas color de silencios y angustias
Hace de puente entre un muelle cualquiera y el Muelle!

Muelle negramente reflejado en las aguas quietas,
Bullicio a bordo de los barcos,
¡Oh alma errante inestable de la gente que vive embarcada,
De la gente simbólica que pasa y con la que nada dura,
Y de la que, cuando el barco regresa al puerto,
Siempre hay alguna alteración a bordo!

¡Oh fugas continuas, idas, ebriedad de lo Diverso!
¡Alma eterna de los navegantes y de la navegación!
¡Cascos lentamente reflejados en las aguas
Cuando los barcos zarpan del puerto!
Flotar como el alma de la vida, partir como una voz,
Vivir el momento temblorosamente sobre las aguas eternas,
Despertar a días más directos que los días de Europa,
Ver puertos misteriosos sobre la soledad del mar,
Circundar cabos lejanos para descubrir súbitos paisajes
[amplios
En innumerables laderas atónitas...

¡Ah, las playas lejanas, los muelles vistos de lejos,
Y después las playas próximas, los muelles vistos de cerca!
¡El misterio de cada partida y de cada llegada,
La dolorosa inestabilidad e ininteligibilidad
De este universo imposible
Más y más sentido en la propia piel en cada hora marítima!
El sollozo absurdo que nuestras almas derraman
Sobre extensiones de mares diferentes con islas a lo lejos,

Sobre as ilhas longínquas das costas deixadas passar,
Sobre o crescer nítido dos portos, com as suas casas e a sua
                                                    [gente,
Para o navio que se aproxima.

Ah, a frescura das manhãs em que se chega,
E a palidez das manhãs em que se parte,
Quando as nossas entranhas se arrepanham
E uma vaga sensação parecida com um medo
– O medo ancestral de se afastar e partir,
O misterioso receio ancestral à Chegada e ao Novo –
Encolhe-nos a pele e agonia-nos,
E todo o nosso corpo angustiado sente,
Como se fosse a nossa alma,
Uma inexplicável vontade de poder sentir isto doutra
                                                    [maneira:
Uma saudade a qualquer cousa,
Uma perturbação de afeições a que vaga pátria?
A que costa? a que navio? a que cais?
Que se adoece em nós o pensamento
E só fica um grande vácuo dentro de nós,
Uma oca saciedade de minutos marítimos,
E uma ansiedade vaga que seria tédio ou dor
Se soubesse como sê-lo...

A manhã de verão está, ainda assim, um pouco fresca.
Um leve torpor de noite anda ainda no ar sacudido.
Acelera-se ligeiramente o volante dentro de mim.
E o paquete vem entrando, porque deve vir entrando sem
                                                    [dúvida,
E não porque eu o veja mover-se na sua distância excessiva.

Na minha imaginação ele está já perto e é visível
Em toda a extensão das linhas das suas vigias,

Sobre islas lejanas de costas dejadas atrás,
Sobre el nítido ir creciendo de los puertos, con sus casas y
                                                        [su gente,
Ante el barco que se acerca.

Ah, la frescura de las mañanas en que se llega
Y la palidez de las mañanas en que se parte,
Cuando nuestras entrañas se encogen
Y una vaga sensación parecida al miedo
– El miedo ancestral de alejarse y partir,
El misterioso recelo ancestral ante la Llegada y lo Nuevo –
Nos estremece la piel y nos oprime,
Y todo nuestro cuerpo angustiado siente,
Como si fuese en el alma,
Un inexplicable deseo de poder sentir eso de otra
                                                        [manera:
Una nostalgia de algo,
Un perturbador apego ¿a qué vaga patria?
¿A qué costa? ¿a qué barco? ¿a qué muelle?
Que en nosotros enferma el pensamiento,
Y sólo nos deja por dentro un gran vacío,
Una hueca saciedad de minutos marítimos,
Una vaga ansiedad que sería tedio o dolor
Si supiese cómo serlo...

Aunque es verano, la mañana está un poco fresca.
Una leve brisa nocturna anda todavía por el aire estremecido.
Dentro de mí se acelera ligeramente el volante
Y el buque viene entrando, porque seguramente debe estar
                                                        [entrando,
Aunque no lo vea moverse en la distancia excesiva.

En mi imaginación él está más cerca y ya es visible
En toda la extensión de las líneas de sus ventanas,

E treme em mim tudo, toda a carne e toda a pele,
Por causa daquela criatura que nunca chega em nenhum barco
E eu vim esperar hoje ao cais, por um mandado
                              [oblíquo.

Os navios que entram a barra,
Os navios que saem dos portos,
Os navios que passam ao longe
(Suponho-me vendo-os duma praia deserta) –
Todos estes navios abstractos quase na sua ida,
Todos estes navios assim comovem-me como se fossem
                              [outra cousa
E não apenas navios, navios indo e vindo.

E os navios vistos de perto, mesmo que se não vá embarcar
                              [neles,
Vistos de baixo, dos botes, muralhas altas de chapas,
Vistos dentro, através das câmaras, das salas, das
                              [dispensas,
Olhando de perto os mastros, afilando-se lá prò alto,
Roçando pelas cordas, descendo as escadas incómodas,
Cheirando a untada mistura metálica e marítima de tudo
                              [aquilo –
Os navios vistos de perto são outra cousa e a mesma cousa,
Dão a mesma saudade e a mesma ânsia doutra
                              [maneira.

Toda a vida marítima! tudo na vida marítima!
Insinua-se no meu sangue toda essa sedução fina
E eu cismo indeterminadamente as viagens.
Ah, as linhas das costas distantes, achatadas pelo horizonte!
Ah, os cabos, as ilhas, as praias areentas!
As solidões marítimas, como certos momentos no
                              [Pacífico

236

Y en mí tiembla todo, toda la carne y toda la piel,
Por esa criatura que no llega en ningún barco
Y que yo vine a esperar al puerto en respuesta a un
[mandato oblicuo.

Los barcos que entran al puerto.
Los barcos que salen del puerto.
Los barcos que pasan a lo lejos,
(Me imagino viéndolos desde una playa desierta)
Todos estos barcos casi abstractos en su ida,
Todos estos barcos me conmueven como si fueran
[otra cosa
Y no apenas barcos, yendo y viniendo.

Y los barcos vistos de cerca, aun cuando no sea uno quien
[vaya a embarcar,
Vistos desde abajo, desde los botes, murallas altas de chapa,
Vistos por adentro, a través de los camarotes, desde los
[salones, desde los depósitos,
Mirando de cerca los mástiles, que van afinándose allá en lo alto,
Rozando las sogas, bajando por las incómodas escalerillas,
Oliendo la untada mezcla metálica y marítima de todo
[eso
Los barcos vistos de cerca son otra cosa y la misma cosa,
Provocan la misma nostalgia y la misma ansiedad de otra
[manera.

¡Toda la vida marítima! ¡Todo en la vida marítima!
Se insinúa en mi sangre toda esa fina seducción
Y me aferro indeciblemente a los viajes.
¡Ah, las líneas de costas distantes, aplanadas en el horizonte!
¡Ah, los cabos, las islas, las playas arenosas!
¡Las soledades marítimas, como ciertos momentos en el
[Pacífico

Em que não sei porque sugestão aprendida na escola
Se sente pesar sobre os nervos o facto de que aquele é o
[maior dos oceanos
E o mundo e o sabor das cousas tornam-se um deserto
[dentro de nós!
A extensão mais humana, mais salpicada, do Atlântico!
O Índico, o mais misterioso dos oceanos todos!
O Mediterrâneo, doce, sem mistério nenhum, clássico, um
[mar pra bater
De encontro a esplanadas olhadas de jardins próximos por
[estátuas brancas!
Todos os mares, todos os estreitos, todas as baías, todos os
[golfos,
Queria apertá-los ao peito, senti-los bem e
[morrer!

E vós, ó cousas navais, meus velhos brinquedos de sonho!
Componde fora de mim a minha vida interior!
Quilhas, mastros e velas, rodas do leme, cordagens,
Chaminés de vapores, hélices, gáveas, flâmulas,
Galdropes, escotilhas, caldeiras, colectores, válvulas,
Cai por mim dentro em montão, em
[monte,
Como o conteúdo confuso de uma gaveta despejada no chão!
Sede vós o tesouro da minha avareza febril,
Sede vós os frutos da árvore da minha imaginação,
Tema de cantos meus, sangue nas veias da minha
[inteligência,
Vosso seja o laço que me une ao exterior pela
[estética,
Fornecei-me metáforas, imagens, literatura,
Porque em real verdade, a sério, literalmente,
Minhas sensações são um barco de quilha prò ar,
Minha imaginação uma âncora meio submersa,

En que no sé por qué sugestión aprendida en la escuela
Se siente pesar sobre los nervios el hecho de que aquél es el
                              [más grande de los océanos,
Y el mundo y el sabor de las cosas se convierten en un
                              [desierto dentro de nosotros!
¡La extensión más humana, más salpicada del Atlántico!
¡El Índico, el más misterioso de todos los océanos!
¡El Mediterráneo, dulce, sin misterio alguno, clásico, un
                              [mar hecho para salir
Al encuentro de explanadas que miran estatuas blancas
                              [desde jardines cercanos!
¡Todos los mares, todos los estrechos, todas las bahías,
                              [todos los golfos,
Quisiera estrecharlos a todos contra el pecho, sentirlos bien
                              [y morir!

¡Y ustedes, oh cosas navales, mis viejos juguetes de sueño!
¡Compongan fuera de mí mi vida interior!
¡Quillas, mástiles y velas, ruedas de timón, cordajes,
Chimeneas de vapores, hélices, gavias, gallardetes,
Cabos, escotillas, calderas, colectores, válvulas,
Que todo se derrumbe sobre mí hacia adentro, al unísono,
                              [de golpe,
Como el contenido confuso de un cajón vaciado en el suelo!
¡Sean ustedes el tesoro de mi avaricia febril,
Sean ustedes los frutos del árbol de mi imaginación,
Tema de mis cantos, sangre en las venas de mi
                              [inteligencia,
De ustedes sea el lazo que me une a lo exterior por la
                              [estética,
Bríndenme metáforas, imágenes, literatura,
Porque realmente, en serio, literalmente,
Mis sensaciones son un barco con la quilla al aire,
Mi imaginación es un ancla semisumergida,

Minha ânsia um remo partido,
E a tessitura dos meus nervos uma rede a secar na

[praia!

Soa no acaso do rio um apito, só um.
Treme já todo o chão do meu psiquismo.
Acelera-se cada vez mais o volante dentro de mim.

Ah, os paquetes, as viagens, o não-se-saber-o-paradeiro
De Fulano-de-tal, marítimo, nosso conhecido!
Ah, a glória de se saber que um homem que andava

[connosco
Morreu afogado ao pé de uma ilha do Pacífico!
Nós que andámos com ele vamos falar nisso a todos,
Com um orgulho legítimo, com uma confiança invisível
Em que tudo isso tenha um sentido mais belo e mais

[vasto
Que apenas o ter-se perdido o barco onde ele ia
E ele ter ido ao fundo por lhe ter entrado água pròs

[pulmões!

Ah, os paquetes, os navios-carvoeiros, os navios de vela!
Vão rareando – ai de mim! – os navios de vela nos mares!
E eu, que amo a civilização moderna, eu que beijo com a

[alma asmáquinas,
Eu o engenheiro, eu o civilizado, eu o educado no

[estrangeiro,
Gostaria de ter outra vez ao pé da minha vista só veleiros e

[barcos demadeira,
De não saber doutra vida marítima que a antiga vida dos

[mares!
Porque os mares antigos são a Distância Absoluta,
O Puro Longe, liberto do peso do Actual...
E ah, como aqui tudo me lembra essa vida melhor,

Mi ansiedad, un remo partido,
Y la textura de mis nervios una red puesta a secar en la
[playa!

Suena al azar en el río un pitazo, uno solo.
Tiembla entero el suelo de mi siquismo.
Se acelera más y más el volante dentro de mí.

¡Ah, los buques, los viajes, el no-saberse-el-paradero
De Fulano-de-tal, marino, conocido nuestro!
¡Ah, la gloria de saber que un hombre con quien tuvimos
[trato
Murió ahogado frente a una isla del Pacífico!
Nosotros, que estuvimos con él, se lo diremos a todos,
Con un orgullo legítimo, con una confianza invisible
En que todo eso tenga un sentido más bello y más
[vasto
Que el hecho de que su barco se haya perdido
¡Y él haya ido a parar al fondo porque se le llenaron de agua
[los pulmones!

¡Ah, los buques, los barcos carboneros, los barcos a vela!
¡Ya escasean, ay de mí, los barcos a vela en los mares!
¡Y yo, que amo la civilización moderna, yo que beso con el
[alma las máquinas,
Yo el ingeniero, yo el civilizado, yo el educado en el
[extranjero,
Quisiera tener otra vez ante mis ojos sólo veleros y barcos
[de madera,
Y no conocer otra vida marítima que la antigua vida de los
[mares!
Porque los mares antiguos son la Distancia Absoluta,
La Pura Lejanía, liberada del peso de lo Actual...
Ah, cómo aquí todo me sugiere esa vida mejor,

Esses mares, maiores, porque se navegava mais
                                        [devagar,
Esses mares, misteriosos, porque se sabia menos deles.

Todo o vapor ao longe é um barco de vela perto.
Todo o navio distante visto agora é um navio no passado
                                        [visto próximo.
Todos os marinheiros invisíveis a bordo dos navios do
                                        [horizonte
São os marinheiros visíveis do tempo dos velhos navios,
Da época lenta e veleira das navegações perigosas,
Da época de madeira e lona das viagens que duravam meses.

Toma-me pouco a pouco o delírio das cousas marítimas,
Penetram-me fisicamente o cais e a sua atmosfera,
O marulho do Tejo galga-me por cima dos
                                        [sentidos,
E começo a sonhar, começo a envolver-me do sonho das
                                        [águas,
Começam a pegar bem as correias de transmissão na
                                        [minh'alma
E a aceleração do volante sacode-me nitidamente.

Chamam por mim as águas,
Chamam por mim os mares.
Chamam por mim, levantando uma voz corpórea, os longes,
As épocas marítimas todas sentidas no passado, a
                                        [chamar.

Tu, marinheiro inglês, Jim Barns meu amigo, foste tu
Que me ensinaste esse grito antiquíssimo, inglês,
Que tão venenosamente resume
Para as almas complexas como a minha
O chamamento confuso das águas,

Aquellos mares más amplios porque se los surcaba más
[despacio,
Aquellos mares misteriosos porque se los conocía menos.

Todo vapor a lo lejos es un barco a vela cercano.
Todo buque distante visto ahora es un barco en el pasado
[visto de cerca.
Todos los marineros invisibles a bordo de los barcos en el
[horizonte
Son los marineros visibles del tiempo de los viejos barcos,
De la época lenta y velera de las navegaciones peligrosas,
De la época de madera y lona de los viajes que duraban meses.

Se adueña de mí poco a poco el delirio de las cosas marítimas,
Me penetran físicamente el muelle y su atmósfera
El vaivén de las aguas del Tajo me alcanza más allá de los
[sentidos,
Y empiezo a soñar, empiezo a envolverme con el sueño de
[las aguas,
Comienzan a engranar bien las correas de transmisión en
[mi alma
Y trepido nítidamente bajo la aceleración del volante.

Las aguas me están llamando.
Los mares me están llamando.
Me están llamando, alzando su voz corpórea, las lejanías,
Las épocas marítimas, todas sentidas en el pasado,
[llamándome.

Tú, marinero inglés, Jim Barns, amigo mío, fuiste tú
Quien me enseñó ese grito antiquísimo, inglés,
Que tan venenosamente resume
Para las almas complejas como la mía
El llamado confuso de las aguas,

A voz inédita e implícita de todas as cousas do mar,
Dos naufrágios, das viagens longínquas, das travessias
                                          [perigosas.
Esse teu grito inglês, tornado universal no meu sangue,
Sem feitio de grito, sem forma humana nem voz,
Esse grito tremendo que parece soar
De dentro duma caverna cuja abóbada é o céu
E parece narrar todas as sinistras cousas
Que podem acontecer no Longe, no Mar, pela Noite...
(Fingias sempre que era por uma escuna que chamavas,
E dizias assim, pondo uma mão de cada lado da boca,
Fazendo porta-voz das grandes mãos curtidas e escuras:

Ahò ò-ò-ò-ò-ò-ò-ò-ò-ò-ò-ò-ò-ò-ò——yyyy...
Schooner ahò-ò-ò-ò-ò-ò-ò-ò-ò-ò-ò-ò-ò-ò——yyyy...)

Escuto-te de aqui, agora, e desperto a qualquer cousa.
Estremece o vento. Sobe a manhã. O calor abre.
Sinto corarem-me as faces.
Meus olhos conscientes dilatam-se.
O êxtase em mim levanta-se, cresce, avança,
E com um ruído cego de arruaça acentua-se
O giro vivo do volante.

Ó clamoroso chamamento
A cujo calor, a cuja fúria fervem em mim
Numa unidade explosiva todas as minhas ânsias,
Meus próprios tédios tornados dinâmicos, todos!...
Apelo lançado ao meu sangue
Dum amor passado, não sei onde, que volve
E ainda tem força para me atrair e puxar,
Que ainda tem força para me fazer odiar esta vida
Que passo entre a impenetrabilidade física e psíquica
Da gente real com que vivo!

La voz inédita e implícita de todas las cosas del mar,
De los naufragios, de los viajes lejanos, de las travesías
                                        [peligrosas,
Ese grito inglés tan tuyo, universalizado en mi sangre,
Que no parece un grito, sin forma humana ni voz.
Ese grito tremendo que parece sonar
Dentro de una caverna cuya bóveda es el cielo
Y parece narrar todas las cosas siniestras
Que pueden ocurrir en la Distancia, en el Mar, por la Noche...
(Simulabas siempre estar llamando una goleta
Y decías así, con una mano ahuecada a cada lado de la boca
Y haciendo eco con las grandes palmas curtidas y oscuras:

Ahó ó-ó-ó-ó-ó-ó-ó-ó-ó-ó-ó-ó-ó-ó-ó——yyy...
Schooner ahó-ó-ó-ó-ó-ó-ó-ó-ó-ó-ó-ó-ó-ó-ó——yyyy...)

Te escucho desde aquí, ahora, y despierto a no sé qué.
Estremece el viento. Sube la mañana. El calor se dilata.
Siento que mis mejillas se colorean.
Mis ojos conscientes se dilatan.
El éxtasis se yergue en mí, crece, avanza,
Y con un ruido sordo de motín se acentúa
La velocidad del volante.

¡Oh clamoroso llamado
A cuyo calor, con cuya furia hierven en mí
En explosiva unidad todas mis ansias,
Hasta mis tedios se dinamizan, todos mis tedios!...
¡Llamado hecho a mi sangre
Desde un amor pasado, no sé dónde, que vuelve
Y aún tiene fuerza para atraerme y arrastrarme
Y hacerme odiar esta vida
Que paso entre la impenetrabilidad física y síquica
De la gente real con la que vivo!

Ah, seja como for, seja para onde for, partir!
Largar por aí fora, pelas ondas, pelo perigo, pelo mar,
Ir para Longe, ir para Fora, para a Distância abstracta,
Indefinidamente, pelas noites misteriosas e fundas,
Levado, como a poeira, plos ventos, plos vendavais!
Ir, ir, ir, ir de vez!
Todo o meu sangue raiva por asas!
Todo o meu corpo atira-se prà frente!
Galgo pla minha imaginação fora em torrentes!
Atropelo-me, rujo, precipito-me!...
Estoiram em espuma as minhas ânsias
E a minha carne é uma onda dando de encontro a rochedos!

Pensando nisto – ó raiva! pensando nisto – ó fúria!
Pensando nesta estreiteza da minha vida cheia de ânsias,
Subitamente, tremulamente, extraorbitadamente,
Com uma oscilação viciosa, vasta, violenta,
Do volante vivo da minha imaginação,
Rompe, por mim, assobiando, silvando, vertiginando,
O cio sombrio e sádico da estrídula vida marítima.

Eh marinheiros, gageiros! eh tripulantes, pilotos!
Navegadores, mareantes, marujos, aventureiros!
Eh capitães de navios! homens ao leme e em mastros!
Homens que dormem em beliches rudes!
Homens que dormem co'o Perigo a espreitar plas

[vigias!
Homens que dormem co'a Morte por travesseiro!
Homens que têm tombadilhos, que têm pontes donde

[olhar
A imensidade imensa do mar imenso!
Eh manipuladores dos guindastes de carga!
Eh amainadores de velas, fogueiros, criados de bordo!

¡Ah sea como fuere, sea hacia donde fuere, partir!
Largarse por ahí, entre las olas, en el peligro, en el mar.
¡Ir hacia lo Lejos, ir hacia Fuera, hacia la Distancia Abstracta,
Indefinidamente, en las noches misteriosas y hondas,
Llevado, como el polvo, por los vientos, por los vendavales!
¡Ir, ir, ir, ir con todo!
¡Toda mi sangre gime por alas!
¡Todo mi cuerpo se lanza hacia adelante!
¡Trepo por mi imaginación en torrentes!
¡Me atropello, rujo, me precipito!...
¡Estallan mis ansias en espuma
Y mi carne es una ola estrellándose en las rocas!

Pensando en esto – ¡oh rabia!, pensando en esto – oh furia!
Pensando en esta estrechez de mi vida llena de ansiedades,
Súbitamente, temblorosamente, desorbitadamente,
Con una oscilación viciosa, vasta, violenta,
Del volante vivo de mi imaginación,
Estalla en mí, silbando, seseando, en vértigo y temblando
El celo sombrío y sádico de la estridente vida marítima.

¡Eh marineros, vigías, eh tripulantes, pilotos!
¡Navegantes, marinos, grumetes, aventureros!
¡Eh capitanes de barco! ¡Hombres de timón y mástil!
¡Hombres que duermen en toscas cuchetas!
¡Hombres que duermen con el Peligro avizorando desde las
                                                        [atalayas!
¡Hombres que duermen con la Muerte por almohada!
¡Hombres que recorren el combés, que tienen puentes
                                        [desde donde mirar
La inmensa inmensidad del mar inmenso!
¡Eh manipuladores de grúas de carga!
¡Eh arriadores de velas, fogoneros, camareros!

Homens que metem a carga nos porões!
Homens que enrolam cabos no convés!
Homens que limpam os metais das escotilhas!
Homens do leme! homens das máquinas! homens dos mastros!
Eh-eh-eh-eh-eh-eh-eh!
Gente de bonet de pala! Gente de camisola de malha!
Gente de âncoras e bandeiras cruzadas bordadas no peito!
Gente tatuada! gente de cachimbo! gente de amurada!
Gente escura de tanto sol, crestada de tanta chuva,
Limpa de olhos de tanta imensidade diante deles,
Audaz de rosto de tantos ventos que lhes bateram a
                                                    [valer!

Eh-eh-eh-eh-eh-eh-eh!
Homens que vistes a Patagónia!
Homens que passastes pela Austrália!
Que enchestes o vosso olhar de costas que nunca verei!
Que fostes a terra em terras onde nunca descerei!
Que comprastes artigos toscos em colónias à proa de sertões!
E fizestes tudo isso como se não fosse nada,
Como se isso fosse natural,
Como se a vida fosse isso,
Como nem sequer cumprindo um destino!
Eh-eh-he-he-he-eh-he-he!
Homens do mar actual! homens do mar passado!
Comissários de bordo! escravos das galés! combatentes de
                                                    [Lepanto!
Piratas do tempo de Roma! Navegadores da Grécia!
Fenícios! Cartagineses! Portugueses atirados de Sagres
Para a aventura indefinida, para o Mar Absoluto, para
                                                    [realizar o Impossível!

Eh-eh-eh-eh-eh-eh-eh-eh-eh!
Homens que erguestes padrões, que destes nomes a
                                                    [cabos!

248

¡Hombres que meten la carga en las bodegas!
¡Hombres que recogen los cabos en el combés!
¡Hombres que limpian los metales de las escotillas!
¡Timoneles!¡Maquinistas! ¡Hombres de los mástiles!
¡Eh-eh-eh-eh-eh-eh-eh!
¡Gente de gorra! ¡Gente de blusones de tela!
¡Gente de anclas y banderas cruzadas bordadas sobre el pecho!
¡Gente tatuada! ¡Gente de pipa! ¡Gente de amurada!
¡Gente tostada por el sol, curtida por mil lluvias,
De ojos diáfanos a fuerza de ver tanta inmensidad,
De caras audaces surcadas por mil vientos que de veras las
[azotaron!
¡Eh-eh-eh-eh-eh-eh-eh!
¡Hombres que vieron la Patagonia!
¡Hombres que pasaron por Australia!
¡Que se llenaron los ojos de costas que yo nunca veré!
¡Que bajaron a tierra en tierras que yo nunca pisaré!
¡Que compraron amuletos en aldeas al borde del desierto!
¡Y que hicieron todo eso como si no fuese nada,
Como si eso fuese natural,
Como si la vida fuese eso,
Como si no estuvieran cumpliendo un destino!
¡Eh-eh-he-he-he-eh-he-he!
¡Hombres del mar actual! ¡Hombres del mar pasado!
¡Comisarios de a bordo! ¡Esclavos de galeras!
                           [¡Combatientes de Lepanto!
¡Piratas del tiempo de Roma! ¡Navegantes griegos!
¡Fenicios! ¡Cartagineses! ¡Portugueses lanzados desde Sagres
A la aventura indefinida, al Mar Absoluto, para realizar lo
                           [Imposible!

¡Eh-eh-eh-eh-eh-eh-eh-eh-eh!
¡Hombres que alzaron monolitos, que dieron nombres a
                           [cabos!

249

Homens que negociastes pela primeira vez com pretos!
Que primeiro vendestes escravos de novas

[terras!
Que destes o primeiro espasmo europeu às negras atónitas!
Que trouxestes ouro, missanga, madeiras cheirosas, setas,
De encostas explodindo em verde vegetação!
Homens que saqueastes tranquilas povoações africanas,
Que fizestes fugir com o ruído de canhões essas

[raças,
Que matastes, roubastes, torturastes, ganhastes
Os prémios de Novidade de quem, de cabeça baixa,
Arremete contra o mistério de novos mares! Eh-eh-eh-eh-

[eh!
A vós todos num, a vós todos em vós todos

[como um,
A vós todos misturados, entrecruzados,
A vós todos sangrentos, violentos, odiados, temidos,

[sagrados,
Eu vos saúdo, eu vos saúdo, eu vos saúdo!
Eh-eh-eh-eh eh! Eh eh-eh eh eh! Eh-eh-eh- eh-eh-eh eh!
Eh-lahô-lahô-laHO-lahá-á-á-à à!

Quero ir convosco, quero ir convosco,
Ao mesmo tempo com vós todos
Pra toda a parte pr'onde fostes!
Quero encontrar vossos perigos frente a frente,
Sentir na minha cara os centos que engelharam as vossas,
Cuspir dos lábios o sal dos mares que beijaram

[os vossos,
Ter braços na vossa faina, partilhar das vossas

[tormentas,
Chegar como vós, enfim, a extraordinários portos!
Fugir convosco à civilização!
Perder convosco a noção da moral!

¡Hombres que negociaron por vez primera con negros!
¡Que fueron los primeros en vender esclavos de las nuevas
[tierras!
¡Que dieron a las negras atónitas el primer espasmo europeo!
¡Que trajeron oro, pendientes, maderas aromáticas, flechas,
De laderas restallantes de verde vegetación!
¡Hombres que saquearon tranqu1las poblaciones africanas,
Que hicieron huir bajo el estruendo de los cañones a tanta
[gente
A la que mataron, robaron, torturaron, ganando
Los tributos que lo Novedoso ofrenda a quien de cabeza gacha
Arremete contra el misterio de nuevos mares! ¡Eh-eh-eh-
[eh-eh!
¡A todos ustedes en uno, a todos ustedes en todos ustedes
[como en uno,
A todos ustedes mezclados, entrecruzados,
A todos ustedes sanguinarios, violentos, odiados, temidos,
[sagrados,
Yo los saludo, yo los saludo, yo los saludo!
¡Eh-eh-eh-eh-eh! ¡Eh eh-eh eh eh! ¡Eh-eh-eh-eh-eh-eh eh!
¡Eh-lahó-lahó-laHO-lahá-á-á-á-á!

¡Quiero ir con ustedes, quiero ir con ustedes
Al mismo tiempo que todos ustedes,
Hacia todos lados, donde vayan ustedes!
¡Quiero encontrarme frente a frente con los peligros de ustedes,
Sentir en mi cara los vientos que azotaron las de ustedes,
Escupir por mi boca la sal de los mares que besaron las
[bocas de ustedes,
Meterle manos al trabajo de ustedes, compartir con ustedes
[las tormentas,
Llegar con ustedes, por fin, a extraordinarios puertos!
¡Huir con ustedes de la civilización!
¡Perder con ustedes la noción de la moral!

Sentir mudar-se no longe a minha humanidade!
Beber convosco em mares do sul
Novas selvajarias, novas balbúrdias da alma,
Novos fogos centrais no meu vulcânico espírito!
Ir convosco, despir de mim – ah! põe-te daqui pra fora! –
O meu traje de civilizado, a minha brandura de acções,
Meu medo inato das cadeias,
Minha pacífica vida,
A minha vida sentada, estática, regrada e revista!

No mar, no mar, no mar, no mar,
Eh! pôr no mar, ao vento, às vagas,
A minha vida!
Salgar de espuma arremessada pelos ventos
Meu paladar das grandes viagens.
Fustigar de água chicoteante as carnes da minha aventura,
Repassar de frios oceânicos os ossos da minha existência,
Flagelar, cortar, engelhar de ventos, de espumas, de sóis,
Meu ser ciclónico e atlântico,
Meus nervos postos como enxárcias,
Lira nas mãos dos ventos!

Sim, sim, sim... Crucificai-me nas navegações
E as minhas espáduas gozarão a minha cruz!
Atai-me às viagens como a postes
E a sensação dos postes entrará pela minha espinha
E eu passarei a senti-los num vasto espasmo passivo!
Fazei o que quiserdes de mim, logo que seja nos mares,
Sobre conveses, ao som de vagas,
Que me rasgueis, mateis, firais!
O que quero é levar prà Morte
Uma alma a transbordar de Mar,
Ébria a cair das cousas marítimas,
Tanto dos marujos como das âncoras, dos cabos,

¡Sentir que cambia mi humanidad en la lejanía!
¡Beber con ustedes en los mares del Sur
Nuevas bestialidades, nuevos tumultos del alma,
Nuevos fuegos centrales en mi espíritu volcánico!
¡Ir con ustedes, sacarme de encima – ¡ah, desaparece de aquí! –
Mi traje de civilizado, mi flema para la acción,
Mi miedo innato a las cadenas,
Mi pacífica vida,
Mi vida sentada, estática, reglamentada y revisada!

¡En el mar, en el mar, en el mar, en el mar,
¡Eh! lanzar al mar, al viento, a las olas,
Mi vida!
Salar mi paladar con espuma arrojada por los vientos
De los grandes viajes.
¡Fustigar con agua restallante las carnes de mi aventura,
Empapar en los fríos oceánicos los huesos de mi existencia,
Flagelar, cortar, azotar con vientos, soles y espumas
Mi ser ciclópeo y atlántico,
Mis nervios tensados como cuerdas,
Lira en manos del viento!

¡Sí, sí, sí! ¡Quiero ser crucificado en las travesías
Y mis espaldas gozarán mi cruz!
¡Quiero ser atado a los viajes como a postes
Y la sensación de los postes penetrará mi columna
Y yo habré de sentirlos en un vasto espasmo pasivo!
¡Hagan de mí lo que quieran, pero que sea en los mares,
Sobre cubiertas, al son de las olas,
Desgárrenme, mátenme, hiéranme!
¡Lo que quiero es llevar a la Muerte
Un alma empapada de Mar,
Ebria de cosas marinas,
Tanto de marineros, como de anclas y cabos,

Tanto das costas longínquas como do ruído dos ventos,
Tanto do Longe como do Cais, tanto dos naufrágios
Como dos tranquilos comércios,
Tanto dos mastros como das vagas,
Levar prà Morte com dor, voluptuosamente,
Um corpo cheio de sanguessugas, a sugar, a sugar,
De estranhas verdes absurdas sanguessugas marítimas!

Façam enxárcias das minhas veias!
Amarras dos meus músculos!
Arranquem-me a pele, preguem-a às quilhas.
E possa eu sentir a dor dos pregos e nunca deixar de
                                                    [sentir!
Façam do meu coração uma flâmula de almirante
Na hora de guerra dos velhos navios!
Calquem aos pés nos conveses meus olhos arrancados!
Quebrem-me os ossos de encontro às amuradas!
Fustiguem-me atado aos mastros, fustiguem-me!
A todos os ventos de todas as latitudes e longitudes
Derramem meu sangue sobre as águas arremessadas
Que atravessam o navio, o tombadilho, de lado a lado,
Nas vascas bravas das tormentas!

Ter a audácia ao vento dos panos das velas!
Ser, como as gáveas altas, o assobio dos ventos!
A velha guitarra do Fado dos mares cheios de perigos,
Canção para os navegadores ouvirem e não repetirem!

Os marinheiros que se sublevaram
Enforcaram o capitão numa verga.
Desembarcaram um outro numa ilha deserta.
Marooned!
O sol dos trópicos pôs a febre da pirataria antiga
Nas minhas veias intensivas.

Tanto de las costas lejanas como del rugido de los vientos,
Tanto de lo Lejano, como del Muelle, tanto de los naufragios
Como de las apacibles travesías comerciales,
Tanto de mástiles como de olas,
Llevar a la Muerte con dolor, voluptuosamente,
Un cuerpo lleno de sanguijuelas chupando, chupando,
De extrañas verdes absurdas sanguijuelas marinas!

¡Hagan trenzas con mis venas!
¡Amarras con mis músculos!
¡Arránquenme la piel, clávenme en las quillas!
¡Y que yo pueda sentir el dolor de los clavos y nunca deje de
[sentirlo!
¡Hagan de mi corazón un pendón de almirante
A la hora de guerrear de los viejos barcos!
¡Aplasten con sus pies en las cubiertas mis ojos arrancados!
¡Rómpanme los huesos contra los murallones!
¡Flagélenme atado a los mástiles! ¡Flagélenme!
¡Hacia todos los vientos de todas las latitudes y longitudes
Derramen mi sangre sobre las aguas impetuosas
Que barren de lado a lado el combés
En las arremetidas furiosas de las tormentas!

¡Tener la audacia al viento de la lona de las velas!
¡Ser como el silbido de los vendavales en las atalayas altas!
¡Vieja guitarra del Fado de los mares llenos de peligros,
Canción para que los navegantes oigan y jamás la repitan!

Los marineros amotinados
Colgaron al capitán del palo mayor.
A otro lo abandonaron en una isla desierta.
Marooned!
El sol de los trópicos sembró en mis venas ardientes
La fiebre de la piratería antigua.

Os ventos da Patagónia tatuaram a minha imaginação
De imagens trágicas e obscenas.
Fogo, fogo, fogo, dentro de mim!
Sangue! sangue! sangue! sangue!
Explode todo o meu cérebro!
Parte-se-me o mundo em vermelho!
Estoiram-me com o som de amarras as veias!
E estala em mim, feroz, voraz,
A canção do Grande Pirata,
A morte berrada do Grande Pirata a cantar
Até meter pavor plas espinhas dos seus homens abaixo.
Lá da ré a morrer, e a berrar, a cantar:

Fifteen men on the Dead Man's Chest.
Yo-ho ho and a bottle of rum!

E depois a gritar, numa voz já irreal, a estoirar no ar:

Darby M'Graw-aw-aw-aw-aw!
Darby M'Graw-aw-aw-aw-aw-aw-aw-aw!
Fetch a-a-aft the ru-u-u-u-u-u-u-um, Darby!

Eia, que vida essa! essa era a vida, eia!
Eh-eh eh eh-eh-eh-eh!
Eh-lahô-lahô-laHO-lahá-á-á-à-à!
Eh-eh-eh-eh-eh-eh-eh!

Quilhas partidas, navios ao fundo, sangue nos mares!
Conveses cheios de sangue, fragmentos de corpos!
Dedos decepados sobre amuradas!
Cabeças de crianças, aqui, acolá!
Gente de olhos fora, a gritar, a uivar!
Eh-eh-eh-eh-eh-eh-eh-eh-eh-eh!
Eh-eh-eh-eh-eh-eh-eh-eh-eh-eh!

Los vientos de la Patagonia tatuaron mi imaginación
Con imágenes trágicas y obscenas.
¡Fuego, fuego, fuego dentro de mí!
¡Sangre, sangre, sangre, sangre!
¡Estalla mi cerebro!
¡Se me parte el mundo en rojo!
¡Con son de amarras revientan mis venas!
¡Y en mí estalla, feroz, voraz,
La canción del Gran Pirata,
La muerte vociferada del Gran Pirata que canta
Hasta llenar de horror a sus hombres
En la popa muriendo y bramando y cantando:

> Fifteen men of the Dead Man's Chest
> Yo-ho ho and a bottle of rum!

Y gritando después, con una voz ya irreal que explota en el aire;

Darby M'Graw-aw-aw-aw-aw!
Darby M'Graw-aw-aw-aw-aw-aw-aw-aw!
Fetch a-a-aft the ru-u-u-u-u-u-u-um, Darby!

¡Eah, qué vida ésa! ¡Ésa era la vida, eah!
¡Eh-eh eh eh-eh-eh-eh!
¡Eh-lahó-lahó-laHO-lahá-á-á-á-á!
¡Eh-eh-eh-eh-eh-eh-eh!

¡Quillas partidas, barcos a pique, sangre en los mares,
Cubiertas bañadas en sangre, fragmentos de cuerpos!
¡Dedos decepados sobre bordas!
¡Cabezas de niños aquí y allá!
¡Gente de ojos desorbitados, gritando, aullando!
¡Eh-eh-eh-eh-eh-eh-eh-eh-eh-eh!
¡Eh-eh-eh-eh-eh-eh-eh-eh-eh-eh!

Embrulho-me em tudo isto como numa capa no frio!
Roço-me por tudo isto como uma gata com cio por um
                                                    [muro!
Rujo como um leão faminto para tudo isto!
Arremeto como um touro louco sobre tudo isto!
Cravo unhas, parto garras, sangro dos dentes
                                                    [sobre isto!
Eh-eh-eh-eh-eh-eh-eh-eh-eh!

De repente estala-me sobre os ouvidos
Como um clarim a meu lado,
O velho grito, mas agora irado, metálico,
Chamando a presa que se avista,
A escuna que vai ser tomada:

Ahó-ó-ó-ó-óó-ó-ó-ó-ó-ó----yyyy...
Schooner ahó-ó-ó-ó-ó-ó-ó-ó-ó-ó-ó-ó----yyyy...

O mundo inteiro não existe para mim! Ardo vermelho!
Rujo na fúria da abordagem!
Pirata-mor! César-Pirata!
Pilho, mato, esfacelo, rasgo!
Só sinto o mar, a presa, o saque!
Só sinto em mim bater, baterem-me
As veias das minhas fontes!
Escorre sangue quente a minha sensação dos meus olhos!
Eh-eh-eh-eh-eh-eh-eh-eh-eh-eh-eh!

Ah piratas, piratas, piratas!
Piratas, amai-me e odiai-me!
Misturai-me convosco, piratas!

Vossa fúria, vossa crueldade como falam ao
                                                    [sangue

¡Me envuelvo en todo esto como con una manta en el frío!
Me froto contra todo esto como una gata en celo contra un
[muro!

¡Le rujo a todo esto como un león hambriento!
¡Arremeto como un toro loco hacia todo esto!
¡Clavo uñas, hundo garras, me sangran los dientes al
[penetrar todo esto!
¡Eh-eh-eh-eh-eh-eh-eh-eh-eh!

De repente estalla en mis oídos,
Como un clarín a mi lado,
El viejo grito, ahora colérico, metálico,
Llamando a la presa que se avista,
A la escuna que va a ser abordada:

Ahó-ó-ó-ó-óó-ó-ó-ó-ó-ó ──── yyyy...
Schooner – ahó-ó-ó-ó-ó-ó-ó-ó-ó-ó-ó-ó ────yyyy...

¡Nada, nada, nada existe para mí! ¡Ardo en rojo!
¡Rujo en la furia del abordaje!
¡Pirata-mayor! ¡César-Pirata!
¡Saqueo, mato, acuchillo, rompo!
¡Sólo siento el mar, la presa, el saqueo!
¡Sólo siento golpear, que me golpean
Las venas en mis sienes!
¡Fluye caliente en mis ojos la sensación de la sangre!
¡Eh-eh-eh-eh-eh-eh-eh-eh-eh-eh!

¡Ah, piratas, piratas, piratas!
¡Piratas, ámenme y ódienme!
¡Mézclenme con ustedes,

¡La furia, la crueldad de ustedes, cómo le hablan a la
[sangre

Dum corpo de mulher que foi meu outrora e cujo cio
[sobrevive!

Eu queria ser um bicho representativo de todos os vossos
[gestos,
Um bicho que cravasse dentes nas amuradas, nas
[quilhas,
Que comesse mastros, bebesse sangue e alcatrão nos
[conveses,
Trincasse velas, remos, cordame e poleame,
Serpente do mar feminina e monstruosa cevando-se nos
[crimes!

E há uma sinfonia de sensações incompatíveis e análogas,
Há uma orquestração no meu sangue de balbúrdias de crimes,
De estrépitos espasmados de orgias de sangue nos mares,
Furibundamente, como um vendaval de calor pelo
[espírito,
Nuvem de poeira quente anuviando a minha lucidez
E fazendo-me ver e sonhar isto tudo só com a pele e as
[veias!

Os piratas, a pirataria, os barcos, a hora,
Aquela hora marítima em que as presas são assaltadas,
E o terror dos apressados foge prà loucura – essa hora,
No seu total de crimes, terror, barcos, gente, mar, céu,
[nuvens,
Brisa, latitude, longitude, vozearia,
Queria eu que fosse em seu Todo meu corpo em seu Todo,
[sofrendo,
Que fosse meu corpo e meu sangue, compusesse meu ser
[em vermelho,
Florescesse como uma ferida comichando na carne irreal da
[minha alma!

De un cuerpo de mujer que fue mío otrora y cuyo celo
                                        [subsiste!

¡Yo quisiera ser un animal representativo de todos vuestros
                                        [gestos,
Un animal que clavase sus dientes en las amuradas, en las
                                        [quillas,
Que devorase mástiles, bebiese sangre y alquitrán en el
                                        [combés,
Moliese remos, velas, sogas, poleas,
Serpiente del mar, femenina y monstruosa, cebándose en
                                        [crímenes!

¡Y hay una sinfonía de sensaciones incompatibles y análogas,
Una orquestación en mi sangre del vocerío de los crímenes,
De estrépitos convulsivos de orgías de sangre en los mares,
Furiosamente, como un vendaval de calor desatado en el
                                        [espíritu,
Nube de polvo caliente empañando mi lucidez
Y haciéndome ver y soñar todo esto sólo con la piel y con
                                        [las venas!

¡Los piratas, la piratería, los barcos, la hora,
Aquella hora marítima en que las presas son asaltadas,
Y el terror de los cautivos escapa hacia la locura –esa hora,
En la totalidad de sus crímenes, terror, barcos, gente, mar,
                                        [cielo, nubes,
Brisa, latitud, longitud, griterío,
Yo quisiera que fuese en Conjunto mi cuerpo Entero,
                                        [sufriendo,
Que fuese mi cuerpo y mi sangre, compusiese mi ser en
                                        [rojo,
Floreciese como una herida punzando la carne irreal de mi
                                        [alma!

Ah, ser tudo nos crimes! ser todos os elementos
                                    [componentes
Dos assaltos aos barcos e das chacinas e das violações!
Ser quanto foi no lugar dos saques!
Ser quanto viveu ou jazeu no local das tragédias de
                                    [sangue!
Ser o pirata-resumo de toda a pirataria no seu auge,
E a vítima-síntese, mas de carne e osso, de todos os piratas
                                    [do mundo!

Ser no meu corpo passivo a mulher-todas-as-mulheres
Que foram violadas, mortas, feridas, rasgadas plos
                                    [piratas!
Ser no meu ser subjugado a fêmea que tem de ser deles!
E sentir tudo isso – todas estas cousas duma só vez – pela
                                    [espinha!

Ó meus peludos e rudes heróis da aventura e do crime!
Minhas marítimas feras, maridos da minha imaginação!
Amantes casuais da obliquidade das minhas sensações!
Queria ser Aquela que vos esperasse nos portos,
A vós, odiados amados do meu sangue de pirata nos
                                    [sonhos!
Porque ela teria convosco, mas só em espírito,
                                    [raivado
Sobre os cadáveres nus das vítimas que fazeis
                                    [no mar!
Porque ela teria acompanhado vosso crime, e na orgia
                                    [oceânica
Seu espírito de bruxa dançaria invisível em volta dos
                                    [gestos
Dos vossos corpos, dos vosos cutelos, das vossas mãos
                                    [estranguladoras!

262

¡Ah, ser todo en los crímenes! ¡Ser todos los elementos
                             [componentes
De los asaltos a los barcos y de las masacres y las violaciones!
¡Ser cuanto fue en el lugar del saqueo!
¡Ser cuanto vivió o yació en el lugar de las tragedias de
                             [sangre!
¡Ser el pirata-resumen de toda la piratería en su apogeo,
Y la víctima-síntesis, pero de carne y hueso, de todos los
                             [piratas del mundo!

¡Ser en mi cuerpo pasivo la mujer-todas-las-mujeres
Que fueron violadas, asesinadas, heridas, rasgadas por los
                             [piratas!
¡Ser en mi ser subyugado la hembra que tiene que ser de ellos!
¡Y sentir todo eso – todas estas cosas a la vez – en el
                             [espinazo!

¡Oh mis peludos y rudos héroes de la aventura y del crimen!
¡Mis fieras marítimas, maridos de mi imaginación!
¡Amantes casuales de la oblicuidad de mis sensaciones!
¡Quisiera ser Aquella que por ustedes aguarda en los puertos,
Por ustedes, odiados, amados de mi sangre de pirata en los
                             [sueños!
¡Porque ella habría aullado de goce con ustedes, aunque
                             [sólo en espíritu,
Sobre los cadáveres desnudos de las víctimas hechas en el
                             [mar!
¡Porque ella habría acompañado cada crimen de ustedes, y
                             [en la orgía oceánica
Su espíritu de bruja habría bailado invisible alrededor de
                             [los gestos
De los cuerpos de ustedes, de las cuchillas, de los dedos
                             [estranguladores!

E ela em terra, esperando-vos, quando viésseis, se acaso
[viésseis!
Iria beber nos rugidos do vosso amor todo o vasto,
Todo o nevoento e sinistro perfume das vossas vitórias,
E através dos vossos espasmos silvaria um sabbat de
[vermelho e amarelo!

A carne rasgada, a carne aberta e estripada, o sangue
[correndo!
Agora, no auge conciso de sonhar o que vós fazíeis,
Perco-me todo de mim, já não vos pertenço, sou vós,
A minha feminilidade que vos acompanha é ser as vossas
[almas!
Estar por dentro de toda a vossa ferocidade, quando a
[praticáveis!
Sugar por dentro a vossa consciência das vossas
[sensações
Quando tingíeis de sangue os mares altos,
Quando de vez em quando atiráveis aos tubarões
Os corpos vivos ainda dos feridos, a carne rosada das
[crianças
E leváveis as mães às amuradas para verem o que lhes
[acontecia!

Estar convosco na carnagem, na pilhagem!
Estar orquestrado convosco na sinfonia dos saques!
Ah, não sei quê, não sei quanto queria eu ser de vós!
Não era só ser-vos a fêmea, ser-vos as fêmeas, ser-vos as
[vítimas,
Ser-vos as vítimas – homens, mulheres, crianças,
[navios –,
Não era só ser a hora e os barcos e as ondas,
Não era só ser vossas almas, vossos corpos, vossa fúria,
[vossa posse,

264

¡Y ella en tierra, esperando por ustedes, bebería cuando
                            [llegasen, si es que llegaban,
Todo lo vasto en los rugidos del amor,
Todo el brumoso y siniestro perfume de tantas victorias,
Y a través de los orgasmos de ustedes silbaría un *sabbat* en
                            [amarillo y rojo!

¡La carne abierta, la carne abierta y destripada, la sangre
                            [corriendo!
¡Ahora, en el auge conciso de soñar lo que ustedes hicieron,
Salgo de mí, me voy, ya no les pertenezco, soy ustedes
Mi femineidad que los acompaña es las almas de
                            [ustedes!
¡Está dentro de toda esa ferocidad, cuando la
                            [ejercitaban!
¡Sorber por dentro la conciencia que hayan tenido de tantas
                            [emociones
Cuando teñían de sangre los altos mares,
Cuando de a ratos arrojaban a los tiburones
Los cuerpos aún vivos de los heridos, la carne rosada de los
                            [niños
Y arrastraban a las madres hasta la borda para que viesen lo
                            [que les sucedía!

¡Estar con ustedes en la carnicería, en el pillaje!
¡Estar orquestado con ustedes en la sinfonía del saqueo!
¡Ah, no sé qué, no sé cuánto yo querría ser de ustedes!
¡No sólo ser la hembra, ser las hembras, ser las
                            [víctimas,
Todas las víctimas de ustedes – hombres, mujeres, niños,
                            [barcos –
No sólo ser la hora y los barcos y las olas,
No sólo ser las almas, y los cuerpos, y la furia de todos
                            [ustedes, lo poseído por ustedes,

Não era só ser concretamente vosso acto abstracto de orgia,
Não era só isto que eu queria ser – era mais que isto, o
                                    [Deus-isto!
Era preciso ser Deus, o Deus dum culto ao contrário,
Um deus monstruoso e satânico, um Deus dum panteísmo
                                    [de sangue,
Para poder encher toda a medida da minha fúria imaginativa,
Para poder nunca esgotar os meus desejos de identidade
Com o cada, e o tudo, e o mais-que-tudo das vossas
                                    [vitórias!

Ah, torturai-me para me curardes!
Minha carne – fazei dela o ar que os vossos cutelos
                                    [atravessam
Antes de caírem sobre as cabeças e os ombros!
Minhas veias sejam os fatos que as facas trespassam!
Minha imaginação o corpo das mulheres que violais!
Minha inteligência o convés onde estais de pé
                                    [matando!
Minha vida toda, no seu conjunto nervoso, histérico,
                                    [absurdo,
O grande organismo de que cada acto de pirataria que se
                                    [cometeu
Fosse uma célula consciente – e todo eu turbilhonasse
Como uma imensa podridão ondeando, e fosse aquilo
                                    [tudo!

Com tal velocidade desmedida, pavorosa,
A máquina de febre das minhas visões transbordantes
Gira agora que a minha consciência, volante,
É apenas um nevoento círculo assobiando no ar.

   Fifteen men on the Dead Man's Chest.
   Yo-ho-ho and a bottle of rum!

No sólo ser concretamente el acto abstracto de tanta orgía,
No es sólo eso lo que yo quisiera ser; es más que eso, el
                                                    [Dios-eso!
¡Sería necesario ser Dios, el Dios de un culto invertido,
Un Dios monstruoso y satánico, el Dios de un panteísmo
                                                    [sangriento,
Para poder colmar mi furia imaginativa,
Para poder no agotar nunca mis deseos de identificación
Con el cada y el todo y el más que todo de las victorias de
                                                    [ustedes!

¡Ah, tortúrenme para curarme!
¡Mi carne –hagan de ella el aire que las dagas
                                                    [cortan

Antes de caer sobre cabezas y hombros!
¡Que mis venas sean las ropas que los cuchillos traspasan!
¡Y mi imaginación el cuerpo de las mujeres violadas!
¡Y mi inteligencia la cubierta donde ustedes están de pie
                                                    [matando!
¡Y mi vida entera, en su conjunto nervioso, histérico y
                                                    [absurdo,
El gran organismo donde cada acto de piratería
                                                    [cometido
Fuese una célula consciente y todo yo me arremolinase
Como una inmensa podredumbre ondeando, y yo fuese
                                                    [todo aquello!

Con tal velocidad tremenda desmedida,
Gira ahora la máquina de fiebre de mis visiones desbordantes
Que mi conciencia, volante,
Es apenas un brumoso círculo silbando en el aire.

> *Fifteen men on the Dead Man's Chest.*
> *Yo-ho-ho- and a bottle of rum!*

Eh-lahô-lahô-laHO----lahá-á-ááá----ààà...

Ah! a selvajaria desta selvajaria! Merda
Pra toda a vida como a nossa, que não é nada disto!
Eu pr'aqui engenheiro, prático à força, sensível a
                                        [tudo,
Pr'aqui parado, em relação a vós, mesmo quando ando;
Mesmo quando ajo, inerte; mesmo quando me imponho,
                                        [débil;
Estático, quebrado, dissidente cobarde da vossa Glória,
Da vossa grande dinâmica estridente, quente e
                                        [sangrenta!

Arre! por não poder agir d'acordo com o meu delírio!
Arre! por andar sempre agarrado às saias da civilização!
Por andar com a *douceur des mœurs* às costas, como um
                                        [fardo de rendas!
Moços de esquina – todos nós o somos – do
                                [humanitarismo moderno!
Estupores de tísicos, de neurasténicos, de linfáticos,
Sem coragem para ser gente com violência e audácia,
Com a alma como uma galinha presa por uma perna!

Ah, os piratas! os piratas!
A ânsia do ilegal unido ao feroz
A ânsia das cousas absolutamente cruéis e abomináveis,
Que rói como um cio abstracto os nossos corpos franzinos,
Os nossos nervos femininos e delicados,
E põe grandes febres loucas nos nossos olhares vazios!

Obrigai-me a ajoelhar diante de vós!
Humilhai-me e batei-me!
Fazei de mim o vosso escravo e a vossa cousa!

Eh-lahó-lahó-laHO----lahá-á-ááá----ááá...

¡Ah, el salvajismo de este salvajismo! ¡A la Mierda
Con toda vida como la nuestra, que no es nada de esto!
¡Aquí estoy yo, ingeniero, práctico a la fuerza, sensible a
                                        [todo,
Inmóvil de este lado en relación a ustedes, aunque camine,
Inerte aunque actúe; débil aunque me
                                        [imponga;
Estático, roto, disidente cobarde de tanta Gloria,
De esa gran dinámica estridente, caliente y
                                        [sangrienta!

¡Maldito sea por no poder obrar de acuerdo con mi delirio!
¡Maldito sea por vivir agarrado a las polleras de la civilización!
¡Por andar cargando la *douceur des moeurs* en los hombros
                                [como un fardo de ropa!
¡Changadores – todos nosotros – del humanismo
                                        [moderno!
¡Estupor de tísicos, de neurasténicos, de linfáticos,
De gente sin valor para ser audaz y violenta,
Con el alma cual una gallina agarrada de una pata!

¡Ah los piratas! ¡Los piratas!
¡Anhelo de lo ilegal unido a lo feroz,
Anhelo de cosas absolutamente crueles y abominables,
Que roe como un celo abstracto nuestros cuerpos frágiles,
Nuestros nervios femeninos y delicados
Y llena de afiebrados delirios nuestras miradas vacías!

¡Hagan que me arrodille ante ustedes!
¡Humíllenme y péguenme!
¡Hagan de mí un esclavo y una cosa!

E que o vosso desprezo por mim nunca me abandone,
Ó meus senhores! Ó meus senhores!

Tomar sempre gloriosamente a parte submissa
Nos acontecimentos de sangue e nas sensualidades estiradas!
Desabai sobre mim, como grandes muros pesados,
Ó bárbaros do antigo mar!
Rasgai-me e feri-me!
De leste a oeste do meu corpo
Riscai de sangue a minha carne!
Beijai com cutelos de bordo e açoites e raiva
O meu alegre terror carnal de vos pertencer,
A minha ânsia masoquista em me dar à vossa fúria,
Em ser objecto inerte e sentiente da vossa omnívora

                        [crueldade,
Dominadores, senhores, imperadores, corcéis!
Ah, torturai-me,
Rasgai-me e abri-me!
Desfeito em pedaços conscientes
Entornai-me sobre os conveses,
Espalhai-me nos mares, deixai-me
Nas praias ávidas das ilhas!

Cevai sobre mim todo o meu misticismo de vós!
Cinzelai a sangue a minh'alma!
Cortai, riscai!
Ó tatuadores da minha imaginação corpórea!
Esfoladores amados da minha carnal submissão!
Submetei-me como quem mata um cão a pontapés!
Fazei de mim o poço para o vosso desprezo de domínio!

Fazei de mim as vossas vítimas todas!
Como Cristo sofreu por todos os homens, quero sofrer
Por todas as vossas vítimas às vossas mãos,

¡Y que el desprecio que les inspire nunca me abandone,
Oh mis señores! ¡Oh mis señores!

¡Tomar siempre, gloriosamente, la parte sumisa
En los sucesos de sangre y en las sensualidades prolongadas!
¡Desplómense sobre mí como grandes muros pesados,
Oh bárbaros del mar antiguo!
¡Rómpanme y hiéranme!
¡Del este al oeste de mi cuerpo
Rayen con sangre mi carne!
¡Besen con garfios de abordaje y azotes y rabia
Mi alegre terror carnal de pertenecerles,
Mi anhelo masoquista de darme a la furia de ustedes,
De ser objeto inerte y sintiente de esa omnívora crueldad
                                              [de ustedes,
Dominadores, señores, emperadores, corceles!
¡Ah, tortúrenme,
Rómpanme y ábranme!
¡Deshecho en pedazos conscientes
Vuélquenme sobre las cubiertas,
Dispérsenme en los mares, abandónenme
En las playas ávidas de las islas!

¡Nútranse de todo el misticismo que ustedes me inspiran!
¡Cincelen en mí con sangre mi alma,
Corten, rasguen!
¡Oh, tatuadores de mi imaginación corpórea!
¡Desolladores amados de mi carnal sumisión!
¡Sométanme como quien mata un perro a patadas!
¡Hagan de mí el pozo ciego del desprecio de los dominadores!

¡Hagan de mí todas las víctimas que sembraron!
¡Quiero, como Cristo, sufrir por todos los hombres
Por todos los inocentes que cayeron en manos de ustedes,

Às vossas mãos calosas, sangrentas e de dedos decepados
Nos assaltos bruscos de amuradas!

Fazei de mim qualquer cousa como se eu fosse
Arrastado – ó prazer, ó beijada dor! –
Arrastado à cauda de cavalos chicoteados por vós...
Mas isto no mar, isto no ma-a-a-ar, isto no MA-A-A-AR!
Eh-eh-eh-eh-eh! Eh-eh-eh-eh-eh-eh-eh! EH-EH-EH-EH-
                          [EH-EH-EH! No MA-A-A-A-AR!
Yeh-eh-eh-eh-eh eh! Yeh-eh-eh-eh-eh-eh! Yeh-eh-eh-
                          [eh-eh-eh-eh-eh!
Grita tudo! tudo a gritar! ventos, vagas, barcos,
Mares, gáveas, piratas, a minha alma, o sangue, e o ar,
                          [e o ar!
Eh-eh-eh-eh! Yeh-eh-eh-eh-eh! Yeh-eh-eh-eh-eh-eh!
                          [Tudo canta a gritar!

FIFTEEN MEN ON THE DEAD MAN'S CHEST
YO-HO-HO AND A BOTTLE OF RUM!

Eh-eh-eh-eh-eh-eh-eh! Eh-eh-eh-eh-eh-eh-eh! Eh-eh-
                          [eh-eh-eh-eh-eh!
Hé-lahô-lahô-laHO-O-O-ôô-laha-á-á-á---ààà!

AHÓ-Ó-Ó-Ó-Ó-Ó-Ó-Ó-Ó-Ó-Ó-Ó---YYY!...
SCHOONER AHÓ-Ó-Ó-Ó-Ó-Ó-Ó-Ó-Ó-Ó-Ó-Ó----yyyy!...

Darby M'Graw-aw-aw-aw-aw-aw-aw!
DARBY M'GRAW-AW-AW-AW-AW-AW-AW!
FETCH A-A-AFT THE RU-U-U-U-U-UM, DARBY!

He-eh-eh-eh-eh-eh-eh-eh-eh-eh-eh-eh-eh!
EH-EH-EH-EH-EH-EH-EH-EH-EH-EH-EH-EH!
EH-EH-EH-EH-EH-EH-EH-EH-EH-EH-EH-EH!

En esas manos callosas, sangrientas y con dedos mutilados
En la violencia de los abordajes!

Hagan de mí cualquier cosa, como si yo fuese
Arrastrado, ¡oh placer, oh besado dolor!
Arrastrado por caballos azuzados por ustedes...
¡Pero que todo sea en el mar, en el ma-a-a-ar, en el MA-A-A-AR!
¡Eh-eh-eh-eh-eh! ¡Eh-eh-eh-eh-eh-eh-eh! ¡EH-EH-EH-
                    [EH-EH-EH-EH! ¡En el MA-A-A-A-AR!
¡Yeh-eh-eh-eh-eh eh! ¡Yeh-eh-eh-eh-eh-eh! ¡Yeh-eh-eh-
                    [eh-eh-eh-eh-eh!
¡Todo grita! ¡Todo está gritando! ¡Vientos, olas, barcos!
¡Mares, planchadas, piratas, mi alma, la sangre y el aire, y el
                    [aire!
¡Eh-eh-eh-eh! ¡Yeh-eh-eh-eh-eh! ¡Yeh-eh-eh-eh-eh-eh!
                    [Todo canta gritando!

FIFTEEN MEN ON THE DEAD MAN'S CHEST.
YO-HO-HO AND A BOTTLE OF RUM!

¡Eh-eh-eh-eh-eh-eh-eh! ¡Eh-eh-eh-eh-eh-eh-eh! ¡Eh-eh-
                    [eh-eh-eh-eh-eh!
¡Hé-lahô-lahô-laHO-O-O-ôô-laha-á-á-á—ààà!

¡AHÓ-Ó-Ó-Ó-Ó-Ó-Ó-Ó-Ó-Ó-Ó-Ó—YYY!...
SCHOONER AHÓ-Ó-Ó-Ó-Ó-Ó-Ó-Ó-Ó-Ó-Ó-Ó----yyyy!...

Darby M'Graw-aw-aw-aw-aw-aw-aw!
DARBY M'GRAW-AW-AW-AW-AW-AW-AW!
FETCH A-A-AFT THE RU-U-U-U-U-UM, DARBY!

He-eh-eh-eh-eh-eh-eh-eh-eh-eh-eh-eh-eh!
EH-EH-EH-EH-EH-EH-EH-EH-EH-EH-EH-EH!
EH-EH-EH-EH-EH-EH-EH-EH-EH-EH-EH-EH!

EH-EH-EH-EH-EH-EH-EH-EH-EH-EH-EH-EH!

EH-EH-EH-EH-EH-EH-EH-EH-EH-EH-EH!

Parte-se em mim qualquer cousa. O vermelho anoiteceu.
Senti de mais para poder continuar a sentir.
Esgotou-se-me a alma, ficou só um eco dentro de mim.
Decresce sensivelmente a velocidade do volante.
Tiram-me um pouco as mãos dos olhos os meus sonhos.
Dentro de mim há só um vácuo, um deserto, um mar
                                        [nocturno.
E logo que sinto que há um mar nocturno dentro de mim,
Sobe dos longes dele, nasce do seu silêncio,
Outra vez, outra vez, o vasto grito antiquíssimo.
De repente, como um relâmpago de som, que não faz
                                        [barulho mas ternura,
Subitamente abrangendo todo o horizonte marítimo
Húmido e sombrio marulho humano nocturno,
Voz de sereia longínqua chorando, chamando,
Vem do fundo do Longe, do fundo do Mar, da alma dos
                                        [Abismos,
E à tona dele, como algas, boiam meus sonhos desfeitos...

Ahò ò-ò ò ò ò ò ò-ò ò ò ò-----yy..
Schooner ahò-ò-ò ò-ò-ò-ò ò ò ò ò ò-ò-ò-----yy.....

Ah o orvalho sobre a minha excitação!
O frescor nocturno no meu oceano interior!
Eis tudo em mim de repente ante uma noite no mar
Cheia do enorme mistério humaníssimo das ondas
                                        [nocturnas.
A lua sobe no horizonte
E a minha infância feliz acorda, como uma lágrima, em mim.
O meu passado ressurge, como se esse grito marítimo

274

EH-EH-EH-EH-EH-EH-EH-EH-EH-EH-EH-EH!

EH-EH-EH-EH-EH-EH-EH-EH-EH-EH-EH!

Algo se parte en mí. Lo rojo anocheció.
Sentí demasiado como para seguir sintiendo.
Mi alma está agotada, no queda en mí más que un eco.
Decrece sensiblemente la velocidad del volante.
Mis sueños me sacan a medias las manos de los ojos.
No hay en mí más que un vacío, un desierto, un mar
                            [nocturno.
Y apenas siento que hay en mí un mar nocturno,
Sube desde su lejanía, nace de su silencio,
Otra vez, otra vez el vasto grito antiquísimo.
De pronto, como en relámpago de sonido, sin ruido, sólo
                            [con ternura,
Súbitamente, abarcando todo el horizonte marítimo,
Húmeda y sombría marea humana y nocturna,
Voz de sirena lejana, llorando, llamando,
Viene del fondo de la Distancia, del fondo del Mar, del alma
                            [de los Abismos.
Y en la superficie, como algas, flotan mis sueños deshechos...

Ahó ó-ó ó ó ó ó ó-ó ó ó ó——yy..
Schooner ahó-ó-ó ó-ó-ó-ó ó ó ó ó ó-ó-ó——yy.....

¡Ah, el rocío sobre mi vorágine!
¡El fresco nocturno en mi océano interior!
Todo en mí está de repente ante una noche en el mar
Llena del enorme misterio humanísimo de las olas
                            [nocturnas.
La luna va subiendo en el horizonte
Y mi infancia feliz despierta en mí como una lágrima.
Mi pasado resurge, como si ese grito marítimo

Fosse um aroma, uma voz, o eco duma canção
Que fosse chamar ao meu passado
Por aquela felicidade que nunca mais tornarei a ter.

Era na velha casa sossegada, ao pé do rio...
(As janelas do meu quarto, e as da casa de jantar também,
Davam, por sobre umas casas baixas, para o rio próximo,
Para o Tejo, este mesmo Tejo, mas noutro ponto, mais abaixo...
Se eu agora chegasse às mesmas janelas não chegava às
                                        [mesmas janelas.
Aquele tempo passou como o fumo dum vapor no mar alto...)

Uma inexplicável ternura,
Um remorso comovido e lacrimoso,
Por todas aquelas vítimas – principalmente as crianças –
Que sonhei fazendo ao sonhar-me pirata antigo,
Emoção comovida, porque elas foram minhas vítimas;
Terna e suave, porque não o foram realmente;
Uma ternura confusa, como um vidro embaciado, azulada,
Canta velhas canções na minha pobre alma dolorida.

Ah, como pude eu pensar, sonhar aquelas cousas?
Que longe estou do que fui há uns momentos!
Histeria das sensações – ora estas, ora as
                                        [opostas!
Na loura manhã que se ergue, como o meu ouvido só escolhe
As cousas de acordo com esta emoção – o marulho das águas,
O marulho leve das águas do rio de encontro ao cais...,
A vela passando perto do outro lado do rio,
Os montes longínquos, dum azul japonês,
As casas de Almada,
E o que há de suavidade e de infância na hora
                                        [matutina!...

Fuese un aroma, una voz, el eco de una canción
Que estuviese preguntándole a mi pasado
Por aquella felicidad que nunca más volví a sentir.

Era en la vieja casa apacible junto al río...
(Las ventanas de mi cuarto y también las del comedor
Se abrían, por sobre unas casas bajas, al río cercano,
Al Tajo, este mismo Tajo, pero en un punto más alejado...
Si yo me asomara ahora a las mismas ventanas no me
                        [asomaría a las mismas ventanas.
Aquel tiempo pasó como el humo de un barco en alta mar...)

Una ternura inexplicable,
Un remordimiento lloroso y conmovido
Por todas aquellas víctimas – principalmente los niños –
De las que me soñé verdugo al soñarme pirata antiguo,
Emoción temblorosa porque ellas fueron mis víctimas,
Tierna y suave porque no lo fueron realmente,
Una ternura confusa, como un cristal empañado, azulada,
Canta viejas canciones en mi pobre alma dolorida.

Ah, ¿cómo pude pensar, soñar, esas cosas?
¡Qué lejos estoy de lo que fui hace un momento!
¡Histeria de las sensaciones – de pronto éstas, de pronto las
                        [opuestas!
En la rubia mañana que crece – y mi oído sólo elige
Las cosas de acuerdo con esta emoción: el vaivén de las aguas,
El suave vaivén de las aguas del río contra el muelle...
La vela que pasa cerca de la otra orilla del río,
Los montes lejanos, de un azul japonés,
Las casas de Almada,
Y todo lo que hay de suavidad y de infancia en la hora
                        [matinal!...

Uma gaivota que passa,
E a minha ternura é maior.

Mas todo este tempo não estive a reparar para nada.
Tudo isto foi uma impressão só da pele, como uma
                                    [carícia.
Todo este tempo não tirei os olhos do meu sonho
                                    [longínquo,
Da minha casa ao pé do rio,
Da minha infância ao pé do rio,
Das janelas do meu quarto dando para o rio de noite,
E a paz do luar esparso nas águas!...
Minha velha tia, que me amava por causa do filho que
                                    [perdeu...,
Minha velha tia costumava adormecer-me cantando-me
(Se bem que eu fosse já crescido de mais para isso)...
Lembro-me e as lágrimas caem sobre o meu coração e
                                    [lavam-o da vida,
E ergue-se uma leve brisa marítima dentro de mim.
Às vezes ela cantava a «Nau Catrineta»:

   Lá vai a Nau Catrineta
   Por sobre as águas do mar...

E outras vezes, numa melodia muito saudosa e tão medieval
Era a «Bela Infanta»... Relembro, e a pobre velha voz ergue-
                                    [se dentro de mim
E lembra-me que pouco me lembrei dela depois, e ela
                                    [amava-me tanto!
Como fui ingrato para ela – e afinal que fiz eu da vida?
Era a «Bela Infanta»... Eu fechava os olhos, e ela cantava:

   Estando a Bela Infanta
   No seu jardim assentada...

278

Pasa una gaviota
Y crece mi ternura.

Durante todo este tiempo no estuve fijándome en nada.
Todo aquello no fue más que una impresión de la piel, una
[caricia.
Durante todo este tiempo no aparté los ojos de mi sueño
[lejano,
De mi casa junto al río,
De mi infancia junto al río.
De las ventanas de mi cuarto abiertas al río en la noche,
A la paz de sus reflejos en el agua...
Mi vieja tía que me amaba porque perdió a su
[hijo...
Mi vieja tía solía acunarme con canciones
Aunque yo ya era demasiado grande para eso...
Recuerdo, y las lágrimas caen sobre mi corazón y lo
[limpian de la vida,
Y en mí crece una leve brisa marítima.
A veces ella cantaba la *Nave Catrineta*:

> *Allá va la Nave Catrineta,*
> *Surca las aguas del mar...*

Y otras veces era la melodía inolvidable y medieval,
De la "Bella Infanta"... Recuerdo y la pobre y vieja voz se
[alza dentro de mí
Y me muestra lo poco que yo la recordé después. ¡Y ella me
[quería tanto!
Qué ingrato fui, y al fin de cuentas: ¿qué hice de mi vida?
La "Bella Infanta"...Yo cerraba los ojos y ella cantaba:

> *Estando la Bella Infanta*
> *Sentada en el jardín,*

Eu abria um pouco os olhos e via a janela cheia de luar
E depois fechava os olhos outra vez, e em tudo isto era feliz.

> *Estando a Bela Infanta*
> *No seu jardim assentada,*
> *Seu pente de ouro na mão,*
> *Seus cabelos penteava...*

Ó meu passado de infância, boneco que me partiram!

Não poder viajar pra o passado, para aquela casa e aquela
[afeição,
E ficar lá sempre, sempre criança e sempre
[contente!

Mas tudo isto foi o Passado, lanterna a uma esquina de rua velha.
Pensar nisto faz frio, faz fome duma cousa que se não pode
[obter.
Dá-me não sei que remorso absurdo pensar
[nisto.
Oh turbilhão lento de sensações desencontradas!
Vertigem ténue de confusas cousas na alma!
Fúrias partidas, ternuras como carrinhos de linha com que
[as crianças brincam,
Grandes desabamentos de imaginação sobre os olhos dos
[sentidos,
Lágrimas, lágrimas inúteis,
Leves brisas de contradição roçando pela face a alma...

Evoco, por um esforço voluntário, para sair desta
[emoção,
Evoco, com um esforço desesperado, seco, nulo,
A canção do Grande Pirata, quando estava a morrer:

Yo apenas abría los ojos y veía la ventana bañada por la luna
Y cerraba luego los ojos otra vez, y con todo eso era feliz.

Estando la Bella Infanta
Sentada en el jardín,
Peinaba su cabellera
Con su peine de marfil...

¡Oh mi pasado infancia, muñeco que me rompieron!

¡No poder viajar hacia el pasado, hacia aquella casa y hacia
                                        [aquel afecto,
Y quedarme allá para siempre, siempre niño y siempre
                                        [contento!

Pero todo esto es el Pasado, farol de esquina en una calle vieja.
Pensar en esto me da frío, hambre de algo que no se puede
                                        [alcanzar.
Me llena de no sé qué remordimiento absurdo pensar en
                                        [todo esto.
¡Oh torbellino lento de sensaciones desencontradas!
¡Vértigo tenue de cosas confusas en el alma!
Furias deshechas, ternuras como esos carreteles de hilo con
                                        [que los niños juegan
Grandes derrumbes de imaginación sobre los ojos de los
                                        [sentidos,
Lágrimas, lágrimas inútiles,
Leves brisas de contradicción que por la cara rozan el alma...

Evoco en un esfuerzo voluntario, queriendo salir de esta
                                        [emoción,
Evoco en un esfuerzo desesperado, seco, nulo,
La canción del Gran Pirata agonizante:

Fifteen men on The Dead Man's Chest.
Yo-ho-ho and a bottle of rum!

Mas a canção é uma linha recta mal traçada dentro de
[mim...

Esforço-me e consigo chamar outra vez ante os meus olhos
[na alma,
Outra vez, mas através duma imaginação quasi literária,
A fúria da pirataria, da chacina, o apetite, quasi do paladar,
[do saque,
Da chacina inútil de mulheres e de crianças,
Da tortura fútil, e só para nos distrairmos, dos passageiros
[pobres,
E a sensualidade de escangalhar e partir as cousas mais
[queridas dos outros,
Mas sonho isto tudo com um medo de qualquer cousa a
[respirar-me sobre a nuca.

Lembro-me de que seria interessante
Enforcar os filhos à vista das mães
(Mas sinto-me sem querer as mães deles)
Enterrar vivas nas ilhas desertas as crianças de quatro anos
Levando os pais em barcos até lá para verem
(Mas estremeço, lembrando-me dum filho que não tenho e
[está dormindo tranquilo em casa).

Aguilhoo uma ânsia fria dos crimes marítimos,
Duma inquisição sem a desculpa da Fé,
Crimes nem sequer com razão de ser de maldade e de
[fúria,
Feitos a frio, nem sequer para ferir, nem sequer para fazer
[mal,

282

Fifteen men on the Dead Man's Chest.
Yo-ho-ho- and a bottle of rum!

Pero la canción es una línea recta torpemente trazada
[dentro de mí...

Me empeño y logro situar otra vez ante los ojos de
[mi alma,
Pero ahora con una imaginación casi literaria,
El furor de la piratería, la carnificina, el apetito casi
[paladeado del saqueo,
De la masacre inútil de mujeres y niños,
De la tortura fútil de los pasajeros pobres, hecha nada más
[que como distracción,
Nada más que por la sensualidad de destrozar y partir las
[cosas más queridas de los otros;
Pero sueño todo esto con un miedo de algo que me respira
[sobre la nuca.

Recuerdo que sería interesante
Ahorcar a los hijos ante sus madres,
(Pero sin querer me siento esas madres)
Enterrar vivos en las islas desiertas a los niños de cuatro años
Llevando hasta allí a los padres en botes para que vean,
(Pero me estremezco al recordar al hijo que no tengo y que
[duerme tranquilo en casa).

Aguijoneo el ansia fría de los crímenes marítimos,
De una inquisición sin la excusa de la Fe,
Crímenes sin ninguna razón de ser, cometidos por maldad
[y rabia,
Consumados sin escrúpulos, ni siquiera por el placer de
[herir, ni siquiera por el deleite de hacer mal,

Nem sequer para nos divertirmos, mas apenas para passar
                                          [o tempo,
Como quem faz paciências a uma mesa de jantar de
        [província com a toalha atirada pra o outro lado da mesa
                                          [depois de jantar,
Só pelo suave gosto de cometer crimes abomináveis e não
                              [os achar grande cousa,
De ver sofrer até ao ponto da loucura e da morte-pela-dor
                              [mas nunca deixar chegar lá...

Mas a minha imaginação recusa-se a acompanhar-me.
Um calafrio arrepia-me.
E de repente, mais de repente do que da outra vez, de mais
                              [longe, de mais fundo,
De repente – oh pavor por todas as minhas veias! –,
Oh frio repentino da porta para o Mistério que se abriu
        [dentro de mim e deixou entrar uma corrente de ar!
Lembro-me de Deus, do Transcendental da vida, e de
                                          [repente
A velha voz do marinheiro inglês Jim Barns, com quem eu
                                          [falava,
Tornada voz das ternuras misteriosas dentro de mim, das
                                          [pequenas
cousas de regaço de mãe e de fita de cabelo de
                                          [irmã,
Mas estupendamente vinda de além da aparência das
                                          [cousas,
A Voz surda e remota tornada A Voz Absoluta, a Voz Sem
                                          [Boca,
Vinda de sobre e de dentro da solidão nocturna dos
                                          [mares,
Chama por mim, chama por mim, chama por mim...

Ni siquiera por diversión, simplemente para pasar
                                            [el rato,
Como quien juega un solitario en una mesa de provincia, con
                          [el mantel semirrecogido sobre un lado
                                            [después de cenar,
Nada más que por el suave gusto de cometer crímenes
            [abominables y no encontrarlos nada extraordinarios,
Nada más que por el suave gusto de ver sufrir hasta rozar de
                                    [dolor la locura,
hasta sentir que se alcanza la muerte-por-el-dolor, sin
                        [permitir jamás que se llegue hasta ahí...
Pero mi imaginación se niega a acompañarme.
Un escalofrío me estremece.
Y de repente, más inesperadamente que antes, desde más
                                [lejos, desde más hondo,
De repente –¡oh terror en todas mis venas!–,
¡Oh frío repentino que llega desde la puerta del Misterio
        [que se abrió en mí y dejó pasar una corriente de aire!
Me acuerdo de Dios, de lo Trascendental de la vida y
                                        [de pronto
La vieja voz del marinero inglés Jim Barns con quien yo
                                        [hablaba,
Convertida en voz de las ternuras misteriosas que hay en
                                [mí, de las pequeñas
cosas de falda de madre y de cinta para el pelo de mi
                                    [hermana,
Pero espléndidamente llegada de más allá de la apariencia
                                    [de las cosas,
Voz sorda y remota convertida en Voz Absoluta, en Voz sin
                                    [Boca,
Llegada desde la superficie y el interior de la soledad
                            [nocturna de los mares,
Me llama, me llama, me llama...

Vem surdamente, como se fosse suprimida e se ouvisse,
Longinquamente, como se estivesse soando noutro lugar e
[aqui não se pudesse ouvir,
Como um soluço abafado, uma luz que se apaga, um hálito
[silencioso,
De nenhum lado do espaço, de nenhum local no tempo,
O grito eterno e nocturno, o sopro fundo e confuso:

Ahô-ô-ô-ô-ô-ô-ô-ô-ô-ô-ô-ô-ô-ô-ô-ô—-yyy......
Ahô-ô-ô-ô-ô-ô-ô-ô-ô-ô-ô-ô-ô-ô-ô – – yy.........
Schooner ahô-ô-ô-ô-ô-ô-ô-ô-ô-ô-ô-ô-ô-ô-ô-ô---yy.........

Tremo com um frio da alma repassando-me o
[corpo
E abro de repente os olhos, que não tinha fechado.
Ah, que alegria a de sair dos sonhos de vez!
Eis outra vez o mundo real, tão bondoso para os nervos!
Ei-lo a esta hora matutina em que entram os paquetes que
[chegam cedo.

Já não me importa o paquete que entrava. Ainda está longe.
Só o que está perto agora me lava a alma.
A minha imaginação higiénica, forte, prática,
Preocupa-se agora apenas com as cousas modernas e
[úteis,
Com os navios de carga, com os paquetes e os passageiros,
Com as fortes cousas imediatas, modernas, comerciais,
[verdadeiras.
Abranda o seu giro dentro de mim o volante.

Maravilhosa vida marítima moderna,
Toda limpeza, máquinas e saúde!
Tudo tão bem arranjado, tão espontaneamente ajustado,
Todas as peças das máquinas, todos os navios pelos mares,

Llega sordamente, como si la sofocaran y se oyese
Distante, como si brotara en otro lugar y aquí no se pudiera
                                                    [oír,
Como un sollozo ahogado, como una luz que se apaga,
                            [como un aliento silencioso
De ningún punto del espacio, de ningún instante del tiempo,
El grito eterno y sombrío, el soplo hondo y confuso:

Ahó-ó-ó-ó-ó-ó-ó-ó-ó-ó-ó-ó-ó-ó-ó-ó——yyy......
Ahó-ó-ó-ó-ó-ó-ó-ó-ó-ó-ó-ó-ó-ó-ó —yy..........
Shooner ahó-ó-ó-ó-ó-ó-ó-ó-ó-ó-ó-ó-ó-ó-ó-ó——yy..........

Me estremece un frío que me viene desde el alma y me
                                [recorre el cuerpo,
Y de pronto abro los ojos que no tenía cerrados.
¡Ah, que alegría salir de los sueños de golpe!
¡Aquí está otra vez el mundo real, tan bueno para los nervios!
Aquí está, en esta hora matutina en la que entran los barcos
                                [que llegan temprano.

Ya no me importa el buque que venía entrando. Aún está lejos.
Únicamente lo que ahora está cerca purifica mi alma.
Mi imaginación, higiénica, fuerte y práctica
Sólo se interesa ahora por las cosas inmediatas, modernas y
                                        [útiles,
Por los barcos de carga, los buques y los pasajeros,
Por las sólidas cosas inmediatas, modernas, comerciales,
                                    [verdaderas.
Modera el volante su giro dentro de mí.

¡Maravillosa vida marítima moderna
Toda limpieza, máquinas y salud!
¡Todo tan ordenado, tan espontáneamente ajustado,
Todas las piezas de las máquinas, todos los barcos en los mares,

Todos os elementos da actividade comercial de exportação
                                                    [e importação
Tão maravilhosamente combinando-se
Que corre tudo como se fosse por leis naturais,
Nenhuma cousa esbarrando com outra!

Nada perdeu a poesia. E agora há a mais as máquinas
Com a sua poesia também, e todo o novo género de vida
Comercial, mundana, intelectual, sentimental,
Que a era das máquinas veio trazer para as almas.
As viagens agora são tão belas como eram dantes
E um navio será sempre belo, só porque é um

                                                    [navio.
Viajar ainda é viajar e o longe está sempre onde

                                                    [esteve –
Em parte nenhuma, graças a Deus!

Os portos cheios de vapores de muitas espécies!
Pequenos, grandes, de várias cores, com várias disposições
                                                    [de vigias,
De tão deliciosamente tantas companhias de navegação!
Vapores nos portos, tão individuais na separação destacada
                                                    [dos ancoramentos!
Tão prazenteiro o seu garbo quieto de cousas comerciais
                                                    [que andam no mar,
No velho mar sempre o homérico, ó Ulisses!
O olhar humanitário dos faróis na distância da noite,
Ou o súbito farol próximo na noite muito escura
(«Que perto da terra que estávamos passando!» E o som da
                                                    [água canta-nos ao ouvido)!...

Tudo isto é como sempre foi, mas há o comércio;
E o destino comercial dos grandes vapores
Envaidece-me da minha época!

Todos los ingredientes de la actividad comercial de
                    [exportación e importación
Combinándose tan maravillosamente
Que todo corre como si lo gobernaran leyes naturales,
Sin que nada entorpezca nada!

Nada perdió poesía. Y ahora además están las máquinas,
Con su poesía también, y el nuevo estilo de vida
Comercial, mundana, intelectual, sentimental,
Que la edad de la técnica introdujo en las almas.
Los viajes de ahora son tan hermosos como los de antes
Y un barco será siempre un barco y por eso jamás dejará de
                    [ser hermoso.
Viajar todavía es viajar y la distancia está siempre donde
                    [estuvo –
¡En ninguna parte, gracias a Dios!

¡Los puertos llenos de barcos tan diferentes!
¡Pequeños, grandes, de varios colores, con diversos tipos de
                    [atalayas,
De tantas, deliciosamente tantas compañías de navegación!
¡Vapores en los puertos, recortados tan nítidamente en el
                    [fondadero reservado a cada uno!
¡Tan placenteros con su garbo inmóvil de cosas comerciales
                    [que anda por el mar,
El viejo mar, siempre el homérico, oh Ulises!
El ojo humanitario de los faros en la distancia nocturna
O el súbito faro cercano en la noche muy oscura
(¡"Qué cerca de la costa estamos pasando"! ¡Y el vaivén del
                    [agua nos canta al oído!)...

Todo esto es hoy como fue siempre, pero ahora está el comercio.
Y el destino comercial de los grandes vapores
¡Me enorgullece de mi época!

A mistura de gente a bordo dos navios de passageiros
Dá-me o orgulho moderno de viver numa época onde é tão
[fácil
Misturarem-se as raças, transporem-se os espaços, ver com
[facilidade todas
[as cousas,
E gozar a vida realizando um grande número de sonhos.

Limpos, regulares, modernos como um escritório com
[guichets em redes de arame amarelo,
Meus sentimentos agora, naturais e comedidos como
[gentlemen,
São práticos, longe de desvairamentos, enchem de ar
[marítimo os pulmões,
Como gente perfeitamente consciente de como é higiénico
[respirar o ar do mar.

O dia é perfeitamente já de horas de trabalho.
Começa tudo a movimentar-se, a regularizar-se.

Com um grande prazer natural e directo percorro com a alma
Todas as operações comerciais necessárias a um embarque
[de mercadorias.
A minha época é o carimbo que levam todas as facturas,
E sinto que todas as cartas de todos os escritórios
Deviam ser endereçadas a mim.

Um conhecimento de bordo tem tanta individualidade,
E uma assinatura de comandante de navio é tão bela e
[moderna!
Rigor comercial do princípio e do fim das cartas:
Dear Sirs – Messieurs – Amigos e Snrs,
Yours faithfully –... nos salutations empressées...
Tudo isto é não só humano e limpo, mas também belo,

La diversidad de gente a bordo de los barcos de pasajeros
Me produce el orgullo moderno de vivir en un
                                        [tiempo
En que las razas se mezclan con facilidad, con la misma
  [facilidad con que se trasponen los espacios y se llega a ver
                                        [tantas cosas
Y se goza la vida realizando un sinnúmero de sueños.

Limpios, regulares, modernos, como una oficina con
                [guichets cubiertas con redes de alambre amarillo,
Mis sentimientos, ahora naturales y comedidos como un
                                        [gentlemen,
Prácticos, ajenos a todo delirio, abren mis pulmones al aire
                                        [marítimo
Con la convicción de cualquiera que sabe lo saludable que
                                [es respirar aire de mar.

A esta hora de la mañana ya todo es actividad.
Todo empieza a moverse, a regularizarse.

Con un placer intenso, natural y directo recorro con el alma,
Todas las operaciones comerciales necesarias para un
                                [embarque de mercadería.
Mi época es el sello estampado en todas las facturas,
Y siento que todas las cartas de todas las oficinas
Deberían estar dirigidas a mí.

¡Qué cosa singular las amistades de a bordo,
Y la firma de un capitán de barco, qué cosa bella y
                                        [moderna!
Rigor comercial desde el principio al fin de las cartas:
Dear Sirs – Messieurs – Amigos y Señores,
Yours faithfully –... Nos salutations empressées...
Todo esto no sólo es humano y limpio, sino bello también,

E tem ao fim um destino marítimo, um vapor onde
[embarquem
As mercadorias de que as cartas e as facturas tratam.

Complexidade da vida! As facturas são feitas
[por gente
Que tem amores, ódios, paixões políticas, às vezes
[crimes –
E são tão bem escritas, tão alinhadas, tão independentes de
[tudo isso!
Há quem olhe para uma factura e não sinta isto.
Com certeza que tu, Cesário Verde, o sentias.
Eu é até às lágrimas que o sinto humanissimamente.
Venham dizer-me que não há poesia no comércio, nos
[escritórios!
Ora, ela entra por todos os poros... Neste ar marítimo
[respiro-a,
Porque tudo isto vem a propósito dos vapores, da
[navegação moderna,
Porque as facturas e as cartas comerciais são o princípio da
[história
E os navios que levam as mercadorias pelo mar eterno são o
[fim.

Ah, e as viagens, as viagens de recreio, e as outras,
As viagens por mar, onde todos somos companheiros uns
[dos outros
Duma maneira especial, como se um mistério marítimo
Nos aproximasse as almas e nos tornasse um
[momento
Patriotas transitórios duma mesma pátria incerta,
Eternamente deslocando-se sobre a imensidade das
[águas!
Grandes hotéis do Infinito, oh transatlânticos meus!

Y tiene, incluso, un destino marítimo, un vapor donde
[embarcar
Las mercaderías de las que hablan las cartas y las facturas.

¡Complejidad de la vida! Las facturas están hechas
[por gente
Que ama, que odia, que tiene pasiones políticas, que siente
[impulsos criminales–,
¡Y sin embargo están tan bien escritas, son tan prolijas, tan
[independientes de todo eso!
Hay quien mira una factura y no siente nada de esto.
Seguramente tú, Cesário Verde, lo sentías.
Yo lo siento humanamente hasta las lágrimas.
¡Y no vengan a decirme que no hay poesía en el comercio o
[en las oficinas!
Pero por favor. Si es algo que entra por los poros, que se
[respira en el aire marítimo
Porque todo esto viene a propósito de los vapores, de la
[navegación moderna.
Porque las facturas y las cartas comerciales son el principio
[de la historia
Y los barcos que transportan las mercaderías por el mar
[eterno son el fin.

¡Ah, y los viajes turísticos, y los otros,
Los viajes por mar donde todos nos sentimos compañeros
[de todos
De una manera especial, como si un misterio marítimo
Conjugara nuestras almas y nos convirtiese, por un
[momento,
En compatriotas transitorios de una misma patria incierta
Eternamente desplegada sobre la inmensidad de las
[aguas!
¡Grandes hoteles del Infinito, oh transatlánticos míos!

Com o cosmopolitismo perfeito e total de nunca pararem
                                    [num ponto
E conterem todas as espécies de trajes, de caras, de raças!

As viagens, os viajantes – tantas espécies deles!
Tanta nacionalidade sobre o mundo! tanta profissão! tanta
                                    [gente!
Tanto destino diverso que se pode dar à vida,
À vida, afinal, no fundo sempre, sempre a mesma!
Tantas caras curiosas! Todas as caras são curiosas
E nada traz tanta religiosidade como olhar muito para
                                    [gente.
A fraternidade afinal não é uma ideia revolucionária.
É uma cousa que a gente aprende pela vida fora, onde tem
                                    [que tolerar tudo,
E passa a achar graça ao que tem que tolerar,
E acaba quasi a chorar de ternura sobre o que tolerou!

Ah, tudo isto é belo, tudo isto é humano e anda ligado
Aos sentimentos humanos, tão conviventes e burgueses,
Tão complicadamente simples, tão metafisicamente tristes!
A vida flutuante, diversa, acaba por nos educar no
                                    [humano.
Pobre gente! pobre gente toda a gente!

Despeço-me nesta hora no corpo deste outro navio
Que vai agora saindo. É um tramp-steamer inglês,
Muito sujo, como se fosse um navio francês,
Com um ar simpático de proletário dos mares,
É sem dúvida anunciado ontem na última página das
                                    [gazetas.

Enternece-me o pobre vapor, tão humilde vai ele e tão
                                    [natural.

¡Con el cosmopolitismo perfecto y total de no detenerse
                              [nunca en ningún punto
Y contener todos los tipos de trajes, de caras y razas!

Los viajes, los viajeros – ¡tantos, tan diferentes!
¡Tanta nacionalidad en el mundo! ¡Tanta profesión! ¡Tanta
                              [gente!
¡Tanto destino variado que se le puede dar a la vida,
A la vida que, al final, en el fondo, siempre, siempre es la misma!
¡Tantas caras curiosas! Todas las caras son curiosas
Y nada despierta mayor religiosidad que mirar mucho a la
                              [gente.
La fraternidad, al fin de cuentas, no es una idea revolucionaria.
Es algo que uno aprende viviendo, cuando tiene que tolerar
                              [todo,
Y empieza a parecerle divertido lo que tiene que aguantar,
¡Y termina casi llorando de ternura sobre lo que aguantó!

¡Ah, todo eso es tan bello, todo eso es tan humano y está unido
A los sentimientos humanos, tan afables y burgueses,
Tan retorcidamente simples, tan metafísicamente tristes!
La vida flotante, heterogénea, termina por adaptarnos a lo
                              [humano,
¡Pobre gente! ¡Pobre gente toda la gente!

Me despido de esta hora en el cuerpo de otro barco
Que se está alejando. Es un *tramp-steamer* inglés,
Muy sucio, como si fuese un barco francés,
Con un aire simpático de proletario de los mares,
Y sin duda mencionado ayer en la última página de los
                              [diarios.

Me enternece el pobre barco, tan humilde va él y
                              [tan natural.

Parece ter um certo escrúpulo não sei em quê, ser pessoa
                                                    [honesta,
Cumpridora duma qualquer espécie de deveres.
Lá vai ele deixando o lugar defronte do cais onde
                                                    [estou.
Lá vai ele tranquilamente, passando por onde as naus
                                                    [estiveram
Outrora, outrora...
Para Cardiff? Para Liverpool? Para Londres? Não tem
                                                    [importância.
Ele faz o seu dever. Assim façamos nós o nosso.
                                                    [Bela vida!
Boa viagem! Boa viagem!
Boa viagem, meu pobre amigo casual, que me fizeste o favor
De levar contigo a febre e a tristeza dos meus sonhos,
E restituir-me à vida para olhar para ti e te ver passar.
Boa viagem! Boa viagem! A vida é isto...
Que aprumo tão natural, tão inevitavelmente matutino
Na tua saída do porto de Lisboa, hoje!
Tenho-te uma afeição curiosa e grata por isso...
Por isso quê? Sei lá o que é!... Vai... Passa...
Com um ligeiro estremecimento,
(T - t - - t - - - t - - - - t - - - - - t ...)
O volante dentro de mim, pára.

Passa, lento vapor, passa e não fiques...
Passa de mim, passa da minha vista,
Vai-te de dentro do meu coração,
Perde-te no Longe, no Longe, bruma de Deus,
Perde-te, segue o teu destino e deixa-me...
Eu quem sou para que chore e interrogue?
Eu quem sou para que te fale e te ame?
Eu quem sou para que me perturbe ver-te?
Larga do cais, cresce o sol, ergue-se ouro,

Parece sentir un cierto escrúpulo, no sé por qué; parece una
                                        [persona honesta,
Cumplidora de sus obligaciones.
Ahí va, dejando un espacio abierto frente al muelle donde
                                        [estoy.
Ahí va, tranquilamente, pasando por donde las carabelas
                                        [estuvieron
Otrora, otrora...
¿Hacia Cardiff? ¿Hacia Liverpool? ¿Hacia Londres? No
                                        [importa.
Él cumple su deber. Tomémoslo nosotros de ejemplo.
                                        [¡Linda vida!

¡Buen viaje! ¡Buen viaje!
Buen viaje mi pobre amigo casual, que me hiciste el favor
De llevarte contigo la fiebre y la tristeza de mis sueños,
Y restituirme la vida para mirarte y verte pasar.
¡Buen viaje! ¡Buen viaje! Esto es la vida...
¡Qué aplomo tan natural, tan inevitablemente matutino
El de tu salida, hoy, del puerto de Lisboa!
Siento, por eso, un afecto grato y curioso hacia ti...
¿Por eso qué? ¡Qué sé yo qué!... Anda... Vete...
Con un ligero estremecimiento,
(T – t — t — t —— t —— t...)
El volante, dentro de mí, se detiene.

Pasa, lento vapor, pasa y no te quedes...
Aléjate de mí, sal de mi vista,
Vete de mi corazón,
Piérdete en la Distancia, en la Distancia, bruma de Dios,
Piérdete, sigue tu destino y déjame...
¿Quién soy yo para llorar e interrogar?
¿Quién soy yo para hablarte y amarte?
¿Quién soy yo para emocionarme al verte?
Abandona la dársena, crece el sol, se yergue en oro,

Luzem os telhados dos edíficios do cais,
Todo o lado de cá da cidade brilha...
Parte, deixa-me, torna-te
Primeiro o navio a meio do rio, destacado e nítido,
Depois o navio a caminho da barra, pequeno e

                                          [preto,
Depois ponto vago no horizonte (ó minha angústia!),
Ponto cada vez mais vago no horizonte...,
Nada depois, e só eu e a minha tristeza,
E a grande cidade agora cheia de sol
E a hora real e nua como um cais já sem navios,
E o giro lento do guindaste que como um compasso

                                          [que gira,
Traça um semicírculo de não sei que emoção
No silêncio comovido da minh'alma...

Resplandecen los techos de los galpones del puerto,
Todo este lado de la ciudad brilla...
Parte, déjame, conviértete
Primero en el barco en medio del río, destacado, nítido,
Después en el barco que navega hacia la entrada del río,
                                        [pequeño y negro,
Después en un punto vago en el horizonte (¡oh mi angustia!),
Punto cada vez más vago en el horizonte...
Nada después, y sólo yo, y mi tristeza
Y la gran ciudad ahora llena de sol
Y la hora real y desnuda como un puerto sin barcos,
Y el giro lento de la grúa que, como un compás que se
                                        [desplaza,
Traza el semicírculo de no sé qué emoción
En el silencio conmovido de mi alma...

SONETO JÁ ANTIGO

Olha, Daisy: quando eu morrer tu hás-de
Dizer aos meus amigos aí de Londres,
Embora não o sintas, que tu escondes
A grande dor da minha morte. Irás de

Londres p'ra York, onde nasceste (dizes...
Que eu nada que tu digas acredito),
Contar àquele pobre rapazito
Que me deu tantas horas tão felizes,

Embora não o saibas, que morri...
Mesmo ele, a quem eu tanto julguei amar,
Nada se importará... Depois vai dar

A notícia a essa estranha Cecily
Que acreditava que eu seria grande...
Raios partam a vida e quem lá ande!

SONETO YA ANTIGUO

Mira, Daisy, cuando muera has de
Decir a mis amigos, allí en Londres,
Que, aunque no lo sientas, escondes
El gran dolor de mi muerte. Irás de

Londres a York, donde naciste (dices...
Y en nada de lo que digas tú, yo creo),
A contarle al muchachito feo
Que me dio tantas horas felices,

Que, aunque no lo sepas, yo morí.
Ni a él, a quien tanto creí amar,
Nada le importará... Después ve a dar

La noticia a esa extraña Cecily
Que pensaba que yo sería grande...
¡Rayos partan la vida y a quien por ella ande!

LISBON REVISITED
(1923)

Não: não quero nada.
Já disse que não quero nada.

Não me venham com conclusões!
A única conclusão é morrer.

Não me tragam estéticas!
Não me falem em moral!
Tirem-me daqui a metafísica!
Não me apregoem sistemas completos, não me enfileirem
                                        [conquistas
Das ciências (das ciências, Deus meu, das ciências!) –
Das ciências, das artes, da civilização moderna!

Que mal fiz eu aos deuses todos?

Se têm a verdade, guardem-a!

Sou um técnico, mas tenho técnica só dentro da técnica.
Fora disso sou doido, com todo o direito a sê-lo.
Com todo o direito a sê-lo, ouviram?

Não me macem, por amor de Deus!

Queriam-me casado, fútil, quotidiano e tributável?
Queriam-me o contrário disto, o contrário de qualquer
                                        [cousa?
Se eu fosse outra pessoa, fazia-lhes, a todos, a vontade.

LISBON REVISITED
(1923)

No: no quiero nada.
Ya dije que no quiero nada.

¡No me vengan con conclusiones!
La única conclusión es morir.

¡No me traigan estéticas!
¡No me hablen de moral!
¡Sáquenme de aquí la metafísica!
¡No me reciten sistemas completos, no me enumeren
                                             [conquistas
De las ciencias (¡de las ciencias, Dios mío, de las ciencias!) –
De las ciencias, de las artes, de la civilización moderna!

¿Qué mal hice yo a los dioses todos?

¡Si tienen la verdad, ¡guárdensela!

Soy un técnico, pero tengo técnica sólo dentro de la técnica.
Fuera de eso soy loco, con todo el derecho de serlo.
Con todo el derecho de serlo, ¿oyeron?

¡Déjenme en paz, por amor de Dios!

¿Me querían casado, fútil, cotidiano y complaciente?
¿Me querían lo contrario de esto, lo contrario de cualquier
                                             [cosa?
Si yo fuera otra persona les daría el gusto a todos.

Assim, como sou, tenham paciência!
Vão para o diabo sem mim,
Ou deixem-me ir sozinho para o diabo!
Para que haveremos de ir juntos?

Não me peguem no braço!
Não gosto que me peguem no braço. Quero ser sozinho.
Já disse que sou só sozinho!
Ah, que maçada quererem que eu seja de companhia!

Ó céu azul – o mesmo da minha infância –,
Eterna verdade vazia e perfeita!
Ó macio Tejo ancestral e mudo.
Pequena verdade onde o céu se reflecte!
Ó mágoa revisitada, Lisboa de outrora de hoje!
Nada me dais, nada me tirais, nada sois que eu me sinta.

Deixem-me em paz! Não tardo, que eu nunca tardo...
E enquanto tarda o Abismo e o Silêncio quero estar
                                    [sozinho!

¡Así como soy tengan paciencia!
¡Váyanse al diablo sin mí
O déjenme ir solo al diablo!
¿Para qué tenemos que ir juntos?

¡No me tomen del brazo!
No me gusta que me tomen del brazo. Quiero estar solo.
¡Ya dije que soy solo!
¡Ah, qué molesto es que quieran que ande en compañía!

¡Oh, cielo azul – el mismo de mi infancia –
Eterna verdad vacía y perfecta!
¡Oh, suave Tajo ancestral y mudo,
Pequeña verdad donde el cielo se refleja!
¡Oh, pena reencontrada, Lisboa de otrora de hoy!
Nada me das, nada me quitas, nada eres que yo me sienta.

¡Déjenme en paz! No tardo, que yo nunca tardo...
¡Y mientras tardan el Abismo y el Silencio quiero estar
[solo...!

LISBON REVISITED
(1926)

Nada me prende a nada.
Quero cinquenta coisas ao mesmo tempo.
Anseio com uma angústia de fome de carne
O que não sei que seja –
Definidamente pelo indefinido...
Durmo irrequieto, e vivo num sonhar irrequieto
De quem dorme irrequieto, metade a sonhar.

Fecharam-me todas as portas abstractas e necessárias.
Correram cortinas de todas as hipóteses que eu poderia ver
                                        [da rua.
Não há na travessa achada o número da porta que me
                                        [deram.

Acordei para a mesma vida para que tinha adormecido.
Até os meus exércitos sonhados sofreram derrota.
Até os meus sonhos se sentiram falsos ao serem sonhados.
Até a vida só desejada me farta – até essa vida...

Compreendo a intervalos desconexos;
Escrevo por lapsos de cansaço;
E um tédio que é até do tédio arroja-me à praia.

Não sei que destino ou futuro compete à minha angústia
                                        [sem leme;
Não sei que ilhas do Sul impossível aguardam-me náufrago;
Ou que palmares de literatura me darão ao menos um verso.

306

LISBON REVISITED
(1926)

Nada me ata a nada.
Quiero cincuenta cosas a la vez.
Anhelo con una angustia de hambre de carne
No sé bien qué –
Definidamente por lo indefinido
Duermo inquieto y vivo en un soñar inquieto
Como quien duerme inquieto, a medio soñar.

Me cerraron todas las puertas abstractas y necesarias.
Corrieron cortinas sobre todas las hipótesis que podría ver
[en la calle.
No existe en la calle donde estuve el número de puerta que
[me dieron.

Desperté a la misma vida ante la que me había dormido.
Hasta mis ejércitos soñados sufrieron derrota.
Hasta mis sueños se sintieron falsos al ser soñados.
Hasta la vida sólo soñada me harta – hasta esa vida...

Comprendo a intervalos inconexos;
Escribo en los lapsos del cansancio;
Y un tedio que es hasta del tedio me arroja a la playa.

No sé qué destino o futuro compete a mi angustia sin
[rumbo;
No sé qué islas del Sur imposible me aguardan náufrago;
O qué tramos de la literatura me darán al menos un verso.

Não, não sei isto, nem outra cousa, nem cousa nenhuma...
E, no fundo do meu espírito, onde sonho o que sonhei,
Nos campos últimos da alma, onde memoro sem causa
(E o passado é uma névoa natural de lágrimas falsas),
Nas estradas e atalhos das florestas longínquas
Onde supus o meu ser,
Fogem desmantelados, últimos restos
Da ilusão final,
Os meus exércitos sonhados, derrotados sem ter sido,
As minhas coortes por existir, esfaceladas em Deus.

Outra vez te revejo,
Cidade da minha infância pavorosamente perdida...
Cidade triste e alegre, outra vez sonho aqui...
Eu? Mas sou eu o mesmo que aqui vivi, e aqui voltei,
E aqui tornei a voltar, e a voltar,
E aqui de novo tornei a voltar?
Ou somos, todos os Eu que estive aqui ou estiveram,
Uma série de contas-entes ligadas por um fio memória,
Uma série de sonhos de mim de alguém de fora de mim?

Outra vez te revejo,
Com o coração mais longínquo, a alma menos minha.

Outra vez te revejo – Lisboa e Tejo e tudo –,
Transeunte inútil de ti e de mim,
Estrangeiro aqui como em toda a parte,
Casual na vida como na alma,
Fantasma a errar em salas de recordações,
Ao ruído dos ratos e das tábuas que rangem
No castelo maldito de ter que viver...
Outra vez te revejo,
Sombra que passa através de sombras, e brilha
Um momento a uma luz fúnebre desconhecida,

No sé esto, ni otra cosa ni cosa alguna...
Y en el fondo de mi espíritu, donde sueño lo que soñé,
En los campos últimos del alma donde rememoro sin causa
(Y el pasado es una niebla natural de lágrimas falsas),
En los caminos y atajos de las florestas lejanas
Donde supuse mi ser,
Huyen desmantelados los últimos restos
De la ilusión final,
Mis ejércitos soñados, derrotados sin haber sido,
Mis cohortes por existir, despedazadas en Dios.

Otra vez vuelvo a verte,
Ciudad de mi infancia pavorosamente perdida.
Ciudad triste y alegre, otra vez sueño aquí...
¿Yo? Pero ¿soy yo el mismo que aquí viví y aquí volví,
Y aquí de nuevo volví y volví,
Y aquí una vez más supe volver?
¿O son todos los Yo que aquí estuve o estuvieron,
Una serie de cuentas-entes unidas por un hilo – memoria,
Una serie de sueños sobre mí de alguien ajeno a mí?

Otra vez vuelvo a verte,
Con el corazón más lejano y el alma menos mía...

Otra vez vuelvo a verte –Lisboa y Tajo y todo–,
Transeúnte inútil de ti y de mí,
Extranjero aquí como en todas partes,
Casual en la vida como en el alma,
Fantasma errante por salones de recuerdos,
Entre el ruido de ratas y de tablas que crujen
En el castillo maldito de tener que vivir...
Otra vez vuelvo a verte,
Sombra que pasa a través de sombras y brilla
Un momento bajo una luz fúnebre desconocida

E entra na noite como um rastro de barco se perde
Na água que deixa de se ouvir...

Outra vez te revejo,
Mas, ai, a mim não me revejo!
Partiu-se o espelho mágico em que me revia idêntico,
E em cada fragmento fatídico vejo só um bocado de mim –
Um bocado de ti e de mim!...

Y entra en la noche como la estela de un barco al perderse
En el agua que se deja de oír...

Otra vez vuelvo a verte,
Pero, ¡ay, a mí ya no me veo!
Se partió el espejo mágico en el que podía verme idéntico,
Y en cada fragmento fatídico sólo veo un pedazo de mí,
¡Un pedazo de ti y de mí!...

ESCRITO NUM LIVRO ABANDONADO
EM VIAGEM

Venho dos lados de Beja.
Vou para o meio de Lisboa.
Não trago nada e não acharei nada.
Tenho o cansaço antecipado do que não acharei,
E a saudade que sinto não é nem do passado nem do futuro.
Deixo escrita neste livro a imagem do meu desígnio morto:
Fui, como ervas, e não me arrancaram.

ESCRITO EN UN LIBRO ABANDONADO
EN VIAJE

Vengo del lado de Beja.
Voy al centro de Lisboa.
Nada traigo y nada encontraré.
Tengo el cansancio anticipado de lo que no encontraré
Y la nostalgia que siento no es del pasado ni del futuro.
Dejo escrita en este libro la imagen de mi designio muerto:
Fui como hierbas, y no me arrancaron.

APOSTILA

Aproveitar o tempo!
Mas o que é o tempo para que eu o aproveite?
Aproveitar o tempo!
Nenhum dia sem linha...
O trabalho honesto e superior...
O trabalho à Virgílio, à Milton...
Mas é tão difícil ser honesto ou ser superior!
E tão pouco provável ser Milton ou ser Virgílio!

Aproveitar o tempo!
Tirar da alma os bocados precisos – nem mais nem menos –
Para com eles juntar os cubos ajustados
Que fazem gravuras certas na história
(E estão certas também do lado de baixo, que se
                                        [não vê)...
Pôr as sensações em castelo de cartas, pobre China dos
                                        [serões,
E os pensamentos em dominó, igual contra igual,
E a vontade em carambola difícil...
Imagens de jogos ou de paciências ou de passatempos –
Imagens da vida, imagens das vidas, imagem da Vida...

Verbalismo...
Sim, verbalismo...
Aproveitar o tempo!
Não ter um minuto que o exame de consciência
                                        [desconheça...
Não ter um acto indefinido nem factício...
Não ter um movimento desconforme com propósitos...

APOSTILLA

¡Aprovechar el tiempo!
¿Pero qué es el tiempo para que yo lo aproveche?
¡Aprovechar el tiempo!
Ni un solo día sin una línea...
El trabajo honesto y superior...
El trabajo a lo Virgilio, a lo Milton...
¡Pero es tan difícil ser honesto o superior!
¡Es tan poco probable ser Milton o Virgilio!

¡Aprovechar el tiempo!
Arrancar del alma bocados precisos – ni más ni menos –
Para ajustar con ellos los cubos adecuados
Que dan forma a las estampas precisas en la historia
(Y que son las adecuadas también del lado de abajo, que no
                                              [se ve)...
Ordenar las sensaciones en castillos de cartas, pobre China
                                              [de las veladas,
Y los pensamientos en dominó, igual contra igual,
Y la voluntad en carambola difícil...
Imágenes de juegos o de entretenimientos o de pasatiempos –
Imágenes de la vida, imágenes de las vidas, imagen de la Vida...

Verbalismo...
Sí, verbalismo...
¡Aprovechar el tiempo!
Que no haya un solo minuto desconocido por el examen de
                                              [conciencia...
Que no haya un solo acto indefinido ni artificial...
Que ningún movimiento desentone con los propósitos...

Boas-maneiras da alma...
Elegância de persistir...

Aproveitar o tempo!
Meu coração está cansado como um mendigo verdadeiro.
Meu cérebro está pronto como um fardo posto ao canto.
Meu canto (verbalismo!) está tal como está e é triste.
Aproveitar o tempo!
Desde que comecei a escrever passaram cinco minutos.
Aproveitei-os ou não?
Se não sei se os aproveitei, que saberei de outros minutos?

(Passageira que viajavas tantas vezes no mesmo
                              [compartimento comigo
No comboio suburbano,
Chegaste a interessar-te por mim?
Aproveitei o tempo olhando para ti?
Qual foi o ritmo do nosso sossego no comboio
                              [andante?
Qual foi o entendimento que não chegámos a ter?
Qual foi a vida que houve nisto? Que foi isto à vida?)

Aproveitar o tempo!...
Ah, deixem-me não aproveitar nada!
Nem tempo, nem ser, nem memórias de tempo ou de ser!
Deixem-me ser uma folha de árvore, titilada por brisas,
A poeira de uma estrada, involuntária e sozinha,
O regato casual das chuvas que vão acabando,
O vinco deixado na estrada pelas rodas enquanto não vêm
                              [outras,
O peão do garoto, que vai a parar,
E oscila, no mesmo movimento que o da terra,
E estremece, no mesmo movimento que o da alma,
E cai como caem os deuses, no chão do Destino.

Buenos modales del alma...
Elegancia de perseverar...

¡Aprovechar el tiempo!
Mi corazón está cansado como un mendigo verdadero.
Mi cerebro está listo como un bulto colocado en un rincón.
Mi canto (¡verbalismo!) está tal como está y es triste.
¡Aprovechar el tiempo!
Desde que empecé a escribir pasaron cinco minutos.
¿Los aproveché o no?
Si no sé si los aproveché, ¿qué sabré de otros minutos?

(Pasajera que viajaste tantas veces conmigo en el mismo
                                            [vagón
Del tren suburbano,
¿Llegaste a interesarte por mí?
¿Aproveché el tiempo mirándote?
¿Cuál fue el ritmo de nuestro sosiego durante la marcha del
                                            [tren?
¿Cuál fue el entendimiento que no llegamos a tener?
¿Cuál fue la vida que hubo en todo eso? ¿qué le dio eso a la vida?)

¡Aprovechar el tiempo!...
¡Ah, déjenme no aprovechar nada!
¡Ni tiempo, ni ser, ni memorias de tiempo o de ser!
Déjenme ser una hoja de árbol, acariciada por la brisa,
El polvo de un camino involuntario y solo,
El arroyo casual de las lluvias que se acaban,
La huella de las ruedas que dura en el camino hasta que
                                            [llegan otras,
El trompo del niño a punto de detenerse
Y oscila, con el mismo movimiento que tiene la tierra,
Y se estremece, con el mismo movimiento que el del alma,
Y cae como caen los dioses, en el suelo del Destino.

GAZETILHA

Dos Lloyd Georges da Babilónia
Não reza a história nada.
Dos Briands da Assíria ou do Egipto,
Dos Trotskys de qualquer colónia
Grega ou romana já passada,
O nome é morto, inda que escrito.

Só o parvo dum poeta, ou um louco
Que fazia filosofia,
Ou um geómetra maduro,
Sobrevive a esse tanto pouco
Que está lá para trás no escuro
E nem a história já historia.

Ó grandes homens do Momento!
Ó grandes glórias a ferver
De quem a obscuridade foge!
Aproveitem sem pensamento!
Tratem da fama e do comer,
Que amanhã é dos loucos de hoje!

GACETILLA

De los Lloyd George de Babilonia
No reza la historia nada.
De los Briand de Asiria o Egipto,
De los Trotsky de cualquier colonia
Griega o romana ya pasada,
El nombre pereció, aunque esté escrito.

Sólo el candor de un poeta, o un loco
A la filosofía consagrado,
O un geómetra maduro,
Sobrevive a ese tan poco
Perdido, tan en lo oscuro
Que de ello ni la historia se ha ocupado.

¡Oh, grandes hombres del Momento!
¡Oh, grandes glorias que tratan de ser
Huyendo febriles de lo oscuro!
¡Aprovechen sin pensamiento!
¡Busquen la fama y qué comer,
Que de los locos de hoy es el futuro!

APONTAMENTO

A minha alma partiu-se como um vaso vazio.
Caiu pela escada excessivamente abaixo.
Caiu das mãos da criada descuidada.
Caiu, fez-se em mais pedaços do que havia loiça no vaso.

Asneira? Impossível? Sei lá!
Tenho mais sensações do que tinha quando me sentia eu.
Sou um espalhamento de cacos sobre um capacho por sacudir.

Fiz barulho na queda como um vaso que se partia.
Os deuses que há debruçam-se do parapeito da escada.
E fitam os cacos que a criada deles fez de mim.

Não se zanguem com ela.
São tolerantes com ela.
O que eu era um vaso vazio?

Olham os cacos absurdamente conscientes,
Mas conscientes de si-mesmos, não conscientes deles.

Olham e sorriem.
Sorriem tolerantes à criada involuntária.

Alastra a grande escadaria atapetada de estrelas.
Um caco brilha, virado do exterior lustroso, entre os
                                                    [astros.
A minha obra? A minha alma principal? A minha vida?
Um caco.
E os deuses olham-o especialmente, pois não sabem
                                            [porque ficou ali.

APUNTE

Mi alma se rompió como un cuenco vacío.
Rodó por la escalera excesivamente abajo.
Cayó de las manos torpes de una sirvienta.
Cayó y hubo más pedazos que loza en el cuenco.

¿Tontería? ¿Imposible? ¡Yo qué sé!
Tengo más sensaciones que cuando me sentía yo.
Soy una dispersión de trozos sobre un felpudo sin sacudir.

El ruido que hice al caer fue como el de un cuenco que se partía.
Los dioses que hay se asoman por la baranda de la escalera.
Y contemplan los pedazos en que fui convertido.

No se enojen con ella.
Ténganle paciencia.
¿Qué era yo, un cuenco vacío?

Miran los pedazos absurdamente conscientes,
Pero conscientes de sí mismos, no conscientes de los dioses.

Miran y sonríen.
Sonríen tolerantes para con la sirvienta que obró sin maldad.

Se va extendiendo la gran escalinata alfombrada de estrellas.
Un pedazo brilla entre los astros dejando ver su exterior
                                    [lustroso.
¿Mi obra? ¿Mi alma principal? ¿Mi vida?
Nada más que trozos.
Y los dioses los miran extrañados, pues no saben por qué
                                    [los dejaron allí.

A FERNANDO PESSOA
DEPOIS DE LER O SEU DRAMA ESTÁTICO
«O MARINHEIRO» EM «ORPHEU I»

Depois de doze minutos
Do seu drama *O Marinheiro,*
Em que os mais ágeis e astutos
Se sentem com sono e brutos,
E de sentido nem cheiro,
Diz uma das veladoras
Com langorosa magia:

De eterno e belo há apenas o sonho. Porque estamos nós
                                    [falando ainda?

Ora isso mesmo é que eu ia
Perguntar a essas senhoras...

A FERNANDO PESSOA
DESPUÉS DE LEER SU DRAMA ESTÁTICO
"EL MARINERO" EN *ORPHEU I* [13]

Después de doce minutos
De su drama, mi poetastro,
Que hasta a ágiles y astutos
Les da sueño y vuelve brutos,
Pues de sentido ni rastro,
Dice una de las veladoras
Con lánguida melodía:

De lo eterno y bello sólo existe el sueño. ¿Por qué seguimos
                                    [hablando todavía?

Pues eso es lo que yo quería
Preguntar a esas señoras...

13. Campos se refiere a la revista dirigida por Pessoa y de la que sólo se editaron dos números, el primero en marzo de 1915 y el segundo, en junio de ese mismo año. Un tercer número estaba previsto para octubre de 1917 pero no se llegó a imprimir. De él se conservan las pruebas de página. *(N. del T.)*

QUASI

Arrumar a vida, pôr prateleiras na vontade e na acção...
Quero fazer isto agora, como sempre quis, com o mesmo
                                        [resultado;
Mas que bom ter o propósito claro, firme só na clareza, de
                                        [fazer qualquer coisa!
Vou fazer as malas para o Definitivo,
Organizar Álvaro de Campos,
E amanhã ficar na mesma coisa que antes de ontem – um
                                        [antes de ontem que é sempre...

Sorrio do conhecimento antecipado da coisa-nenhuma que
                                        [serei...
Sorrio ao menos; sempre é alguma coisa o sorrir.

Produtos românticos, nós todos...
E se não fôssemos produtos românticos, se calhar não
                                        [seríamos nada.

Assim se faz a literatura...
Coitadinhos Deuses, assim até se faz a vida!

Os outros também são românticos,
Os outros também não realizam nada, e são ricos e pobres,
Os outros também levam a vida a olhar para as malas a
                                        [arrumar,
Os outros também dormem ao lado dos papéis meio
                                        [compostos,
Os outros também são eu.

CASI

Ordenar la vida, clasificar en estantes la voluntad y la acción...
Quiero hacerlo ahora, como siempre lo quise, con el mismo
                              [resultado;
¡Pero qué bueno tener un propósito claro, firme aunque
                              [más no sea en la intención de hacer algo!
Voy a preparar las valijas y partir hacia lo Definitivo,
Voy a organizar a Álvaro de Campos,
Y a terminar mañana igual que antes de ayer – un antes de
                              [ayer que es siempre...

Sonrío ante el conocimiento anticipado de la nada que
                              [seré...
Al menos sonrío; siempre es algo sonreír.

Somos todos productos románticos...
Y si no fuéramos productos románticos, tal vez no
                              [seríamos nada.

Así se hace la literatura...
¡Dioses míos, hasta la vida se hace así!

Los demás también son románticos,
Los demás tampoco concretan nada, y son ricos y pobres,
Los demás también se pasan la vida mirando las valijas que
                              [tienen que aprontar,
Los demás también se duermen junto a los proyectos a
                              [medio borronear,
Los demás también son yo.

Vendedeira da rua cantando o teu pregão como um hino
                          [inconsciente,
Rodinha dentada na relojoaria da economia política,
Mãe, presente ou futura, de mortos no descascar dos
                          [Impérios,
A tua voz chega-me como uma chamada a parte nenhuma,
                    [como o silêncio da vida...

Olho dos papéis que estou pensando em afinal não
                          [arrumar
Para a janela por onde não vi a vendedeira que ouvi por ela,
E o meu sorriso, que ainda não acabara, acaba no meu
                      [cérebro em metafísica.

Descri de todos os deuses diante de uma secretária por
                          [arrumar,
Fitei de frente todos os destinos pela distracção de ouvir
                      [apregoando-se,
E o meu cansaço é um barco velho que apodrece na praia
                          [deserta,
E com esta imagem de qualquer outro poeta fecho a
                    [secretária e o poema.

Como um deus, não arrumei nem a verdade nem a vida.

Vendedora de la calle que entonas tu pregón como un
[himno inconsciente,
Mecanismo dentado en la relojería de la economía política,
Madre presente o futura de muertos en el derrumbe de los
[Imperios,
Tu voz me alcanza como un llamado hacia ninguna parte,
[como el silencio de la vida...

Miro por sobre los papeles que, finalmente, estoy pensando
[en no ordenar
Hacia la ventana por donde no vi a la vendedora que oí,
Y mi sonrisa, que aún no se había borrado, se disuelve en
[mi cerebro en metafísica.

Descreí de todos los dioses ante una cómoda que habría
[que ordenar,
Miré a los ojos a todos los destinos, mientras me distraía
[oyendo pregones,
Y mi cansancio es un barco viejo que se pudre en la playa
[desierta,
Y con esta imagen de cualquier otro poeta cierro la cómoda
[y el poema.

Como un dios, no ordené ni la verdad ni la vida.

ADIAMENTO

Depois de amanhã, sim, só depois de amanhã...
Levarei amanhã a pensar em depois de amanhã,
E assim será possível; mas hoje não...
Não, hoje nada; hoje não posso.
A persistência confusa da minha subjectividade objectiva,
O sono da minha vida real, intercalado,
O cansaço antecipado e infinito,
Um cansaço de mundos para apanhar um eléctrico...
Esta espécie de alma...
                    Só depois de amanhã...
Hoje quero preparar-me,
Quero preparar-me para pensar amanhã no dia seguinte...
Ele é que é decisivo.
Tenho já o plano traçado; mas não, hoje não traço planos...
Amanhã é dia dos planos.
Amanhã sentar-me-ei à secretária para conquistar o mundo;
Mas só conquistarei o mundo depois de amanhã...
Tenho vontade de chorar,
Tenho vontade de chorar muito de repente, de dentro...
Não, não queiram saber mais nada, é segredo, não digo.
Só depois de amanhã...
Quando era criança o circo de domingo divertia-me toda a
                                    [semana.
Hoje só me diverte o circo de domingo de toda a semana da
                                    [minha infância...
Depois de amanhã serei outro,
A minha vida triunfar-se-á,
Todas as minhas qualidades reais de inteligente, lido e
                                    [práctico

POSTERGACIÓN

Pasado mañana, sí, sólo pasado mañana...
Dedicaré el día de mañana a pensar en pasado mañana,
Y así será posible, pero hoy no...
No, hoy nada; hoy no puedo.
La persistencia confusa de mi subjetividad objetiva,
El sueño de mi vida real, intercalado,
El cansancio anticipado e infinito,
Un cansancio de mundos para tomar un tranvía...
Esta especie de alma...
     Sólo pasado mañana...
Hoy quiero prepararme,
Quiero prepararme para pensar mañana en el día siguiente...
Él sí será decisivo.
Tengo ya el plan trazado; pero no, hoy no hablaré de planes...
Mañana será el día de los planes.
Mañana me sentaré ante el escritorio para conquistar el mundo;
Pero sólo conquistaré el mundo pasado mañana...
Tengo ganas de llorar,
De repente tengo ganas de llorar mucho, desde dentro...
No, no quieran saber nada más, es secreto, no lo digo.
Sólo pasado mañana...
Cuando era niño, el circo del domingo me divertía por toda
          [la semana.
Hoy sólo me divierte el circo del domingo de toda la
         [semana de mi infancia...
Pasado mañana seré otro,
Mi vida ha de triunfar
Todas mis cualidades reales de inteligente, leído y
           [práctico

329

Serão convocadas por um edital...
Mas por um edital de amanhã...
Hoje quero dormir, redigirei amanhã...
Por hoje, qual é o espectáculo que me repetiria a
                                    [infância?
Mesmo para eu comprar os bilhetes amanhã,
Que depois de amanhã é que está bem o espectáculo...
Antes, não...
Depois de amanhã terei a pose pública que amanhã
                                    [estudarei.
Depois de amanhã serei finalmente o que hoje não posso
                                    [nunca ser.
Só depois de amanhã...
Tenho sono como o frio de um cão vadio.
Tenho muito sono.
Amanhã te direi as palavras, ou depois de amanhã...
Sim, talvez só depois de amanhã...

O porvir...
Sim, o porvir...

Serán convocadas por un bando...
Pero por un bando de mañana...
Hoy quiero dormir, redactaré mañana...
Y hoy, ¿cuál es el espectáculo que podría devolverme la
                                                    [infancia?
Aunque tenga que comprar las entradas mañana
Para pasado mañana, que es cuando estará bien el espectáculo...
Antes, no...
Pasado mañana asumiré públicamente el cargo para el que
                                            [mañana estudiaré.
Pasado mañana seré al fin el que hoy no puedo
                                            [nunca ser.
Sólo pasado mañana...
Tengo sueño como el frío de un perro de la calle.
Tengo mucho sueño.
Mañana te diré las palabras, o pasado mañana...
Sí, tal vez sólo pasado mañana...

El porvenir...
Sí, el porvenir...

ANIVERSÁRIO

No tempo em que festejavam o dia dos meus anos,
Eu era feliz e ninguém estava morto.
Na casa antiga, até eu fazer anos era uma tradição de há
                                                 [séculos,
E a alegria de todos, e a minha, estava certa com uma
                                          [religião qualquer.

No tempo em que festejavam o dia dos meus anos,
Eu tinha a grande saúde de não perceber coisa nenhuma,
De ser inteligente para entre a família,
E de não ter as esperanças que os outros tinham por mim.
Quando vim a ter esperanças, já não sabia ter esperanças.
Quando vim a olhar para a vida, perdera o sentido da vida.

Sim, o que fui de suposto a mim-mesmo,
O que fui de coração e parentesco,
O que fui de serões de meia-província,
O que fui de amarem-me e eu ser menino,
O que fui – ai, meu Deus!, o que só hoje sei que fui...
A que distância!...
(Nem o acho...)
O tempo em que festejavam o dia dos meus anos!

O que eu sou hoje é como a humidade no corredor do fim
                                           [da casa,
Pondo grelado nas paredes,

CUMPLEAÑOS

En la época en que celebraban mi cumpleaños,
Yo era feliz y nadie estaba muerto.
En la antigua casa, hasta mi cumpleaños era una tradición
                                        [de hace siglos
Y la alegría de todos y la mía era algo indudable, como
                                        [cualquier religión.

En la época en que celebraban mi cumpleaños,
Yo tenía la buena salud de no darme cuenta de nada,
De ser inteligente para mi familia
Y de no tener las esperanzas que los demás tenían por mí.
Cuando tuve esperanzas, ya no supe tener esperanzas.
Cuando por fin vi la vida, había perdido el sentido de la vida.

Sí, lo que yo supuse que era,
Lo que fui por parentesco y de corazón,
Lo que fui en veladas de provincia,
Lo que fui porque me amaron y fui niño,
Lo que fui – ¡ay, Dios mío! – lo que sólo ahora sé que fui...
¡Qué lejos está!...
(Ni sé dónde...)
¡La época en que celebraban mi cumpleaños!

Lo que soy ahora es como la humedad en el corredor al final
                                        [de la casa,
Descascarando las paredes.

O que eu sou hoje (e a casa dos que me amaram treme
                          [através das minhas lágrimas),
O que eu sou hoje é terem vendido a casa,
É terem morrido todos,
É estar eu sobrevivente a mim-mesmo como um fósforo
                                              [frio...

No tempo em que festejavam o dia dos meus anos...
Que meu amor, como uma pessoa, esse tempo!
Desejo físico da alma de se encontrar ali outra vez,
Por uma viagem metafísica e carnal,
Com uma dualidade de eu para mim...
Comer o passado como pão de fome, sem tempo de
                          [manteiga nos dentes!

Vejo tudo outra vez com uma nitidez que me cega para o
                          [que há aqui...
A mesa posta com mais lugares, com melhores desenhos
                          [na louça, com mais copos,
O aparador com muitas coisas – doces, frutas, o resto na
                          [sombra debaixo do alçado –,
As tias velhas, os primos diferentes, e tudo era por minha
                          [causa,
No tempo em que festejavam o dia dos meus anos...

Pára, meu coração!
Não penses! Deixa o pensar na cabeça!
Ó meu Deus, meu Deus, meu Deus!
Hoje já não faço anos.
Duro.
Somam-se-me dias.
Serei velho quando o for.

Lo que soy ahora (y la casa de quienes me amaron tiembla a
                              [través de mis lágrimas),
Lo que soy ahora es que hayan vendido mi casa,
Es que todos hayan muerto,
Es que yo haya sobrevivido a mí mismo como un fósforo
                              [frío...

La época en que celebraban mi cumpleaños...
¡Qué hay de mi amor, de ese tiempo que fue como alguien!
Deseo físico del alma de volver a estar allí,
Mediante un viaje metafísico y carnal,
En un desdoblamiento entre yo y yo mismo...
¡Ah, comerse el pasado como pan de hambriento, sin
                              [paciencia en los dientes para untarle manteca!

Veo todo de nuevo con tal nitidez que ya no veo nada de lo
                              [que hay aquí...
La mesa puesta con más lugares, con mejores dibujos en la
                              [vajilla, con más copas,
El aparador con muchas cosas – dulces, frutas, el resto a la
                              [sombra debajo del estante –,
Las tías viejas, los primos diferentes, y todo era
                              [por mí,
En la época en que celebraban mi cumpleaños...

¡Para, corazón!
¡No pienses! ¡Deja el pensar en la cabeza!
¡Oh, mi Dios, mi Dios, mi Dios!
Hoy ya no cumplo años.
Duro.
Se me suman los días.
Seré viejo cuando lo sea.

Mais nada.

Raiva de não ter trazido o passado roubado na
[algibeira!...

O tempo em que festejavam o dia dos meus anos!...

15 de Outubro de 1929

Nada más.
¡Qué rabia no haberme traído el pasado robado en el
[bolsillo!

¡La época en que celebraban mi cumpleaños!...

15 de octubre de 1929 [14]

14. El 15 de octubre, según Pessoa, nace Álvaro de Campos. "Álvaro de Campos nació en Tavira, el día 15 de octubre de 1890 (a la una
y media de la tarde, según dice Ferreira Gomes; y es verdad, ya que
hecho el horóscopo correspondiente a esa hora, los datos coinci-
den con sus características." ("Carta de Fernando Pessoa a Adolfo
Casais Monteiro". Véase revista *Confines*, Ed. Diótima, Buenos Aires, Nº 6, p.123, 1999.) *(N. del T.)*

TRAPO

O dia deu em chuvoso.
A manhã, contudo, esteve bastante azul.
O dia deu em chuvoso.
Desde manhã eu estava um pouco triste.
Antecipação? tristeza? coisa nenhuma?
Não sei: já ao acordar estava triste.
O dia deu em chuvoso.
Bem sei: a penumbra da chuva é elegante.
Bem sei: o sol oprime, por ser tão ordinário, um
                                        [elegante.
Bem sei: ser susceptível às mudanças de luz não é
                                        [elegante.
Mas quem disse ao sol ou aos outros que eu quero ser
                                        [elegante?
Dêem-me o céu azul e o sol visível.
Névoa, chuvas, escuros – isso tenho eu em mim.
Hoje quero só sossego.
Até amaria o lar, desde que o não tivesse.
Chego a ter sono de ter vontade de ter sossego.
Não exageremos!
Tenho efectivamente sono, sem explicação.
O dia deu em chuvoso.

Carinhos? afectos? São memórias...
É preciso ser-se criança para os ter...
Minha madrugada perdida, meu céu azul verdadeiro!
O dia deu em chuvoso.

338

TRAPO

El día está lluvioso.
La mañana, sin embargo, fue soleada.
Pero el día, al fin, se hizo lluvioso.
Desde la mañana yo estaba un poco triste.
¿Anticipación? ¿Tristeza? ¿Nada?
No sé: ya al despertarme estaba triste.
El día, al fin, se hizo lluvioso.
Lo sé: la penumbra de la lluvia es elegante.
Lo sé: el sol oprime, por ser tan ordinario, a un
                                    [elegante.
Lo sé: ser susceptible a los cambios de luz no es
                                    [elegante.
¿Pero quién le dijo al sol o a los demás que yo quiero ser
                                    [elegante?
Lo que quiero es que me den el cielo azul y el sol visible.
Nieblas, lluvias, oscuridades – de eso tengo de sobra.
Hoy sólo quiero sosiego.
Hasta me encantaría un hogar, siempre que no lo tuviese.
Llego a tener sueño de ganas de tener sosiego.
¡No exageremos!
Tengo sueño, efectivamente. Sin explicación.
El día está lluvioso.

¿Cariños? ¿Afectos? No son más que recuerdos...
Hay que ser niño para tenerlos...
¡Mi madrugada perdida, mi cielo azul verdadero!
El día está lluvioso.

Boca bonita da filha do caseiro,
Polpa de fruta de um coração por comer...
Quando foi isso? Não sei...
No azul da manhã...

O dia deu em chuvoso.

Boca bonita la de la hija del casero,
Pulpa de fruta de un corazón por comer...
¿Cuándo fue eso? No sé...
En el azul de la mañana...

El día está lluvioso.

AH, UM SONETO...

Meu coração é um almirante louco
Que abandonou a profissão do mar
E que a vai relembrando pouco a pouco
Em casa a passear, a passear...

No movimento (eu mesmo me desloco
Nesta cadeira, só de o imaginar)
O mar abandonado fica em foco
Nos músculos cansados de parar.

Há saudades nas pernas e nos braços.
Há saudades no cérebro por fora.
Há grandes raivas feitas de cansaços.

Mas – esta é boa! – era do coração
Que eu falava... e onde diabo estou eu agora
Com almirante em vez de sensação?...

AH, UN SONETO...

Mi corazón es un almirante loco
Que abandonó la profesión del mar
Y que la va recordando poco a poco
En casa, sin dejar de caminar...

En mi marcha (yo mismo me muevo
Sentado, con sólo al imaginar),
El mar abandonado veo de nuevo
En los músculos cansados de no actuar.

Hay nostalgias en las piernas y en los brazos.
Nostalgias en el cerebro que añora.
Hay grandes rabias hechas de cansancios.

Pero – ¡vean qué cosa! – era del corazón
Que hablaba yo... ¿y dónde diablos ahora
Estoy como almirante y sin ninguna sensación?...

Quero acabar entre rosas, porque as amei na infância.
Os crisântemos de depois, desfolhei-os a frio.
Falem pouco, devagar.
Que eu não oiça, sobretudo com o pensamento.
O que quis? Tenho as mãos vazias,
Crispadas flebilmente sobre a colcha longínqua.
O que pensei? Tenho a boca seca, abstracta.
O que vivi? Era tão bom dormir!

Quiero acabar entre rosas porque las amé en la infancia.
Los crisantemos de después los he deshojado en frío.
Hablen poco, a media voz,
Que yo no oiga, sobre todo con el pensamiento.
¿Qué quise? Tengo las manos vacías,
Crispadas febrilmente sobre la colcha lejana
¿Qué pensé? Tengo la boca seca, abstracta.
¿Qué viví? ¡Dormir era tan bueno!

TABACARIA

Não sou nada.
Nunca serei nada.
Não posso querer ser nada.
À parte isso, tenho em mim todos os sonhos do mundo.

Janelas do meu quarto,
Do meu quarto de um dos milhões do mundo que
                              [ninguém sabe quem é
(E se soubessem quem é, o que saberiam?),
Dais para o mistério de uma rua cruzada constantemente
                              [por gente,
Para uma rua inacessível a todos os pensamentos,
Real, impossivelmente real, certa, desconhecidamente certa,
Com o mistério das coisas por baixo das pedras e dos seres,
Com a morte a pôr humidade nas paredes e cabelos brancos
                              [nos homens,
Com o Destino a conduzir a carroça de tudo pela estrada de
                              [nada.

Estou hoje vencido, como se soubesse a verdade.
Estou hoje lúcido, como se estivesse para morrer,
E não tivesse mais irmandade com as coisas
Senão uma despedida, tornando-se esta casa e este lado da
                              [rua
A fileira de carruagens de um comboio, e uma partida
                              [apitada
De dentro da minha cabeça,
E uma sacudidela dos meus nervos e um ranger de ossos na
                              [ida.

346

TABAQUERÍA

No soy nada.
Nunca seré nada.
No puedo querer ser nada.
Aparte de eso, tengo en mí todos los sueños del mundo.

Ventanas de mi cuarto,
De mi cuarto, que es uno entre millones del mundo que
                                        [nadie ve sabe cuál es
(Y si supiesen cuál es, ¿qué sabrían?),
Dan al misterio de una calle constantemente cruzada por
                                        [gente.
A una calle inaccesible a todos los pensamientos,
Real, imposiblemente real, cierta, desconocidamente cierta,
Con el misterio de las cosas por debajo de las piedras y los seres,
Con la muerte humedeciendo las paredes y blanqueando
                        [los cabellos de los hombres,
Con el Destino conduciendo la carroza de todo por el
                                [camino de nada.

Hoy estoy vencido, como si supiese la verdad.
Hoy estoy lúcido, como si fuese a morir,
Y no tuviese más hermandad con las cosas
Que una despedida, convirtiéndose en esta casa y este lado
                                        [de la calle,
En la hilera de vagones de un tren, y un silbido de
                                        [partida
Dentro de mi cabeza,
Y una sacudida de mis nervios y un crujir de huesos al
                                [partir.

Estou hoje perplexo, como quem pensou e achou e esqueceu.
Estou hoje dividido entre a lealdade que devo
À Tabacaria do outro lado da rua, como coisa real por
[fora,
E à sensação de que tudo é sonho, como coisa real por
[dentro.

Falhei em tudo.
Como não fiz propósito nenhum, talvez tudo fosse nada.
A aprendizagem que me deram,
Desci dela pela janela das traseiras da casa.
Fui até ao campo com grandes propósitos.
Mas lá encontrei só ervas e árvores,
E quando havia gente era igual à outra.
Saio da janela, sento-me numa cadeira. Em que hei-de
[pensar?

Que sei eu do que serei, eu que não sei o que sou?
Ser o que penso? Mas penso ser tanta coisa!
E há tantos que pensam ser a mesma coisa que não pode
[haver tantos!
Génio? Neste momento
Cem mil cérebros se concebem em sonho génios como eu,
E a história não marcará, quem sabe?, nem um,
Nem haverá senão estrume de tantas conquistas futuras.
Não, não creio em mim.
Em todos os manicómios há doidos malucos com tantas
[certezas!
Eu, que não tenho nenhuma certeza, sou mais certo ou
[menos certo?
Não, nem em mim...
Em quantas mansardas e não-mansardas do mundo
Não estão nesta hora génios-para-si-mesmos sonhando?

348

Hoy estoy perplejo, como quien pensó y halló y olvidó.
Hoy estoy dividido entre la lealtad que debo
A la tabaquería del otro lado de la calle, como cosa real por
[fuera,
Y la sensación de que todo es sueño, como cosa real por
[dentro.

Fracasé en todo.
Como nunca tuve un propósito tal vez todo fuese nada.
De cuanto me enseñaron
Me escapé por la ventana de atrás de la casa.
Fui hasta el campo con grandes propósitos.
Pero allí sólo encontré hierbas y árboles,
Y cuando había gente era como toda la gente.
Me aparto de la ventana, me siento en una silla. ¿En qué
[habré de pensar?

¿Qué sé yo de lo que seré, yo que no sé lo que soy?
¿Ser lo que pienso? ¡Pero pienso ser tantas cosas!
¡Y hay tantos que piensan ser lo mismo que no puede haber
[tantos!
¿Genio? En este momento
Cien mil cerebros se conciben en sueño genios como yo,
Y la historia no marcará ¿quién sabe? a ninguno,
Ni habrá sino estiércol de tantas conquistas futuras.
No, no creo en mí.
¡En todos los manicomios hay locos de remate con tantas
[certezas!
¿Yo que no estoy seguro de nada, soy más o menos
[cuerdo?
No, ni en mí...
¿En cuántas buhardillas y no-buhardillas del mundo
No hay a esta hora genios – para – sí – mismos soñando?

349

Quantas aspirações altas e nobres e lúcidas –,
Sim, verdadeiramente altas e nobres e lúcidas –,
E quem sabe se realizáveis,
Nunca verão a luz do sol real nem acharão ouvidos de gente?
O mundo é para quem nasce para o conquistar
E não para quem sonha que pode conquistá-lo, ainda que
                                        [tenha razão.
Tenho sonhado mais que o que Napoleão fez.
Tenho apertado ao peito hipotético mais humanidades do
                                        [que Cristo.
Tenho feito filosofias em segredo que nenhum Kant escreveu.
Mas sou, e talvez serei sempre, o da mansarda,
Ainda que não more nela;
Serei sempre *o que não nasceu para isso*;
Serei sempre só *o que tinha qualidades;*
Serei sempre o que esperou que lhe abrissem a porta ao pé
                                        [de uma parede sem porta,
E cantou a cantiga do Infinito numa capoeira,
E ouviu a voz de Deus num poço tapado.
Crer em mim? Não, nem em nada.
Derrame-me a Natureza sobre a cabeça ardente
O seu sol, a sua chuva, o vento que me acha o cabelo,
E o resto que venha se vier, ou tiver que vir, ou não venha.
Escravos cardíacos das estrelas,
Conquistámos todo o mundo antes de nos levantar da cama;
Mas acordámos e ele é opaco,
Levantámo-nos e ele é alheio,
Saímos de casa e ele é a terra inteira,
Mais o sistema solar e a Via Láctea e o Indefinido.

(Come chocolates, pequena;
Come chocolates!
Olha que não há mais metafísica no mundo senão
                                        [chocolates.

¿Cuántas aspiraciones altas y nobles y lúcidas–,
Sí, verdaderamente altas y nobles y lúcidas,
Y hasta realizables,
Nunca verán la luz del sol real ni tendrán quien las escuche?
El mundo es de quien nace para conquistarlo
Y no de quien sueña que puede conquistarlo, aunque tenga
[razón.
Soñé más que Napoleón.
Estreché contra mi pecho hipotético más humanidad que
[Cristo,
Concebí filosofías en secreto que ningún Kant escribió.
Pero soy, y tal vez seré siempre, el de la buhardilla,
Aunque no viva en ella;
Seré siempre *el que no nació para eso;*
Seré siempre *sólo el que tenía cualidades;*
Seré siempre el que esperó que le abriesen la puerta al pie
[de una pared sin puerta,
Y cantó la copla del Infinito en un gallinero,
Y oyó la voz de Dios en un pozo ciego.
¿Creer en mí? No, ni en nada.
Que me derrame la Naturaleza sobre la cabeza ardiente
Su sol, su lluvia, el viento que me despeina,
Y el resto que venga si tiene que venir, o que no venga.
Esclavos cardíacos de las estrellas,
Conquistamos el mundo antes de levantarnos de la cama:
Pero despertamos y el mundo es opaco,
Nos levantamos y el mundo es ajeno,
Salimos de casa y el mundo es la tierra entera,
Más el sistema solar y la Vía Láctea y lo Indefinido.

(Come chocolates, pequeña;
¡Come chocolates!
Mira que no hay más metafísica en el mundo que los
[chocolates.

Olha que as religiões todas não ensinam mais que a confeitaria.
Come, pequena suja, come!
Pudesse eu comer chocolates com a mesma verdade com
                                        [que comes!
Mas eu penso e, ao tirar o papel de prata, que é de folha de
                                        [estanho,
Deito tudo para o chão, como tenho deitado a vida.)

Mas ao menos fica da amargura do que nunca serei
A caligrafia rápida destes versos,
Pórtico partido para o Impossível.
Mas ao menos consagro a mim mesmo um desprezo sem
                                        [lágrimas,
Nobre ao menos no gesto largo com que atiro
A roupa suja que sou, sem rol, pra o decurso das coisas,
E fico em casa sem camisa.

(Tu, que consolas, que não existes e por isso consolas,
Ou deusa grega, concebida como estátua que fosse viva,
Ou patrícia romana, impossivelmente nobre e nefasta,
Ou princesa de trovadores, gentilíssima e colorida,
Ou marquesa do século dezoito, decotada e longínqua,
Ou cocotte célebre do tempo dos nossos pais,
Ou não sei quê moderno – não concebo bem o quê –,
Tudo isso, seja o que for, que sejas, se pode inspirar que inspire!
Meu coração é um balde despejado.
Como os que invocam espíritos invocam espíritos invoco
A mim mesmo e não encontro nada.
Chego à janela e vejo a rua com uma nitidez absoluta.
Vejo as lojas, vejo os passeios, vejo os carros que passam,
Vejo os entes vivos vestidos que se cruzam,
Vejo os cães que também existem,
E tudo isto me pesa como uma condenação ao degredo,
E tudo isto é estrangeiro, como tudo.)

Mira que las religiones no enseñan más que la confitería.
¡Come, pequeña sucia, come!
¡Ojalá pudiera yo comer chocolates con la misma verdad
                                [con que tú los comes!
Pero yo pienso y, al sacar el papel de plata, que es de hoja de
                                        [estaño,
Echo todo a perder, como eché mi vida.)

Queda, al menos, de la amargura de lo que nunca seré
La caligrafía rápida de estos versos,
Pórtico hendido hacia lo Imposible.
Pero al menos me consagro a mí mismo un desprecio sin
                                        [lágrimas,
Noble, al menos, por el amplio gesto con que arrojo
La ropa sucia que soy, sin orden, al decurso de las cosas,
Y me quedo en casa sin camisa.

(Tú, que consuelas, que no existes y por eso consuelas,
Seas diosa griega, concebida como una estatua viva,
O patricia romana, imposiblemente noble y nefasta,
O princesa de trovadores, gentilísima y colorida,
O marquesa del siglo dieciocho, escotada y distante,
O *cocotte* célebre del tiempo de nuestros padres,
O no sé qué moderno – no concibo bien qué –
Todo eso, sea lo que fuere, ¡si puede inspirar que inspire!
Mi corazón es un balde vaciado.
Como invocan los que invocan espíritus, así me invoco
A mí mismo y no encuentra nada.
Me acerco a la ventana y veo la calle con una nitidez absoluta.
Veo las tiendas, veo las aceras, veo los coches que pasan,
Veo los entes vivos que se cruzan,
Veo los perros que también existen,
Y todo esto me pesa como una condena al destierro,
Y todo esto es extranjero, como todo.)

353

Vivi, estudei, amei, e até cri,
E hoje não há mendigo que eu não inveje só por não ser eu.
Olho a cada um os andrajos e as chagas e a mentira,
E penso: talvez nunca vivesses nem estudasses nem
                                        [amasses nem cresces
(Porque é possível fazer a realidade de tudo isso sem fazer
                                        [nada disso);
Talvez tenhas existido apenas, como um lagarto a quem
                                        [cortam o rabo
E que é rabo para aquém do rabo remexidamente.

Fiz de mim o que não soube,
E o que podia fazer de mim não o fiz.
O dominó que vesti era errado.
Conheceram-me logo por quem não era e não desmenti, e
                                        [perdi-me.
Quando quis tirar a máscara,
Estava pegada à cara.
Quando a tirei e me vi ao espelho,
Já tinha envelhecido.
Estava bêbado, já não sabia vestir o dominó que não tinha
                                        [tirado.

Deitei fora a máscara e dormi no vestiário
Como um cão tolerado pela gerência
Por ser inofensivo
E vou escrever esta história para provar que sou sublime.

Essência musical dos meus versos inúteis,
Quem me dera encontrar-me como coisa que eu fizesse,
E não ficasse sempre defronte da Tabacaria de
                                        [defronte,
Calcando aos pés a consciência de estar existindo,

Viví, estudié, amé y hasta creí,
Y hoy no hay mendigo al que no envidie sólo por no ser yo.
Le miro a cada uno los andrajos y las llagas y la mentira,
Y pienso: tal vez nunca hayas vivido ni estudiado ni amado
                                                        [ni creído
(Porque es posible darle realidad a todo eso sin hacer nada
                                                        [de eso);
Tal vez hayas existido apenas, como un lagarto al que le
                                                        [cortan la cola
Y que es cola más allá del lagarto, retorcidamente.

Hice de mí lo que no supe,
Y lo que podía haber hecho de mí no lo hice.
El disfraz que me puse no era mío.
Me tomaron en seguida por quien no era, no lo desmentí, y
                                                        [me perdí.
Cuando me quise sacar la careta
La tenía pegada a la cara.
Cuando me la arranqué y me vi en el espejo,
Ya había envejecido.
Estaba borracho, ya no sabía vestir el disfraz que no me
                                                        [había quitado.

Arrojé la careta y dormí en el guardarropa
Como un perro tolerado por la gerencia
Por ser inofensivo.
Y voy a escribir esta historia para probar que soy sublime.

Esencia musical de mis versos inútiles,
Quien pudiera encontrarte como algo hecho por mí,
Y no terminar siempre enfrente de la Tabaquería de
                                                        [enfrente,
Pisoteando la conciencia de existir

Como um tapete em que um bêbado tropeça
Ou um capacho que os ciganos roubaram e não valia
[nada.

Mas o Dono da Tabacaria chegou à porta e ficou à
[porta.
Olho-o com o desconforto da cabeça mal voltada
E com o desconforto da alma mal-entendendo.
Ele morrerá e eu morrerei.
Ele deixará a tabuleta, eu deixarei versos.
A certa altura morrerá a tabuleta também, e os versos também.
Depois de certa altura morrerá a rua onde esteve a
[tabuleta,
E a língua em que foram escritos os versos.
Morrerá depois o planeta girante em que tudo isto se deu.
Em outros satélites de outros sistemas qualquer coisa como
[gente
Continuará fazendo coisas como versos e vivendo por
[baixo de coisas como tabuletas,
Sempre uma coisa defronte da outra,
Sempre uma coisa tão inútil como a outra,
Sempre o impossível tão estúpido como o real,
Sempre o mistério do fundo tão certo como o sono de
[mistério da superfície,
Sempre isto ou sempre outra coisa ou nem uma coisa nem
[outra.

Mas um homem entrou na Tabacaria (para comprar
[tabaco?),
E a realidade plausível cai de repente em cima de mim.
Semiergo-me enérgico, convencido, humano,
E vou tencionar escrever estes versos em que digo o
[contrário.

Como una alfombra en la que un borracho tropieza
O una esterilla que los gitanos robaron y no valía
[nada.

Pero el Dueño de la Tabaquería se asomó a la puerta y se
[quedó en la puerta.
Lo miró molesto por tener que torcer la cabeza
E incómodo por el alma que no entiende.
Él morirá y yo moriré.
Él dejará el letrero y yo dejaré versos.
A cierta altura morirá el letrero, y también los versos.
Después de un tiempo morirá la calle donde estuvo el
[letrero
Y la lengua en que fueron escritos los versos.
Morirá después el planeta giratorio donde todo eso ocurrió.
En otros satélites de otros sistemas seres parecidos a
[nosotros
Seguirán haciendo cosas como versos y viviendo debajo de
[cosas como letreros.
Siempre una cosa frente a otra.
Siempre una cosa tan inútil como la otra.
Siempre lo imposible tan estúpido como lo real.
Siempre el misterio del fondo tan cierto como el sueño de
[misterio de la superficie.
Siempre esto u otra cosa o ni una cosa ni
[otra.

Pero un hombre entró en la Tabaquería (¿Habrá ido a
[comprar tabaco?)
Y la realidad plausible cae de repente sobre mí.
Me incorporo a medias, enérgico, decidido, humano,
Y voy a intentar escribir estos versos en que digo lo
[contrario.

Acendo um cigarro ao pensar em escrevê-los
E saboreio no cigarro a libertação de todos os
[pensamentos.
Sigo o fumo como a uma rota própria,
E gozo, num momento sensitivo e competente,
A libertação de todas as especulações
E a consciência de que a metafísica é uma consequência de
[se estar mal disposto.

Depois deito-me para trás na cadeira
E continuo fumando.
Enquanto o Destino mo conceder, continuarei fumando.

(Se eu casasse com a filha da minha lavadeira
Talvez fosse feliz.)
Visto isto, levanto-me da cadeira. Vou à janela.

O homem saiu da Tabacaria (metendo troco na algibeira das
[calças?).
Ah, conheço-o: é o Esteves sem metafísica.
(O Dono da Tabacaria chegou à porta.)
Como por um instinto divino o Esteves voltou-se e viu-me.
Acenou-me adeus, gritei-lhe *Adeus ó Esteves!*, e o
[universo
Reconstruiu-se-me sem ideal nem esperança, e o Dono da
[Tabacaria sorriu.

Lisboa, 15 de Janeiro de 1928.

Enciendo un cigarrillo al pensar en escribirlos
Y saboreo en el cigarrillo la liberación de todos los
                                        [pensamientos.
Sigo el humo como una ruta propia,
Y gozo, en un momento sensitivo y competente,
La liberación de todas las especulaciones
Y la conciencia de que la metafísica es una consecuencia de
                            [estar indispuesto.

Después me reclino en la silla
Y sigo fumando.
Mientras el Destino me lo conceda seguiré fumando.

(Si yo me casara con la hija de mi lavandera
Tal vez sería feliz.)
Visto esto, me levanto de la silla. Voy hasta la ventana.

El hombre salió de la Tabaquería (¿Se habrá metido el
                        [cambio en el bolsillo del pantalón?).
Ah, pero si lo conozco; es Esteves, sin metafísica.
(El Dueño de la Tabaquería salió a la puerta).
Como por un instinto divino, Esteves se volvió y me vio.
Me saludó con un gesto y le grité *¡Adiós, oh Esteves!*, y el
                                        [universo
Se me reconstruyó sin ideal ni esperanza, y el Dueño de la
                            [Tabaquería sonrió.

Lisboa, 15 de enero de 1928.

Ricardo Reis

ODES

LIVRO PRIMEIRO

I

Seguro assento na coluna firme
    Dos versos em que fico,
Nem temo o influxo inúmero futuro
    Dos tempos e do olvido;
Que a mente, quando, fixa, em si contempla
    Os reflexos do mundo,
Deles se plasma torna, e à arte o mundo
    Cria, que não a mente.
Assim na placa o externo instante grava
    Seu ser, durando nela.

II

As rosas amo do jardim de Adónis,
Esses volucres amo, Lídia, rosas,
    Que em o dia em que nascem,
    Em esse dia morrem.
A luz para elas é eterna, porque
Nascem nascido já o sol, e acabam
    Antes que Apolo deixe
    O seu curso visível.
Assim façamos nossa vida *um dia*,
Inscientes, Lídia, voluntariamente

ODAS

LIBRO PRIMERO

I

Seguro ocupo la columna firme
    De los versos que me guardan,
Y ni al tenaz influjo venidero temo
    De los tiempos y el olvido;
Que la mente, cuando, absorta, en sí contempla
    Los reflejos del mundo,
De ellos eco se hace, y así al arte el mundo
    Crea, y no la mente.
Tal como en el bronce el externo instante graba
    Su ser, y allí perdura.

II

    Amo las rosas del jardín de Adonis,
    Esas rosas fugaces, Lidia, amo,
        Que mueren en el día
        En el que nacen.
    Eterna para ella es la luz, porque
    Brotan con el sol ya nacido, y cesan
        Antes que Apolo deje
        Su curso visible.
    Hagamos así de nuestra vida *un día*,
    Ignorando, Lidia, voluntariamente

Que há noite antes e após
O pouco que duramos.

III

O mar jaz; gemem em segredo os ventos
    Em Eolo cativos;
Só com as pontas do tridente as vastas
    Águas franze Neptuno;
E a praia é alva e cheia de pequenos
    Brilhos sob o sol claro.
Inutilmente parecemos grandes.
    Nada, no alheio mundo,
Nossa vista grandeza reconhece
    Ou com razão nos serve.
Se aqui de um manso mar meu fundo indício
    Três ondas o apagam,
Que me fará o mar que na atra praia
    Ecoa de Saturno?

IV

Não consentem os deuses mais que a vida.
Tudo pois refusemos, que nos alce
    A irrespiráveis píncaros,
    Perenes sem ter flores.
Só de aceitar tenhamos a ciência,
E, enquanto bate o sangue em nossas fontes,
    Nem se engelha connosco
    O mesmo amor, duremos,
Como vidros, às luzes transparentes
E deixando escorrer a chuva triste,

Que hay noche antes y después
De lo poco que duramos.

III

Yace el mar; gimen los vientos en secreto
    Cautivos en Eolo;
Tan sólo con las puntas del tridente, las vastas
    Aguas pliega Neptuno;
Y la playa es blanca y llena de pequeños
    Brillos bajo el sol claro.
Inútilmente parecemos grandes.
    Nada, en el ajeno mundo,
Nuestra presunta grandeza reconoce
    O con razón nos sirve.
Sí aquí, de un manso mar, tres olas bastan
    Para borrar de mí el hondo indicio,
¿Qué no me hará el mar que en la lúgubre playa
    Es eco de Saturno?

IV

No consienten los dioses sino vida.
Rechacemos, pues, cuanto nos lleve
    A irrespirables cimas
    Perennes mas sin flores.
Sólo la ciencia de aceptar hagamos nuestra,
Y mientras late la sangre en nuestro pulso,
    Y con nosotros perdura
    El mismo amor, duremos,
Como cristales bajo luces transparentes
Que dejan correr la lluvia triste,

Só mornos ao sol quente,
E reflectindo um pouco.

V

Como se cada beijo
Fora de despedida,
Minha Cloé, beijemo-nos, amando.
Talvez que já nos toque
No ombro a mão, que chama
À barca que não vem senão vazia;
E que no mesmo feixe
Ata o que mútuos fomos
E a alheia soma universal da vida.

VI

O ritmo antigo que há em pés descalços,
Esse ritmo das ninfas repetido,
Quando sob o arvoredo
Batem o som da dança,
Vós na alva praia relembrai, fazendo,
Que scura a spuma deixa; vós, infantes,
Que inda não tendes cura
De ter cura, reponde
Ruidosa a roda, enquanto arqueia Apolo,
Como um ramo alto, a curva azul que doura,
E a perene maré
Flui, enchente ou vazante.

Apenas tibios bajo el sol caliente,
Y reflejando poco.

V

Como si cada beso
Fuera el de una despedida,
Besémonos, mi Cloé, amándonos.
Tal vez pronto nos toque
El hombro la mano que llama
A la barca que no viene sino vacía;
Y que en el mismo haz
Enhebra lo que fuimos el uno para el otro
Y de la vida la ajena suma universal.

VI

El ritmo antiguo que hay en los pies descalzos,
Ese ritmo de las ninfas repetido,
Cuando bajo la arboleda
Marcan los pasos de la danza,
Vosotros en la blanca playa recordadlo,
Que la oscura espuma lo tolera; vosotros, niños,
Que aún no os hacéis cargo
De haceros cargo, obrad
La ronda ruidosa, mientras Apolo arquea
Como una rama alta, la curva azul que dora,
Y alta o baja fluye
La perenne marea.

VII

Ponho na altiva mente o fixo esforço
    Da altura, e à sorte deixo,
    E a suas leis, o verso;
Que, quando é alto e régio o pensamento,
    Súbdita a frase o busca
    E o scravo ritmo o serve.

VIII

Quão breve tempo é a mais longa vida
E a juventude nela! Ah Cloé, Cloé,
    Se não amo, nem bebo,
    Nem sem querer não penso,
Pesa-me a lei inimplorável, dói-me
A hora invita, o tempo que não cessa,
    E aos ouvidos me sobe
    Dos juncos o ruído
Na oculta margem onde os lírios frios
Da ínfera leiva crescem, e a corrente
    Não sabe onde é o dia,
    Sussurro gemebundo.

IX

    Coroai-me de rosas,
    Coroai-me em verdade
      De rosas –
    Rosas que se apagam
    Em fronte a apagar-se
      Tão cedo!

VII

Pongo en la altiva mente el firme empeño
    De la altura y a la suerte libro,
      Y a su ley, el verso;
Que cuando es alto y regio el pensamiento,
    Servil la frase lo busca
    Y, esclavo, lo acata.

VIII

¡Cuán breve tiempo es la más larga vida
Y cuanto más la juventud en ella! Oh, Cloé, Cloé,
    Si no bebo ni amo,
    Ni sin querer no pienso,
Me pesa la ley inapelable, me duele
La hora invicta, el tiempo que no cesa,
    Y hasta mis oídos llega
    El susurro de los juncos
En la oculta orilla donde los lirios fríos
De las tierras bajas brotan, y la corriente
    Ignora dónde es el día,
    Susurro que solloza.

IX

    ¡Coronadme de rosas,
    Coronadme en verdad
      De rosas –
    Rosas que se apagan
    En la frente que tan pronto
      Se apaga!

Coroai-me de rosas
E de folhas breves.
E basta.

X

Melhor destino que o de conhecer-se
Não frui quem mente frui. Antes, sabendo,
Ser nada, que ignorando:
Nada dentro de nada.
Se não houver em mim poder que vença
As parcas três e as moles do futuro,
Já me dêem os deuses
O poder de sabê-lo;
E a beleza, incriável, por meu sestro,
Eu goze externa e dada, repetida
Em meus passivos olhos,
Lagos que a morte seca.

XI

Temo, Lídia, o destino. Nada é certo.
Em qualquer hora pode suceder-nos
O que nos tudo mude.
Fora do conhecido é estranho o passo
Que próprio damos. Graves nomes guardam
As lindas do que é uso.
Não somos deuses: cegos, receemos,
E a parca dada vida anteponhamos
À novidade, abismo.

Coronadme de rosas
Y de breves hojas.
Y no más.

X

Mejor destino que el de conocerse
No hay para quien, pensando, goza. Vale más saber
  Ser nada que, ignorando,
  Nada en medio de la nada.
Si no hay en mí poder que venza
A las tres parcas ni las cumbres del futuro,
  Que al menos los dioses me concedan
  El don de no olvidarlo;
Y de la belleza, que mi suerte me impide crear,
Goce yo, externa y dada, repetida
  En mis pasivos ojos,
  Lagos que la muerte seca.

XI

Temo, Lidia, el destino. Nada es cierto.
Nadie sabe cuándo ocurrirá
  Lo que todo puede transformarlo.
Se hace extraño, más allá de lo sabido, cada paso
Que damos. Graves sombras guardan
  Los linderos de lo usual.
Dioses no somos: ciegos, recelemos,
Y la austera vida dada antepongamos
  Al abismo de la novedad.

XII

A flor que és, não a que dás, eu quero.
Porque me negas o que te não peço?
    Tempo há para negares
    Depois de teres dado.
Flor, sê-me flor! Se te colher avaro
A mão da infausta sfinge, tu perene
    Sombra errarás absurda,
    Buscando o que não deste.

XIII

Olho os campos, Neera,
Campos, campos, e sofro
Já o frio da sombra
Em que não terei olhos.
A caveira antessinto
Que serei não sentindo,
Ou só quanto o que ignoro
Me incógnito ministre.
E menos ao instante
Choro, que a mim futuro,
Súbdito ausente e nulo
Do universal destino.

XIV

De novo traz as aparentes novas
Flores o verão novo, e novamente
    Verdesce a cor antiga
    Das folhas redivivas.

XII

No la flor que das, sino la que eres, quiero.
¿Por qué me niegas lo que no te pido?
    Tiempo habrá para que niegues
    Después de haberlo dado.
Flor, ¡sé mi flor! si avara te toma
De la mano la infausta esfinge, tú, perenne
    Sombra, absurda vagarás,
    Buscando cuanto no diste.

XIII

    Miro los campos, Neera,
    Campos y más campos y ya sufro
    El frío de la sombra
    En que ojos no tendré.
    La calavera presiento
    Que no sintiendo seré,
    O sólo cuanto lo que ignoro
    Me ofrende ignoto.
    Y más que a lo fugaz,
    Me lloro a mí, futuro,
    Súbdito ausente y nulo
    Del destino universal.

XIV

De nuevo trae las aparentes nuevas
Flores el verano nuevo, y nuevamente
    Reverdece el antiguo color
    De las hojas renacidas.

Não mais, não mais dele o infecundo abismo,
Que mudo sorve o que mal somos, torna
    À clara luz superna
    A presença vivida.
Não mais; e a prole a que, pensando, dera
A vida da razão, em vão o chama,
    Que as nove chaves fecham
    Da Stige irreversível.
O que foi como um deus entre os que cantam,
O que do Olimpo as vozes, que chamavam,
    Scutando ouviu, e, ouvindo,
    Entendeu, hoje é nada.
Tecei embora as, que teceis, grinaldas.
Quem coroais, não coroando a ele?
    Votivas as deponde,
    Fúnebres sem ter culto.
Fique, porém, livre da leiva e do Orco,
A fama; e tu, que Ulisses erigira,
    Tu, em teus sete montes,
    Orgulha-te materna,
Igual, desde ele, às sete que contendem
Cidades por Homero, ou alcaica Lesbos,
    Ou heptápila Tebas,
    Ogígia mãe de Píndaro.

XV

Este, seu scasso campo ora lavrando,
Ora, solene, olhando-o com a vista
De quem a um filho olha, goza incerto
    A não-pensada vida.
Das fingidas fronteiras a mudança
O arado lhe não tolhe, nem o empece

Jamás, jamás desde el infecundo abismo,
Que mudo sorbe lo que apenas somos, vuelve
    A la clara luz suprema
    La presencia vívida.
Jamás y la prole a la que, pensando, diera
Vida la razón, en vano llama
    A la que las nueve llaves cierran
    De la Estigia irreversible.
El que fue como un dios entre quienes cantan,
Aquel que del Olimpo las voces, que llamaban,
    Supo oír y, oyendo,
    Entendió, hoy es nada.
Tejed, no obstante, las que tejéis, guirnaldas.
¿A quién coronáis si no es a él?
    Votivas volcadlas,
    Fúnebres y sin más culto.
Quede, empero, libre del Orco y del fango,
La fama; y tú, a quién Ulises erigiera,
    Tú, en tus siete colinas,
    Enorgullécete materna,
Igual, desde él, a las siete ciudades
Que por Homero contienden, Lesbos alcaica,
    La heptápila Tebas,
    Y Ogigia, madre de Píndaro.

XV

Éste, que su magro campo labra,
O bien, solemne, mira con ojos
De quien a un hijo mira, goza incierto
    La no pensada vida.
De las fingidas fronteras la mudanza,
El arado no lo aparta, ni ella lo afecta ni lo daña.

Per que concílios se o destino rege
        Dos povos pacientes.
Pouco mais no presente do futuro
Que as ervas que arrancou, seguro vive
A antiga vida que não torna, e fica
        Filhos, diversa e sua.

XVI

Tuas, não minhas, teço estas grinaldas,
Que em minha fronte renovadas ponho.
        Para mim tece as tuas,
        Que as minhas eu não vejo.
Se não pesar na vida melhor gozo
Que o vermo-nos, vejamo-nos, e, vendo,
        Surdos conciliemos
        O insubsistente surdo.
Coroemo-nos pois uns para os outros,
E brindemos uníssonos à sorte
        Que houver, até que chegue
        A hora do barqueiro.

XVII

Não queiras, Lídia, edificar no spaço
Que figuras futuro, ou prometer-te
Amanhã. Cumpre-te hoje, não sperando.
        Tu mesma és tua vida.
Não te destines, que não és futura.
Quem sabe se, entre a taça que esvazias,
E ela de novo enchida, não te a sorte
        Interpõe o abismo?

376

Concilios para qué, si el destino rige
    A los pueblos pacientes.
Poco más en el presente del futuro
Que los pastos que arrancó, seguro vive
La antigua vida que no vuelve y permanece,
    Hijos, variada y suya.

XVI

Para ti y no para mí, tejo estas guirnaldas
Que a mi frente, renovadas, ciño.
    Para mí teje las tuyas,
    Que a las mías no las veo.
Si no cuenta en la vida mejor gozo
Que el vernos, veámonos y, viéndonos,
    Acatemos lo que sordo nos desoye.
Coronémonos, pues, el uno para el otro,
Y brindemos al unísono por la suerte,
    Que nos quepa, hasta que llegue
    La hora del barquero.

XVII

No quieras, Lidia, edificar en el espacio
Que presumes venidero, o prometerte
Un futuro. Cúmplete hoy sin más demora.
    Tú misma eres tu vida.
No te desestimes, que no tienes mañana.
¿Quién sabe si, entre la copa que vacías,
Y ella de nuevo llena, la suerte no te
    Interpone el abismo?

XVIII

Saudoso já deste verão que vejo,
Lágrimas para as flores dele emprego
    Na lembrança invertida
    De quando hei-de perdê-las.
Transpostos os portais irreparáveis
De cada ano, me antecipo a sombra
    Em que hei-de errar, sem flores,
    No abismo rumoroso.
E colho a rosa porque a sorte manda.
Marcenda, guardo-a; murche-se comigo
    Antes que com a curva
    Diurna da ampla terra.

XIX

    Prazer, mas devagar,
Lídia, que a sorte àqueles não é grata
    Que lhe das mãos arrancam.
Furtivos retiremos do horto mundo
    Os depredandos pomos.
Não despertemos, onde dorme, a erinis
    Que cada gozo trava.
Como um regato, mudos passageiros,
    Gozemos escondidos.
A sorte inveja, Lídia. Emudeçamos.

XX

Cuidas, ínvio, que cumpres, apertando
Teus infecundos, trabalhosos dias

XVIII

Nostálgico ya de este verano que veo,
A sus flores lágrimas consagro
    En el recuerdo invertido
    De cuando habré de perderlas.
Traspuestos sin remedio los umbrales
De cada año, me anticipo a la sombra
    Donde habré de vagar sin flores
    Por el abismo rumoroso.
Y arranco la rosa porque así manda la suerte.
Agónica la guardo; que conmigo se marchite
    Antes que con la curva
    Diurna de la tierra dilatada.

XIX

    Placer, sí pero despacio,
Lidia, que no es grata la suerte a quienes
    De sus manos lo arrebatan.
Furtivos retiremos del huerto del mundo
    Los depredados frutos.
No despertemos, donde duerme, la erinia,
    La que cada gozo obstruye.
Como un arroyo, en un susurro y pasajeros,
    Gocemos escondidos.
La suerte envidia, Lidia. Enmudezcamos.

XX

Tú, inviable que cumples, ajustando
Tus infecundos, trabajosos días

Em feixes de hirta lenha,
        Sem ilusão a vida.
A tua lenha é só peso que levas
Para onde não tens fogo que te aqueça.
        Nem sofrem peso aos ombros
        As sombras que seremos.
Para folgar não folgas; e, se legas,
Antes legues o exemplo, que riquezas,
        De como a vida basta
        Curta, nem também dura.
Pouco usamos do pouco que mal temos.
A obra cansa, o ouro não é nosso.
        De nós a mesma fama
        Ri-se, que a não veremos
Quando, acabados pelas parcas, formos,
Vultos solenes, de repente antigos,
        E cada vez mais sombras,
        Ao encontro fatal –
O barco escuro no soturno rio,
E os nove abraços da frieza stígia
        E o regaço insaciável
        Da pátria de Plutão.

En haces de leña yerta,
Sin ilusión llevas la vida.
Tu leña es sólo peso que cargas
Hacia donde no hay fuego que caliente.
Pues no agobia el peso los hombros
De las sombras que seremos.
Por descansar mañana, hoy no descansas; y, si algo legaras,
Mejor sería ejemplo que riquezas,
De cómo basta la vida
Corta, que al menos no dura.
De lo poco que tenemos poco usamos.
Obrar cansa, el oro nunca es nuestro.
Hasta la fama se ríe de nosotros
Pues nunca la veremos
Cuando, acabados por las parcas, seamos
Bustos solemnes, de repente antiguos,
Y cada vez más sombras,
Tras el encuentro fatal –
El barco oscuro en el río taciturno,
Y los nueve abrazos de la frialdad estigia
Y el regazo insaciable
De la patria de Plutón.

TRÊS ODES

Não só vinho, mas nele o olvido, deito
Na taça: serei ledo, porque a dita
    É ignara. Quem, lembrando
    Ou prevendo, sorrira?
Dos brutos, não a vida, senão a alma,
Consigamos, pensando; recolhidos
    No impalpável destino
    Que não spera nem lembra.
Com mão mortal elevo à mortal boca
Em frágil taça o passageiro vinho,
    Baços os olhos feitos
    Para deixar de ver.

Quanta tristeza e amargura afoga
Em confusão a streita vida! Quanto
    Infortúnio mesquinho
    Nos oprime supremo!
Feliz ou o bruto que nos verdes campos
Pasce, para si mesmo anónimo, e entra
    Na morte como em casa;
    Ou o sábio que, perdido
Na ciência, a fútil vida austera eleva
Além da nossa, como o fumo que ergue
    Braços que se desfazem
    A um céu inexistente.

TRES ODAS

No sólo vino, sino, con él, olvido, sirvo
En la copa. seré alegre, pues la dicha
    Es ciega. ¿Quién previendo
    O recordando podría sonreír?
De los brutos, no la vida, sino el alma,
Hagamos nuestra, pensando: replegados
    En el destino impalpable
    Que no espera ni recuerda.
Con la mano mortal elevo a la boca mortal
En frágil copa el vino pasajero,
    Empañados los ojos hechos
    Para dejar de ver.

¡Cuánta tristeza y amargura ahoga
En confusión la estrecha vida! ¡Cuánto
    Infortunio mezquino
    Nos oprime el supremo!
Feliz el bruto que en los verdes campos
Pace, para sí mismo anónimo, y entra
    En la muerte como en casa;
    O el sabio que, perdido
En la ciencia, la fútil vida austera eleva
Más allá de la nuestra, como el humo que alza
    Brazos que se deshacen
    Hacia un cielo inexistente.

A nada imploram tuas mãos já coisas,
Nem convencem teus lábios já parados,
No abafo subterrâneo
Da húmida imposta terra.
Só talvez o sorriso com que amavas
Te embalsama remota, e nas memórias
Te ergue qual eras, hoje
Cortiço apodrecido.
E o nome inútil que teu corpo morto
Usou, vivo, na terra, como uma alma,
Não lembra. A ode grava,
Anónimo, um sorriso.

Ya a nadie nada tus manos imploran
Ni buscan persuadir tus labios detenidos,
  Ahogados en lo hondo
  De la húmeda tierra impuesta.
Tal vez sólo la sonrisa con que amabas
Te embalsama remota, y en quienes te evocan
  Te yergue cual eras, y no como hoy
  Colmena podrida.
Y el nombre inútil que tu cuerpo muerto
Cuando vivo usó en la tierra como un alma,
  Ya no se recuerda. La oda graba apenas
  Una anónima sonrisa.

ODE

O rastro breve que das ervas moles
Ergue o pé findo, o eco que oco coa,
    A sombra que se adumbra,
    O branco que a nau larga –
Nem maior nem melhor deixa a alma às almas,
O ido aos indos. A lembrança esquece.
    Mortos, inda morremos,
    Lídia, somos só nossos.

ODA

La huella breve que en los blandos pastos
Traza el pie acabado, el eco hueco que se cuela,
    La sombra que se adensa,
    El blanco que la nave esparce –
Ni mejor ni más noble deja el alma a las almas,
Ni el ya ido a quien se irá. El recuerdo olvida.
    Muertos, aún morimos,
    Lidia, sólo somos nuestros.

ODE

Já sobre a fronte vã se me acinzenta
O cabelo do jovem que perdi.
      Meus olhos brilham menos.
Já não tem jus a beijos minha boca.
Se me ainda amas, por amor não ames:
      Traíras-me comigo.

ODA

Ya sobre la frente vana se me encanece
El cabello del joven que perdí.
    Mis ojos brillan menos.
Ya no merece besos mi boca.
Si aún me amas, por amor no ames,
    Me traicionarás conmigo.

DUAS ODES

Quando, Lídia, vier o nosso outono
Com o inverno que há nele, reservemos
Um pensamento, não para a futura
      Primavera, que é de outrem,
Nem para o estio, de quem somos mortos,
Senão para o que fica do que passa –
O amarelo actual que as folhas vivem
      E as torna diferentes.

Ténue, como se de Éolo a esquecessem,
A brisa da manhã titila o campo,
      E há começo do sol.
Não desejemos, Lídia, nesta hora
Mais sol do que ela, nem mais alta brisa
      Que a que é pequena e existe.

DOS ODAS

Cuando llegue, Lidia, nuestro otoño
Con el invierno que hay en él, guardemos
Un pensamiento, no para la futura
      Primavera, que nuestra no será,
Ni para el estío, del que somos los muertos,
Sino para lo que, de cuanto pasa, queda –
El amarillo actual que las hojas viven
Y las vuelve diferentes.

Tenue como si Eolo lo olvidara,
La brisa de la mañana titila el campo,
      Y de a poco sale el sol.
No deseemos, Lidia, en esta hora
Más sol que ella misma, ni brisa más alta
      Que la poca que corre y hay.

ODE

Para ser grande, sê inteiro: nada
    Teu exagera ou exclui.
Sê todo em cada coisa. Põe quanto és
    No mínimo que fazes,
Assim em cada lago a lua toda
    Brilha, porque alta vive.

ODA

Para ser grande, sé entero: nada
    Tuyo exageres o excluyas.
Sé todo en cada cosa. Pon cuanto eres
    En lo mínimo que hagas,
Por eso la luna brilla toda
    En cada lago, porque alta vive.

Alberto Caeiro

DE «O GUARDADOR DE REBANHOS»
(1911-1912)

I

Eu nunca guardei rebanhos,
Mas é como se os guardasse.
Minha alma é como um pastor,
Conhece o vento e o sol
E anda pela mão das Estações
A seguir e a olhar.
Toda a paz da Natureza sem gente
Vem sentar-se a meu lado.
Mas eu fico triste como um pôr-de-sol
Para a nossa imaginação,
Quando esfria no fundo da planície
E se sente a noite entrada
Como uma borboleta pela janela.

Mas a minha tristeza é sossego
Porque é natural e justa
E é o que deve estar na alma
Quando já pensa que existe
E as mãos colhem flores sem ela dar por isso.

Como um ruído de chocalhos
Para além da curva da estrada,
Os meus pensamentos são contentes.
Só tenho pena de saber que eles são contentes,
Porque, se o não soubesse,
Em vez de serem contentes e tristes,
Seriam alegres e contentes.

DE "EL CUIDADOR DE REBAÑOS"
(1911-1912)

I

Nunca cuidé rebaños
Pero es como si los cuidara.
Mi alma es como un pastor,
Conoce el viento y el sol
Y va de la mano de las Estaciones
Yendo y mirando.
Toda la paz de la Naturaleza sin gente
Viene a sentarse a mi lado.
Pero me pongo triste, como una puesta de sol
Para nuestra imaginación,
Cuando refresca al fondo de la llanura
Y se siente que la noche ha entrado
Como una mariposa por la ventana.

Mi tristeza, sin embargo, es sosiego
Porque es natural y justa
Y es lo que debe haber en el alma
Cuando el alma ya piensa que existe
Y las manos recogen flores sin que ella lo advierta.

Como un ruido de cencerros
Más allá de la curva del camino,
Mis pensamientos están contentos.
Sólo me apena saber que están contentos,
Porque, si no lo supiese,
En vez de estar contentos y tristes,
Estarían alegres y contentos.

Pensar incomoda como andar à chuva
Quando o vento cresce e parece que chove mais.

Não tenho ambições nem desejos.
Ser poeta não é uma ambição minha.
É a minha maneira de estar sozinho.

E se desejo às vezes,
Por imaginar, ser cordeirinho
(Ou ser o rebanho todo
Para andar espalhado por toda a encosta
A ser muita cousa feliz ao mesmo tempo),
É só por que sinto o que escrevo ao pôr-do-sol,
Ou quando uma nuvem passa a mão por cima da luz
E corre um silêncio pela erva fora.

Quando me sento a escrever versos
Ou, passeando pelos caminhos ou pelos atalhos,
Escrevo versos num papel que está no meu pensamento,
Sinto um cajado nas mãos
E vejo um recorte de mim
No cimo dum outeiro,
Olhando para o meu rebanho e vendo as minhas ideias
Ou olhando para as minhas ideias e vendo o meu rebanho,
E sorrindo vagamente como quem não compreende o que se diz
E quer fingir que compreende.

Saúdo todos os que me lerem,
Tirando-lhes o chapéu largo
Quando me vêem à minha porta
Mal a diligência levanta no cimo do outeiro.
Saúdo-os e desejo-lhes sol,
E chuva, quando a chuva é precisa,

Pensar molesta tanto como andar bajo la lluvia
Cuando el viento arrecia y parece que llueve más.

No tengo ambiciones ni deseos.
Ser poeta no es una ambición mía.
Es mi manera de estar solo.

Y si a veces deseo,
Pongamos por caso, ser un corderito
(O todo el rebaño
Para andar esparcido por la ladera
Siendo mucha cosa feliz al mismo tiempo),
No es más que porque siento lo que escribo al atardecer,
O cuando una nube pasa su mano sobre la luz
Y un silencio recorre la hierba.

Cuando me siento a escribir versos
O si al pasear por los caminos y atajos,
Escribo versos en un papel que está en mi pensamiento,
Siento un cayado en las manos
Y veo una silueta mía
En la cima de un monte,
Observando mi rebaño y viendo mis ideas
U observando mis ideas y viendo mi rebaño,
Y sonriendo vagamente como quien no entiende lo que se dice
Y quiere simular que lo entiende.

Saludo a cuantos me leyeren
Quitándome el sombrero de ala ancha
Cuando pasan ante mi puerta
Apenas la diligencia asoma en la cima del monte.
Los saludo y les deseo sol,
Y lluvia, cuando hace falta,

E que as suas casas tenham
Ao pé duma janela aberta
Uma cadeira predilecta
Onde se sentem, lendo os meus versos.
E ao lerem os meus versos pensem
Que sou qualquer cousa natural –
Por exemplo, a árvore antiga
À sombra da qual quando crianças
Se sentavam com um baque, cansados de brincar,
E limpavam o suor da testa quente
Com a manga do bibe riscado.

V

Há metafísica bastante em não pensar em nada.

O que penso eu do mundo?
Sei lá o que penso do mundo!
Se eu adoecesse pensaria nisso.

Que ideia tenho eu das cousas?
Que opinião tenho sobre as causas e os efeitos?
Que tenho eu meditado sobre Deus e a alma
E sobre a criação do mundo?
Não sei. Para mim pensar nisso é fechar os olhos
E não pensar. É correr as cortinas
Da minha janela (mas ela não tem cortinas).

O mistério das cousas? Sei lá o que é mistério!
O único mistério é haver quem pense no mistério.
Quem está ao sol e fecha os olhos,
Começa a não saber o que é o sol

Y que en sus casas tengan
Junto a una ventana abierta
Una silla predilecta
Donde sentarse a leer mis versos,
Y que al leer mis versos piensen
Que soy una cosa natural –
Por ejemplo, el árbol antiguo
A la sombra del cual siendo niños
Se sentaban de golpe, cansados de jugar,
Y se limpiaban el sudor de la frente ardida
Con la manga del delantal rayado.

V

Hay metafísica de sobra en no pensar en nada.

¿Qué pienso yo del mundo?
¡Yo qué sé qué pienso del mundo!
Sólo enfermo podría pensar en eso.

¿Qué idea tengo yo de las cosas?
¿Cuál es mi opinión sobre las causas y los efectos?
¿Qué he meditado sobre Dios y el alma
Y sobre la creación del mundo?
No sé. Para mí pensar en eso es cerrar los ojos
Y no pensar. Es correr las cortinas
De mi ventana (que no tiene cortinas).

¿El misterio de las cosas? ¡Qué sé yo qué es el misterio!
El único misterio es que haya quien piense en el misterio.
Quien está al sol y cierra los ojos
Empieza a no saber qué es el sol

E a pensar muitas cousas cheias de calor.
Mas abre os olhos e vê o sol,
E já não pode pensar em nada,
Porque a luz do sol vale mais que os pensamentos
De todos os filósofos e de todos os poetas.
A luz do sol não sabe o que faz
E por isso não erra e é comum e boa.

Metafísica? Que metafísica têm aquelas árvores?
A de serem verdes e copadas e de terem ramos
E a de dar fruto na sua hora, o que não nos faz pensar,
A nós, que não sabemos dar por elas.
Mas que melhor metafísica que a delas,
Que é a de não saber para que vivem
Nem saber que o não sabem?

«Constituição íntima das cousas»...
«Sentido íntimo do universo»...
Tudo isto é falso, tudo isto não quer dizer nada.
É incrível que se possa pensar em cousas dessas.
É como pensar em razões e fins
Quando o começo da manhã está raiando, e pelos lados das árvores
Um vago ouro lustroso vai perdendo a escuridão.

Pensar no sentido íntimo das cousas
É acrescentado, é como pensar na saúde
Ou levar um copo à água das fontes.

O único sentido íntimo das cousas
É elas não terem sentido íntimo nenhum.

Não acredito em Deus porque nunca o vi.
Se ele quisesse que eu acreditasse nele,
Sem dúvida que viria falar comigo

Y a pensar muchas cosas llenas de calor.
Pero abre los ojos y ve el sol
Y ya no puede pensar en nada,
Porque la luz del sol vale más que los pensamientos
De todos los filósofos y de todos los poetas.
La luz del sol no sabe lo que hace
Y por eso no se equivoca y es común y buena.

¿Metafísica? ¿Cuál es la metafísica de aquellos árboles?
¿La de ser verdes y frondosos y tener ramas
Y la de dar fruto a su hora, cosa que no nos hace pensar,
A nosotros, que no sabemos dar por ellos?
¿Y qué mejor metafísica que la de ellos,
Que es la de no saber para qué viven
Ni saber que no lo saben?

"Constitución íntima de las cosas"...
"Sentido íntimo del universo"...
Todo eso es falso, todo eso no quiere decir nada.
Es increíble que se pueda pensar en cosas así.
Es como pensar en razones y fines
Cuando empieza a despuntar el día y, donde está la arboleda,
Un vago oro lustroso va perdiendo la oscuridad.

Pensar en el sentido íntimo de las cosas
Es algo agregado, es como pensar en la salud
O llevar un vaso de agua a los manantiales.

El único sentido íntimo de las cosas
Es que ellas no tienen sentido íntimo alguno.

No creo en Dios porque nunca lo vi.
Si él quisiera que yo creyese en él,
Seguramente vendría a hablar conmigo

E entraria pela minha porta dentro
Dizendo-me, *Aqui estou!*

(Isto é talvez ridículo aos ouvidos
De quem, por não saber o que é olhar para as cousas,
Não compreende quem fala delas
Com o modo de falar que reparar para elas ensina.)

Mas se Deus é as flores e as árvores
E os montes e sol e o luar,
Então acredito nele,
Então acredito nele a toda a hora,
E a minha vida é toda uma oração e uma missa,
E uma comunhão com os olhos e pelos ouvidos.

Mas se Deus é as árvores e as flores
E os montes e o luar e o sol,
Para que lhe chamo eu Deus?
Chamo-lhe flores e árvores e montes e sol e luar;
Porque, se ele se fez, para eu o ver,
Sol e luar e flores e árvores e montes,
Se ele me aparece como sendo árvores e montes
E luar e sol e flores,
É que ele quer que eu o conheça
Como árvores e montes e flores e luar e sol.

E por isso eu obedeço-lhe,
(Que mais sei eu de Deus que Deus de si-próprio?),
Obedeço-lhe a viver, espontaneamente,
Como quem abre os olhos e vê,
E chamo-lhe luar e sol e flores e árvores e montes,
E amo-o sem pensar nele,
E penso-o vendo e ouvindo,
E ando com ele a toda a hora.

Y cruzaría el umbral de mi puerta
Diciéndome: *¡Aquí estoy!*

(Esto tal vez suene ridículo a los oídos
De quien, por no saber qué sea mirar las cosas,
No entiende al que habla de ellas
De la forma que ensena el saber verlas.)

Pero si Dios es las flores y los árboles
Y los montes, la luna y el sol,
Entonces creo en él,
Entonces creo en él en todo momento,
Y mi vida entera es una oración y una misa,
Y una comunión con los ojos y los oídos.

Pero si Dios es los árboles y las flores
Y los montes y la luna y el sol,
¿Para qué llamarlo Dios?
Lo llamo flores y árboles y montes y sol y luna;
Porque si él se hizo para que lo viese,
Como siendo sol y luna y flores y árboles y montes
Y luna y sol y flores,
Es porque quiere que lo conozca
Como árboles y montes y flores y luna y sol.

Y por eso le obedezco,
(¿Qué más sé yo de Dios que Dios de sí mismo?),
Le obedezco al vivir espontáneamente,
Como quien abre los ojos y ve,
Y lo llamo luna y sol y flores y árboles y montes,
Y lo amo sin pensar en él,
Y lo pienso al ver y oír,
Y ando con él en todo momento.

IX

Sou um guardador de rebanhos.
O rebanho é os meus pensamentos
E os meus pensamentos são todos sensações.
Penso com os olhos e com os ouvidos
E com as mãos e os pés
E com o nariz e a boca.

Pensar uma flor é vê-la e cheirá-la
E comer um fruto é saber-lhe o sentido.

Por isso quando num dia de calor
Me sinto triste de gozá-lo tanto,
E me deito ao comprido na erva,
E fecho os olhos quentes,
Sinto todo o meu corpo deitado na realidade,
Sei a verdade e sou feliz.

X

«Olá, guardador de rebanhos,
Aí à beira da estrada,
Que te diz o vento que passa?»

«Que é vento, e que passa,
E que já passou antes,
E que passará depois.
E a ti o que te diz?»

«Muita cousa mais do que isso.
Fala-me de muitas outras cousas.

IX

Soy un cuidador de rebaños.
El rebaño es mis pensamientos
Y mis pensamientos son todos sensaciones.
Pienso con los ojos y con los oídos
Y con las manos y con los pies
Y con la nariz y la boca.

Pensar una flor es verla y olerla
Y comer un fruto es conocer su sentido.

Por eso cuando en un día de calor
Me siento triste de gozarlo tanto,
Y me extiendo sobre la hierba,
Y cierro los ojos calientes,
Siento todo mi cuerpo acostado en la realidad,
Sé la verdad y soy feliz.

X

"Hola, pastor.
Ahí, junto al camino,
¿Qué te dice el viento que pasa?"

"Que es viento, y que pasa,
Y que antes ya pasó,
Y que pasará después.
Y a ti, ¿qué te dice?"

"A mí me dice mucho más.
Me habla de muchas otras cosas.

De memórias e de saudades
E de cousas que nunca foram.»

«Nunca ouviste passar o vento.
O vento só fala do vento.
O que lhe ouviste foi mentira,
E a mentira está em ti.»

XIII

Leve, leve, muito leve,
Um vento muito leve passa,
E vai-se, sempre muito leve.
E eu não sei o que penso
Nem procuro sabê-lo.

XX

O Tejo é mais belo que o rio que corre pela minha aldeia,
Mas o Tejo não é mais belo que o rio que corre pela minha
[aldeia
Porque o Tejo não é o rio que corre pela minha aldeia.

O Tejo tem grandes navios
E navega nele ainda,
Para aqueles que vêem em tudo o que lá não está,
A memória das naus.

O Tejo desce de Espanha
E o Tejo entra no mar em Portugal.

De memorias y de nostalgias
Y de cosas que nunca fueron."

"Nunca oíste pasar el viento.
El viento sólo habla del viento.
Cuanto le oíste decir fue mentira,
Y la mentira está en ti."

XIII

Leve, leve, muy leve,
Un viento muy leve pasa,
Y se va, siempre muy leve.
Y yo no sé qué pienso
Ni trato de saberlo.

XX

El Tajo es más bello que el río que corre por mi aldea,
Pero el Tajo no es más bello que el río que corre por mi
                                                    [aldea
Porque el Tajo no es el río que corre por mi aldea.

En el Tajo hay grandes barcos
Y navega por él aún,
Para quienes ven en todo lo que allí no está,
La memoria de las carabelas.

El Tajo baja de España
Y entra al mar en Portugal.

Toda a gente sabe isso.
Mas poucos sabem qual é o rio da minha aldeia
E para onde ele vai
E donde ele vem.
E por isso, porque pertence a menos gente,
É mais livre e maior o rio da minha aldeia.

Pelo Tejo vai-se para o mundo.
Para além do Tejo há a América
E a fortuna daqueles que a encontram.
Ninguém nunca pensou no que há para além
Do rio da minha aldeia.

O rio da minha aldeia não faz pensar em nada.
Quem está ao pé dele está só ao pé dele.

XXIV

O que nós vemos das cousas são as cousas.
Porque veríamos nós uma cousa se houvesse outra?
Porque é que ver e ouvir seriam iludirmo-nos
Se ver e ouvir são ver e ouvir?

O essencial é saber ver,
Saber ver sem estar a pensar,
Saber ver quando se vê,
E nem pensar quando se vê
Nem ver quando se pensa.

Mas isso (tristes de nós que trazemos a alma vestida!),
Isso exige um estudo profundo,
Uma aprendizagem de desaprender

Eso lo sabe cualquiera.
Pero pocos saben cuál es el río de mi aldea
Y hacia dónde va
Y de dónde viene.
Y por eso, porque pertenece a menos gente,
Es más libre y más grande el río de mi aldea.

Por el Tajo se va al mundo.
Más allá del Tajo está América
Y la fortuna de quienes la encuentran.
Nunca nadie pensó qué hay más allá
Del río de mi aldea.

El río de mi aldea no hace pensar en nada.
Quien está en su orilla sólo está en su orilla.

XXIV

Lo que vemos de las cosas son las cosas.
¿Por qué veríamos una cosa si hubiese otra en su lugar?
¿Por qué ver y oír sería engañarse
Si ver y oír es ver y oír?

Lo esencial es saber ver,
Saber ver sin ponerse a pensar,
Saber ver cuando se ve
Y no pensar cuando se ve
Ni ver cuando se piensa.

Pero eso (¡pobres de nosotros que traemos el alma vestida!),
Eso exige un estudio profundo,
Un aprender a desaprender,

E uma sequestração na liberdade daquele convento
De que os poetas dizem que as estrelas são as freiras eternas
E as flores as penitentes convictas de um só dia,
Mas onde afinal as estrelas não são senão
                                                    [estrelas
Nem as flores senão flores,
Sendo por isso que lhes chamamos estrelas e flores.

XXV

As bolas de sabão que esta criança
Se entretém a largar de uma palhinha
São translucidamente uma filosofia toda.
Claras, inúteis e passageiras como a Natureza,
Amigas dos olhos como as cousas,
São aquilo que são
Com uma precisão redondinha e aérea,
E ninguém, nem mesmo a criança que as deixa,
Pretende que elas são mais do que parecem ser.

Algumas mal se vêem no ar lúcido.
São como a brisa que passa e mal toca nas flores
E que nós sabemos que passa
Porque qualquer cousa se aligeira em nós
E aceita tudo mais nitidamente.

XXVI

Às vezes, em dias de luz perfeita e exacta,
Em que as cousas têm toda a realidade que podem ter,

412

Llevar la libertad a aquel convento
Donde los poetas dicen que las estrellas son monjas eternas
Y las flores, penitentes convictas de un solo día,
Pero donde al fin de cuentas las estrellas no son más que
[estrellas
Y las flores sólo flores,
Siendo por eso que las llamamos estrellas y flores.

XXV

Las pompas de jabón que este niño
Se entretiene en soltar por una pajita
Son, evidentemente, toda una filosofía.
Claras, inútiles y pasajeras como la Naturaleza,
Amigas de los ojos como las cosas,
Son lo que son
Con una precisión redondita y aérea
Y nadie, ni aun el niño que las suelta,
Pretende que sean más que lo que parecen ser.

Algunas apenas se ven en el aire transparente.
Son como la brisa que pasa y apenas roza las flores
Y de la que nosotros sabemos que pasa
Sólo porque algo se aligera en nosotros
Y todo lo acepta más nítidamente.

XXVI

A veces, en días de luz perfecta y exacta,
En que las cosas tienen toda la realidad que pueden tener,

Pergunto a mim-próprio devagar
Porque sequer atribuo eu
Beleza às cousas.

Uma flor acaso tem beleza?
Tem beleza acaso um fruto?
Não: têm cor e forma
E existência apenas.
A beleza é o nome de qualquer coisa que não existe
Que eu dou às cousas em troca do agrado que me dão.
Não significa nada.
Então porque digo eu das cousas: são belas?

Sim, mesmo a mim, que vivo só de viver,
Invisíveis, vêm ter comigo as mentiras dos homens
Perante as cousas,
Perante as cousas que simplesmente existem.

Que difícil ser próprio e não ver senão o visível!

XXVIII

Li hoje quasi duas páginas
Do livro dum poeta místico,
E ri como quem tem chorado muito.
Os poetas místicos são filósofos doentes,
E os filósofos são homens doidos.

Porque os poetas místicos dizem que as flores sentem
E dizem que as pedras têm alma
E que os rios têm êxtases ao luar.

Me pregunto a mí mismo sin apuro
Por qué sigo atribuyendo
Belleza a las cosas.

Una flor, ¿tiene acaso belleza?
¿Acaso tiene belleza un fruto?
No: tienen color y forma
Y existencia, nada más.
Belleza es el nombre de algo que no existe.
Que yo doy a las cosas a cambio del agrado que me producen.
No significa nada.
¿Entonces por qué digo de las cosas que son bellas?

Sí, incluso hasta mí, que vivo sólo porque vivo,
Llegan invisibles las mentiras de los hombres
Ante las cosas,
Ante las cosas que simplemente existen.

¡Qué difícil es ser uno mismo y no ver sino lo visible!

XXVIII

Hoy leí casi dos páginas
Del libro de un poeta místico
Y reí como quien ha llorado mucho.
Los poetas místicos son filósofos enfermos
Y los filósofos son hombre locos.

Porque los poetas místicos dicen que las flores sienten
Y dicen que las piedras tienen alma
Y que los ríos entran en éxtasis bajo la luz de la luna.

Mas as flores, se sentissem, não eram flores,
Eram gente;
E se as pedras tivessem alma, eram cousas vivas, não eram
[pedras;
E se os rios tivessem êxtases ao luar,
Os rios seriam homens doentes.

É preciso não saber o que são flores e pedras e rios
Para falar dos sentimentos deles.
Falar da alma das pedras, das flores, dos rios,
É falar de si-próprio e dos seus falsos pensamentos.
Graças a Deus que as pedras são só pedras,
E que os rios não são senão rios,
E que as flores são apenas flores.

Por mim, escrevo a prosa dos meus versos
E fico contente,
Porque sei que compreendo a Natureza por fora;
E não a compreendo por dentro
Porque a Natureza não tem dentro;
Senão não era a Natureza.

XXX

Se quiserem que eu tenha um misticismo, está bem,
[tenho-o.
Sou místico, mas só com o corpo.
A minha alma é simples e não pensa.

O meu misticismo é não querer saber.
É viver e não pensar nisso.

Pero las flores, si sintiesen, no serían flores,
Serían gente;
Y si las piedras tuviesen alma, serían cosas vivas, no serían
[piedras;
Y si los ríos entraran en éxtasis bajo la luz de la luna,
Los ríos serían hombres enfermos.

Hace falta no saber qué son las flores, las piedras, los ríos,
Para hablar de sus sentimientos.
Hablar del alma de las piedras, de las flores, de los ríos,
Es hablar de uno mismo y de sus falsos pensamientos.
Gracias a Dios las piedras no son sino piedras,
Y los ríos no son más que ríos
Y las flores, flores nada más.

En cuanto a mí, escribo la prosa de mis versos
Y me pongo contento
Porque sé que comprendo a la Naturaleza por fuera;
Y no la comprendo por dentro,
Porque la Naturaleza no tiene dentro:
De lo contrario, no sería Naturaleza.

XXX

Si ustedes quieren que yo tenga un misticismo, está bien, lo
[tengo.
Soy místico, pero sólo con el cuerpo.
Mi alma es simple y no piensa.

Mi misticismo consiste en no querer saber.
En vivir y no pensar en eso.

417

Não sei o que é a Natureza: canto-a.
Vivo no cimo dum outeiro
Numa casa caiada e sozinha,
E essa é a minha definição.

XXXII

Ontem à tarde um homem das cidades
Falava à porta da estalagem.
Falava comigo também
Falava da justiça e da luta para haver justiça
E dos operários que sofrem,
E do trabalho constante, e dos que têm fome,
E dos ricos, que só têm costas para isso.

E, olhando para mim, viu-me lágrimas nos olhos
E sorriu com agrado, julgando que eu sentia
O ódio que ele sentia, e a compaixão
Que ele dizia que sentia.

(Mas eu mal o estava ouvindo.
Que me importam a mim os homens
E o que sofrem ou supõem que sofrem?
Sejam como eu – não sofrerão.
Todo o mal do mundo vem de nos importarmos uns com
                                                    [os outros,
Quer para fazer bem, quer para fazer mal.
A nossa alma e o céu e a terra bastam-nos.
Querer mais é perder isto, e ser infeliz.)

Eu no que estava pensando
Quando o amigo de gente falava

No sé qué es la Naturaleza: la canto.
Vivo en la cima de un monte
En una casa encalada y sola,
Y ésa es mi definición.

XXXII

Ayer por la tarde, un hombre de ciudad
Hablaba ante la puerta de la posada.
También me hablaba a mí.
Hablaba de la justicia y de la lucha por la justicia
Y de los obreros que sufren,
Y del trabajo constante, y de los que pasan hambre,
Y de los ricos a quienes eso nada les importa.

Y al ver que en mis ojos había lágrimas,
Sonrió complacido, creyendo que yo sentía
El odio que él sentía, y la compasión
Que él decía que sentía.

(Pero yo casi no lo oía.
¿Qué me importan a mí los hombres
Y lo que sufren o presumen que sufren?
Que sean como yo y no sufrirán.
Todo el mal del mundo resulta de que a unos no importen
                                        [los otros,
Sea para hacer el bien, sea para hacer el mal.
Nuestra alma y el cielo y la tierra debieran bastarnos.
Querer más es perderlos y ser desgraciados.)

Lo que yo estaba pensando
Mientras hablaba el amigo de la gente

(E isso me comoveu até às lágrimas),
Era em como o murmúrio longínquo dos chocalhos
A esse entardecer
Não parecia os sinos duma capela pequenina
A que fossem à missa as flores e os regatos
E as almas simples como a minha.

(Louvado seja Deus que não sou bom,
E tenho o egoísmo natural das flores
E dos rios que seguem o seu caminho
Preocupados sem o saber
Só com florir e ir correndo.
É essa a única missão no mundo,
Essa – existir claramente,
E saber fazê-lo sem pensar nisso.)

E o homem calara-se, olhando o poente.
Mas que tem com o poente quem odeia e ama?

XXXV

O luar através dos altos ramos,
Dizem os poetas todos que ele é mais
Que o luar através dos altos ramos.

Mas para mim, que não sei o que penso,
O que o luar através dos altos ramos
É, além de ser
O luar através dos altos ramos,
É não ser mais
Que o luar através dos altos ramos.

(y eso fue lo que me conmovió hasta las lágrimas),
Era en cómo el murmullo lejano de los cencerros,
Ese atardecer,
No parecía las campanas de una hermita
Donde fueran a misa las flores y regatos
Y las almas sencillas como la mía.

(Loado sea Dios que no me hizo bueno
Y tengo el egoísmo natural de las flores
Y de los ríos que siguen su camino
Empeñados sin saberlo
Tan sólo en extenderse y en correr.
Es ésta la única misión que hay en el mundo,
Ésta: existir claramente
Y saber hacerlo sin pensar en ello.)

El hombre había callado, mirando la puesta de sol.
¿Pero qué puede importarle la puesta de sol a quien odia y ama?

XXXV

Del resplandor de la luna a través de las altas ramas
Dicen todos los poetas que es más
Que el resplandor de la luna a través de las altas ramas.

Pero para mí que no sé lo que pienso,
El resplandor de la luna a través de las altas ramas,
Aparte de ser
El resplandor de la luna a través de las altas ramas,
No es más que
El resplandor de la luna a través de las altas ramas.

XXXVII

Como um grande borrão de fogo sujo
O sol-posto demora-se nas nuvens que ficam.
Vem um silvo vago de longe na tarde muito calma.
Deve ser dum comboio longínquo.

Neste momento vem-me uma vaga saudade
E um vago desejo plácido
Que aparece e desaparece.

Também às vezes, à flor dos ribeiros,
Formam-se bolhas na água
Que nascem e se desmancham
E não têm sentido nenhum
Salvo serem bolhas de água
Que nascem e se desmancham.

XXXIX

O mistério das cousas, onde está ele?
Onde está ele que não aparece
Pelo menos a mostrar-nos que é mistério?
Que sabe o rio disso e que sabe a árvore?
E eu, que não sou mais do que eles, que sei disso?
Sempre que olho para as cousas e penso no que os homens
                                        [pensam delas,
Rio como um regato que soa fresco numa pedra.

Porque o único sentido oculto das cousas
É elas não terem sentido oculto nenhum.
É mais estranho do que todas as estranhezas

XXXVII

Como un gran borrón de fuego sucio
El sol ya caído se demora en las nubes que restan.
Llega de lejos, en la tarde calma, un silbido vago.
Debe ser de un tren distante.

Este momento me trae una vaga añoranza
Y un vago deseo plácido
Que aparece y desaparece.

También a veces, a flor del agua,
Los arroyos dejan ver burbujas
Que nacen y se deshacen
Y no tienen ningún sentido,
Salvo el de ser burbujas de agua
Que nacen y se deshacen.

XXXIX

¿Dónde está el misterio de las cosas?
¿Dónde está que no aparece
Por lo menos para mostrarnos que es misterio?
¿Qué sabe el río de eso y qué sabe el árbol?
¿Y yo, que no soy más que ellos, sé algo de eso?
Siempre que miro las cosas y pienso en lo que los hombres
[piensan sobre ellas,
Me río como un arroyo que suena fresco contra una piedra.

Porque el único sentido oculto de las cosas
Es que ellas no tengan ningún sentido oculto.
Más extraño que todo lo extraño

E do que os sonhos de todos os poetas
E os pensamentos de todos os filósofos,
Que as cousas sejam realmente o que parecem ser
E não haja nada que compreender.

Sim, eis o que os meus sentidos aprenderam sozinhos: –
As cousas não têm significação: têm existência.
As cousas são o único sentido oculto das cousas.

XL

Passa uma borboleta por diante de mim
E pela primeira vez no universo eu reparo
Que as borboletas não têm cor nem movimento,
Assim como as flores não têm perfume nem cor.
A cor é que tem cor nas asas da borboleta,
No movimento da borboleta o movimento é que se
                                             [move,
O perfume é que tem perfume no perfume da flor.
A borboleta é apenas borboleta
E a flor é apenas flor.

XLII

Passou a diligência pela estrada, e foi-se;
E a estrada não ficou mais bela, nem sequer mais feia.
Assim é a acção humana pelo mundo fora.
Nada tiramos e nada pomos; passamos e esquecemos;
E o sol é sempre pontual todos os dias.

Y que los sueños de todos los poetas
Y los pensamientos de todos los filósofos,
Es que las cosas sean realmente lo que parecen ser
Y no haya nada que entender.

Sí, he aquí lo que mis sentidos aprendieron solos: –
Las cosas no tienen significación, tienen existencia.
Las cosas son el único sentido oculto de las cosas.

XL

Una mariposa pasa ante mí
Y por primera vez en el universo advierto
Que las mariposas no tienen color ni movimiento,
Así como tampoco las flores tienen perfume ni color.
Es el color el que tiene color en las alas de la mariposa,
Es el movimiento el que se mueve en el movimiento de la
                                    [mariposa,
Es el perfume el que tiene perfume en el perfume de la flor.
La mariposa no es más que mariposa
Y la flor es solamente flor.

XLII

La diligencia pasó por el camino y ya no se la ve.
El camino, con ello, no se ha vuelto ni más bello ni más feo.
Así es la acción humana en todas partes.
Nada quitamos y nada ponemos; pasamos y olvidamos;
Y el sol es siempre puntual todos los días.

XLIII

Antes o voo da ave, que passa e não deixa rasto,
Que a passagem do animal, que fica lembrada no chão.
A ave passa e esquece, e assim deve ser.
O animal, onde já não está e por isso de nada serve,
Mostra que já esteve, o que não serve para nada.

A recordação é uma traição à Natureza,
Porque a Natureza de ontem não é Natureza.
O que foi não é nada, e lembrar é não ver.

Passa, ave, passa e ensina-me a passar!

XLV

Um renque de árvores lá longe, lá para a encosta.
Mas o que é um renque de árvores? Há árvores apenas.
Renque e o plural árvores não são cousas, são nomes.

Tristes das almas humanas, que põem tudo em ordem,
Que traçam linhas de cousa a cousa,
Que põem letreiros com nomes nas árvores absolutamente
[reais,
E desenham paralelos de latitude e longitude
Sobre a própria terra inocente e mais verde e florida do que
[isso!

XLIII

Mejor el vuelo del ave, que pasa y no deja huella,
Que el paso del animal, por el suelo preservado.
El ave pasa y olvida, y así siempre debiera ser.
El animal, donde ya no está, y por eso de nada sirve,
Muestra que ya estuvo, lo que es por completo inútil.

El recuerdo es una traición a la Naturaleza,
Porque la Naturaleza de ayer no es Naturaleza.
Lo que fue no es nada, y recordar es no ver.

¡Pasa, ave, pasa y enséñame a pasar!

XLV

Allá a lo lejos, en la ladera, una hilera de árboles.
Pero, ¿qué es una hilera de árboles? Hay árboles solamente.
Hilera y el plural árboles no son cosas, son nombres.

¡Pobres almas humanas que todo lo ordenan
Que trazan líneas entre una cosa y otra,
Que colocan letreros con nombres en los árboles
                                    [absolutamente reales
Y dibujan paralelos de longitud y latitud
Sobre la tierra inocente y más verde y florida que todo
                                    [eso!

XLVI

Deste modo ou daquele modo,
Conforme calha ou não calha,
Podendo às vezes dizer o que penso,
E outras vezes dizendo-o mal e com misturas,
Vou escrevendo os meus versos sem querer,
Como se escrever não fosse uma cousa feita de gestos,
Como se escrever fosse uma cousa que me acontecesse
Como dar-me o sol de fora.

Procuro dizer o que sinto
Sem pensar em que o sinto.
Procuro encostar as palavras à ideia
E não precisar dum corredor
Do pensamento para as palavras.

Nem sempre consigo sentir o que sei que devo sentir.
O meu pensamento só muito devagar atravessa o rio a nado
Porque lhe pesa o fato que os homens o fizeram usar.

Procuro despir-me do que aprendi,
Procuro esquecer-me do modo de lembrar que me ensinaram,
E raspar a tinta com que me pintaram os sentidos,
Desencaixotar as minhas emoções verdadeiras,
Desembrulhar-me e ser eu, não Alberto Caeiro,
Mas um animal humano que a Natureza produziu.

E assim escrevo, querendo sentir a Natureza, nem sequer
                                    [como um homem,
Mas como quem sente a Natureza, e mais nada.
E assim escrevo, ora bem, ora mal,
Ora acertando com o que quero dizer, ora errando,
Caindo aqui, levantando-me acolá,

XLVI

De un modo o de otro,
Según pueda o no,
Logrando a veces decir lo que pienso
Y otras diciéndolo mal y con mezclas,
Voy escribiendo mis versos sin querer,
Como si escribir no fuese una cosa hecha de gestos,
Como si escribir fuese una cosa que me sucediera,
Igual que el sol cuando me da en la cara.

Busco decir lo que siento
Sin pensar en que lo siento.
Busco arrimar las palabras a la idea
Y no necesitar un corredor
Del pensamiento para las palabras.

No siempre logro sentir lo que sé que debo sentir.
Mi pensamiento sólo muy despacio cruza el río a nado
Porque le pesa el traje con que los hombres lo vistieron.

Trato de librarme de lo que aprendí,
Trato de olvidar el modo de recordar que me enseñaron
Y raspar la tinta con que me pintaron los sentidos,
Desempaquetar mis emociones verdaderas,
Dejar mi envoltorio y ser yo, no Alberto Caeiro,
Sino un animal humano que produjo la Naturaleza.

Y así escribo, queriendo sentir la Naturaleza, ni siquiera
[como un hombre
Sino como quien siente la Naturaleza y nada más.
Y así escribo, a veces bien, otras mal,
Acertando a veces con lo que quiero decir, equivocándome otras,
Cayendo aquí, levantándome allá,

Mas indo sempre no meu caminho como um cego
[teimoso.

Ainda assim, sou alguém.
Sou o Descobridor da Natureza.
Sou o Argonauta das sensações verdadeiras.
Trago ao Universo um novo Universo
Porque trago ao Universo ele-próprio.

Isto sinto e isto escrevo
Perfeitamente sabedor e sem que não veja
Que são cinco horas do amanhecer
E que o sol, que ainda não mostrou a cabeça
Por cima do muro do horizonte,
Ainda assim já se lhe vêem as pontas dos dedos
Agarrando o cimo do muro
Do horizonte cheio de montes baixos.

XLVII

Num dia excessivamente nítido,
Dia em que dava a vontade de ter trabalhado muito
Para nele não trabalhar nada,
Entrevi, como uma estrada por entre as árvores,
O que talvez seja o Grande Segredo,
Aquele Grande Mistério de que os poetas falsos falam.

Vi que não há Natureza,
Que Natureza não existe,
Que há montes, vales, planícies,
Que há árvores, flores, ervas,
Que há rios e pedras,

Pero yendo siempre por mi camino como un ciego
                                        [obstinado.

Aun así, soy alguien.
Soy el Descubridor de la Naturaleza.
Soy el Argonauta de las sensaciones verdaderas.
Traigo al Universo un nuevo Universo
Porque traigo el Universo como tal.

Esto siento y esto escribo.
Plenamente consciente y viendo con mis ojos
Que son las cinco de la madrugada
Y que el sol, que no ha mostrado todavía la cabeza
Por sobre el muro del horizonte,
Ya deja ver sin embargo las puntas de los dedos
Aferrando el borde del muro
Del horizonte lleno de montes bajos.

XLVII

Un día excesivamente nítido
Al que daban ganas de llegar después de haber trabajado mucho
Para no trabajar nada en él,
Vislumbré, como si fuera un camino entre los árboles,
Lo que tal vez sea el Gran Secreto,
Ese Gran Misterio del que hablan los falsos poetas.

Vi que no hay Naturaleza,
Que la Naturaleza no existe,
Que hay montes, valles, llanuras,
Que hay árboles, flores, hierbas,
Que hay ríos y piedras,

Mas que não há um todo a que isso pertença,
Que um conjunto real e verdadeiro
É uma doença das nossas ideias.

A Natureza é partes sem um todo.
Isto é talvez o tal mistério de que falam.

Foi isto o que sem pensar nem parar,
Acertei que devia ser a verdade
Que todos andam a achar e que não acham,
E que só eu, porque a não fui achar, achei.

XLVIII

Da mais alta janela da minha casa
Com um lenço branco digo adeus
Aos meus versos que partem para a humanidade.

E não estou alegre nem triste.
Esse é o destino dos versos.
Escrevi-os e devo mostrá-los a todos
Porque não posso fazer o contrário
Como a flor não pode esconder a cor,
Nem o rio esconder que corre,
Nem a árvore esconder que dá fruto.

Ei-los que vão já longe como que na diligência
E eu sem querer sinto pena
Como uma dor no corpo.

Quem sabe quem os lerá?
Quem sabe a que mãos irão?

Pero que no hay un todo al que eso pertenezca,
Que un conjunto real y verdadero
Es una enfermedad de nuestras ideas.

La Naturaleza es partes sin un todo.
Esto es tal vez el misterio del que hablan.

Fue esto lo que sin pensar ni detenerme
Me pareció que debía ser la verdad
Que todos andan buscando y no encuentran
Y que sólo yo, por no haberla buscado, pude encontrar.

XLVIII

Desde la ventana más alta de mi casa
Digo adiós, con un pañuelo blanco,
A mis versos que parten hacia la humanidad.

Y no estoy alegre ni triste.
Éste es el destino de los versos.
Los escribí y debo mostrarlos a todos
Porque no puedo hacer lo contrario,
Como la flor no puede ocultar su color,
Ni el río ocultar que corre,
Ni el árbol ocultar que da fruto.

Allá van ellos, lejos ya, como la diligencia,
Y yo sin quererlo siento pena
Como un dolor en el cuerpo.

¿Quién sabe quién los leerá?
¿Quién sabe a qué manos irán?

Flor, colheu-me o meu destino para os olhos.
Árvore, arrancaram-me os frutos para as bocas.
Rio, o destino da minha água era não ficar em mim.
Submeto-me e sinto-me quasi alegre,
Quasi alegre como quem se cansa de estar triste.

Ide, ide de mim!
Passa a árvore e fica dispersa pela Natureza.
Murcha a flor e o seu pó dura sempre.
Corre o rio e entra no mar e a sua água é sempre a que foi
                                                        [sua.

Passo e fico, como o Universo.

XLIX

Meto-me para dentro, e fecho a janela.
Trazem o candeeiro e dão as boas-noites,
E a minha voz contente dá as boas-noites.
Oxalá a minha vida seja sempre isto:
O dia cheio de sol, ou suave de chuva,
Ou tempestuoso como se acabasse o mundo,
A tarde suave e os ranchos que passam
Fitados com interesse da janela,
O último olhar amigo dado ao sossego das árvores,
E depois, fechada a janela, o candeeiro aceso,
Sem ler nada, nem pensar em nada, nem dormir,
Sentir a vida correr por mim como um rio por seu leito,
E lá fora um grande silêncio como um deus que dorme.

Como a una flor, el destino me arrancó para los ojos.
Como a un árbol, me arrancaron los frutos para las bocas.
Como un río, el destino de mis aguas era ir más allá de mí.
Me someto y me siento casi alegre,
Casi alegre como quien se cansa de estar triste.

¡Váyanse versos, váyanse!
Pasa el árbol y la Naturaleza lo dispersa
Se marchita la flor y su polvo dura siempre.
Corre el río y entra al mar y su agua sigue siendo siempre la
[que fue suya.

Paso y quedo, como el Universo.

XLIX

Cierro la ventana y me meto para adentro.
Traen el candil y me dan las buenas noches,
Y mi voz contenta da las buenas noches.
Ojalá que mi vida sea siempre así:
El día lleno de sol o suave de lluvia,
O tempestuoso como si el mundo se acabara,
La tarde suave y la gente que pasea
Observados con interés desde la ventana
La última mirada amiga echada al sosiego de los árboles,
Y luego, cerrada la ventana, el candil prendido,
Sin leer nada, ni pensar en nada, ni dormir,
Sentir que la vida fluye en mí como un río por su lecho,
Y allá fuera un gran silencio como un dios dormido.

DOS «POEMAS INCONJUNTOS»
(1913-1915)

Não basta abrir a janela
Para ver os campos e o rio.
Não é bastante não ser cego
Para ver as árvores e as flores.
É preciso também não ter filosofia nenhuma.
Com filosofia não há árvores: há ideias apenas.
Há só cada um de nós, como uma cave.
Há só uma janela fechada, e todo o mundo lá

[fora;
E um sonho do que se poderia ver se a janela se abrisse,
Que nunca é o que se vê quando se abre a janela.

*

Falas de civilização, e de não dever ser,
Ou de não dever ser assim.
Dizes que todos sofrem, ou a maioria de todos,
Com as cousas humanas postas desta maneira.
Dizes que se fossem diferentes, sofreriam menos.
Dizes que se fossem como tu queres, seria melhor.
Escuto sem te ouvir.
Para que te quereria eu ouvir?
Ouvindo-te nada ficaria sabendo.
Se as cousas fossem diferentes, seriam diferentes: eis tudo.
Se as cousas fossem como tu queres, seriam só como tu

[queres.
Ai de ti e de todos que levam a vida
A querer inventar a máquina de fazer felicidade!

DE LOS "POEMAS DISPERSOS"
(1913 – 1915)

No basta abrir la ventana
Para ver los campos y el río.
No alcanza con no ser ciego
Para ver los árboles y las flores.
También hace falta no tener ninguna filosofía.
Con filosofía no hay árboles: sólo hay ideas.
No hay nada más que cada uno, solo como un sótano.
No hay nada más que una ventana cerrada, y todo el
                                        [mundo afuera;
Y un sueño de lo que podría verse si se abriera la ventana,
Que no es nunca lo que se ve cuando de veras se la abre.

*

Hablas de civilización y de lo que no debe ser,
O de lo que no debe ser como es.
Dices que todos sufren, o la mayoría de todos,
Con las cosas humanas tal como están.
Dices que si fueran diferentes, sufrirían menos.
Dices que si fueran como tú quieres sería mejor.
Te escucho sin oírte.
¿De qué valdría que te oyese?
Si te oyera nada aprendería.
Si las cosas fuesen diferentes, serían diferentes: eso es todo.
Si las cosas fuesen como tú quieres, serían sólo como tú
                                        [quieres.
¡Ay de ti y de todos los que se pasan la vida
Queriendo inventar la máquina de hacer felicidad!

Entre o que vejo de um campo e o que vejo de outro campo
Passa um momento uma figura de homem.
Os seus passos vão com «ele» na mesma realidade,
Mas eu reparo para ele e para eles, e são duas cousas:
O «homem» vai andando com as suas ideias, falso e estrangeiro,
E os passos vão com o sistema antigo que faz pernas
                                                    [andar.
Olho-o de longe sem opinião nenhuma.
Que perfeito que é nele o que ele é – o seu corpo,
A sua verdadeira realidade que não tem desejos nem
                                                    [esperanças,
Mas músculos e a maneira certa e impessoal de os usar.

*

Criança desconhecida e suja brincando à minha porta,
Não te pergunto se me trazes um recado dos símbolos.
Acho-te graça por nunca te ter visto antes,
E naturalmente se pudesses estar limpa eras outra criança,
Nem aqui vinhas.
Brinca na poeira, brinca!
Aprecia a tua presença só com os olhos.
Vale mais a pena ver uma cousa sempre pela primeira vez
                                                    [que conhecê-la,
Porque conhecer é como nunca ter visto pela primeira vez,
E nunca ter visto pela primeira vez é só ter ouvido contar.

O modo como esta criança está suja é diferente do modo
                                                    [como as outras estão sujas.
Brinca! Pegando numa pedra que te cabe na mão,

438

*

Entre lo que veo de un campo y otro campo,
Pasa, de pronto, la figura de un hombre.
Sus pasos van con "él" en la misma realidad,
Pero yo me fijo en él y en ellos, y son dos cosas:
El "hombre" marcha con sus ideas, falso y extranjero,
Mientras los pasos van según el viejo método que hace
                                        [marchar a las piernas.
Miro al hombre de lejos sin ninguna opinión.
Qué perfecto es en él lo que él es – su cuerpo,
Su verdadera realidad, que no tiene deseos ni
                                        [esperanzas,
Sino músculos y la manera adecuada e impersonal de usarlos.

*

Niño desconocido y sucio que juegas ante mi puerta,
No te pregunto si me traes un mensaje de los símbolos,
Te encuentro encantador porque nunca te vi antes,
Y, naturalmente, si estuvieras limpio serías otro niño,
Y no vendrías aquí.
¡Juega en el polvo, juega!
Valoro tu presencia sólo con los ojos.
Siempre es mejor ver una cosa por primera vez que
                                        [conocerla,
Pues conocer es como no haber visto nunca por primera vez,
Y quien no ha visto nunca por primera vez sólo ha oído contar.

El modo que tiene este niño de estar sucio Es diferente del
                                        [modo que otros tienen de estarlo.
¡Juega! Al tomar una piedra que cabe en tu mano

Sabes que te cabe na mão.
Qual é a filosofia que chega a uma certeza maior?
Nenhuma, e nenhuma pode vir brincar nunca à minha
[porta.

*

Verdade, mentira, certeza, incerteza...
Aquele cego ali na estrada também conhece estas
[palavras.
Estou sentado num degrau alto e tenho as mãos apertadas
Sobre o mais alto dos joelhos cruzados.
Bem: verdade, mentira, certeza, incerteza o que são?
O cego pára na estrada,
Desliguei as mãos de cima do joelho.
Verdade, mentira, certeza, incerteza são as mesmas?
Qualquer cousa mudou numa parte da realidade – os meus
[joelhos e as minhas mãos.
Qual é a ciência que tem conhecimento para isto?
O cego continua o seu caminho e eu não faço mais gestos.
Já não é a mesma hora, nem a mesma gente, nem nada
[igual.
Ser real é isto.

*

Uma gargalhada de rapariga soa do ar da estrada.
Riu do que disse quem não vejo.
Lembro-me já que ouvi.
Mas se me falarem agora de uma gargalhada de rapariga da
[estrada,
Direi: não, os montes, as terras ao sol, o sol, a casa aqui,

Sabes que cabe en tu mano.
¿Qué filosofía alcanza una certeza mayor?
Ninguna, y ninguna es capaz de venir a jugar ante mi
[puerta.

*

Verdad, mentira, certeza, incerteza...
Aquel ciego que va por el camino también conoce estas
[palabras.
Estoy sentado en un peldaño alto y tengo las manos unidas
En torno a la más alta de mis rodillas cruzadas.
Bien: verdad, mentira, certeza, incerteza, ¿qué son?
El ciego se detiene en el camino,
Mis manos ya no están en torno a mi rodilla.
Verdad, mentira, certeza, incerteza, ¿son lo que eran?
Algo cambió en una parte de la realidad: mi rodilla y mis
[manos.
¿Cuál es ciencia que conoce todo eso?
El ciego prosigue su marcha y yo ya no me muevo.
Ya no es la misma hora, ni la gente que hay es la misma, ni
[nada es igual.
Ser real, es esto.

*

Una carcajada de muchacha llega desde el camino.
Se ha reído de lo que dijo alguien a quien no veo.
Y lo que oí ya no es más que un recuerdo.
Si ahora me hablaran de una carcajada de muchacha en el
[camino,
Diría: no, los montes, las tierras al sol, el sol, esta casa,

E eu que só oiço o ruído calado do sangue que há na minha
[vida dos dois lados da cabeça.

*

Noite de S. João para além do muro do meu quintal.
Do lado de cá, eu sem noite de S. João.
Porque há S. João onde o festejam.
Para mim há uma sombra de luz de fogueiras na noite,
Um ruído de gargalhadas, os baques dos saltos.
E um grito casual de quem não sabe que eu existo.

*

Ontem o pregador de verdades dele
Falou outra vez comigo.
Falou do sofrimento das classes que trabalham
(Não do das pessoas que sofrem, que é afinal quem
[sofre).
Falou da injustiça de uns terem dinheiro,
E de outros terem fome, que não sei se é fome de comer,
Ou se é só fome da sobremesa alheia.
Falou de tudo quanto pudesse fazê-lo zangar-se.

Que feliz deve ser quem pode pensar na infelicidade dos
[outros!
Que estúpido se não sabe que a infelicidade dos outros é
[deles,
E não se cura de fora,
Porque sofrer não é ter falta de tinta
Ou o caixote não ter aros de ferro!

Y yo que sólo oigo el ruido callado de la sangre que hay en
[mi vida, A los dos lados de la cabeza.

*

Noche de San Juan más allá del muro de mi huerta.
De este lado del muro, yo sin noche de San Juan.
Porque sólo donde lo celebran hay San Juan.
Para mí hay una sombra de luz de hogueras en la noche,
Un ruido de carcajadas, el retumbar de los saltos en la tierra.
Y un grito casual de quien no sabe que existo.

*

Ayer el vocero de verdades sólo suyas
Volvió a hablar conmigo.
Habló del sufrimiento de las clases trabajadoras
(No de las personas que sufren, que son al fin de cuentas,
[quienes sufren).
Habló de lo injusto que es que unos tengan dinero
Y que otros tengan hambre, que yo no sé si es hambre de comida
O si sólo es hambre de postre ajeno.
Habló, en suma, de todo lo que podía enojarlo.

¡Qué feliz debe sentirse quien es capaz de pensar en el
[pesar de los otros!
¡Qué estúpido si no sabe que la infelicidad de los demás les
[pertenece,
Y no se arregla desde afuera,
Porque sufrir no es carecer de tinta
O que al cajón le falten manijas de hierro!

443

Haver injustiça é como haver morte.
Eu nunca daria um passo para alterar
Aquilo a que chamam a injustiça do mundo.
Mil passos que desse para isso
Eram só mil passos.
Aceito a injustiça como aceito uma pedra não ser
[redonda,
E um sobreiro não ter nascido pinheiro ou carvalho.

Cortei a laranja em duas, e as duas partes não podiam ficar
[iguais
Para qual fui injusto – eu, que as vou comer a ambas?

*

Tu, místico, vês uma significação em todas as cousas.
Para ti tudo tem um sentido velado.
Há uma cousa oculta em cada cousa que vês.
O que vês, vê-lo sempre para veres outra cousa.

Para mim, graças a ter olhos só para ver,
Eu vejo ausência de significação em todas as cousas;
Vejo-o e amo-me, porque ser uma cousa é não significar nada.
Ser uma cousa é não ser susceptível de interpretação.

*

Pastor do monte, tão longe de mim com as tuas ovelhas –
Que felicidade é essa que pareces ter – a tua ou a minha?
A paz que sinto quando te vejo, pertence-me, ou pertence-te?
Não, nem a ti nem a mim, pastor.
Pertence só à felicidade e à paz.

444

Que haya injusticia es como que haya muerte.
Yo nunca daría un solo paso para alterar
Eso que llaman la injusticia del mundo.
Aunque fueran mil los pasos que yo diera para eso
No serían más que mil pasos.
Acepto la injusticia como acepto que una piedra no sea
[redonda
Y un alcornoque no sea un pino ni un roble.

Corté la naranja en dos, y las dos partes no podían ser
[iguales.
¿Con cuál he sido injusto yo, que me voy a comer las dos?

                             *

Tú, místico, ves una significación en todas las cosas.
Todo, para ti, tiene un sentido oculto.
En cada cosa que ves, hay una cosa oculta.
A lo que miras siempre lo ves buscando otra cosa.

Yo, gracias a que sólo tengo ojos para ver,
Veo ausencia de significación en todas las cosas;
Lo veo y me amo, porque ser una cosa es no significar nada.
Ser una cosa es no ser susceptible de interpretación.

                             *

Pastor del monte, tan lejos de mí con tus ovejas –
¿Qué felicidad es esa que pareces tener, la tuya o la mía?
La paz que siento al verte, ¿me pertenece o te pertenece?
No, ni a ti ni a mí, pastor.
Sólo pertenece a la felicidad y la paz.

Nem tu a tens, porque não sabes que a tens.
Nem eu a tenho, porque sei que a tenho.
Ela é ela só, e cai sobre nós como o sol,
Que te bate nas costas e te aquece, e tu pensas noutra cousa
                                        [indiferentemente,
E me bate na cara e me ofusca, e eu só penso no sol.

*

Dizes-me: tu és mais alguma cousa
Que uma pedra ou uma planta.
Dizes-me: sentes, pensas e sabes
Que pensas e sentes.
Então as pedras escrevem versos?
Então as plantas têm ideias sobre o mundo?

Sim: há diferença.
Mas não é a diferença que encontras;
Porque o ter consciência não me obriga a ter teorias sobre
                                        [as cousas:
Só me obriga a ser consciente.

Se sou mais que uma pedra ou uma planta? Não sei.
Sou diferente. Não sei o que é mais ou menos.

Ter consciência é mais que ter cor?
Pode ser e pode não ser.
Sei que é diferente apenas.
Ninguém pode provar que é mais que só diferente.

Sei que a pedra é a real, e que a planta existe.
Sei isto porque elas existem.
Sei isto porque os meus sentidos mo mostram.

Ni tú la tienes, porque no sabes que la tienes,
Ni yo la tengo porque sé que la tengo.
Ella es ella y nada más, y cae sobre nosotros como el sol
Que alcanza tu espalda y te calienta, mientras tú piensas
                                    [con indiferencia en otra cosa,
Y cae sobre mi cara y me enceguece, y yo sólo pienso en el sol.

*

Me dices que eres algo más
Que una piedra o una planta.
Me dices que sientes, piensas y sabes
Que piensas y sientes.
¿Acaso las piedras escriben versos?
¿Acaso las plantas tienen ideas sobre el mundo?

Sí, hay diferencia.
Pero no la diferencia que encuentras;
Porque el tener conciencia no me obliga a tener teorías
                                    [sobre las cosas:
Sólo me obliga a ser consciente.

¿Si soy más que una piedra o una planta? No lo sé.
Soy diferente. No sé qué significa más o menos.

¿Tener conciencia es más que tener color?
Puede ser y puede no ser.
Lo que sí sé es que es diferente.
Nadie puede probar que es algo más que diferente.

Sé que la piedra es real y sé que la planta existe.
Lo sé porque ellas existen.
Lo sé porque mis sentidos me lo muestran.

Sei que sou real também.
Sei isto porque os meus sentidos mo mostram,
Embora com menos clareza que me mostram a pedra e a
                                            [planta.
Não sei mais nada.

Sim, escrevo versos, e a pedra não escreve versos.
Sim, faço ideias sobre o mundo, e a planta nenhumas.
Mas é que as pedras não são poetas, são pedras;
E as plantas são plantas só, e não pensadores.
Tanto posso dizer que sou superior a elas por isto,
Como que sou inferior.
Mas não digo isso: digo da pedra, «é uma
                                            [pedra»,
Digo da planta, «é uma planta»,
Digo de mim, «sou eu».
E não digo mais nada. Que mais há a dizer?

                    *

A espantosa realidade das coisas
É a minha descoberta de todos os dias.
Cada coisa é o que é,
E é difícil explicar a alguém quanto isso me alegra,
E quanto isso me basta.

Basta existir para se ser completo.

Tenho escrito bastantes poemas.
Hei-de escrever muitos mais, naturalmente.
Cada poema meu diz isto,
E todos os meus poemas são diferentes,
Porque cada coisa que há é uma maneira de dizer isto.

Sé también que soy real.
Lo sé porque mis sentidos me lo muestran,
Si bien no con tanta claridad como me muestran la piedra y
[la planta.
Y no sé nada más.

Sí, escribo versos y la piedra no escribe versos.
Sí, me formo ideas sobre el mundo, y la planta, no.
Pero es que las piedras no son poetas, son piedras;
Y las plantas sólo son plantas y no pensadores.
Tanto puedo decir que soy superior a ellas por eso,
Como que soy inferior.
Pero no digo ni una cosa ni la otra: de la piedra digo "es una
[piedra",
De la planta digo, "es una planta",
De mí digo "soy yo".
Y no digo nada más. ¿Qué más hay que decir?

*

La asombrosa realidad de las cosas
Es mi descubrimiento de todos los días.
Cada cosa es lo que es,
Y es difícil explicar lo mucho que eso me alegra
Y lo mucho que eso me basta.

Basta existir para ser completo.

Escribí muchos poemas,
Y escribiré muchos más, seguramente.
Cada poema mío dice eso,
Y todos mis poemas son diferentes,
Porque cada cosa que hay es una manera de decir eso.

Às vezes ponho-me a olhar para uma pedra.
Não me ponho a pensar se ela sente.
Não me perco a chamar-lhe minha irmã.
Mas gosto dela por ela ser uma pedra,
Gosto dela porque ela não sente nada,
Gosto dela porque ela não tem parentesco nenhum comigo.

Outras vezes oiço passar o vento,
E acho que só para ouvir passar o vento vale a pena ter
                                                    [nascido.

Eu não sei o que é que os outros pensarão lendo isto;
Mas acho que isto deve estar bem porque o penso sem
                                                    [esforço,
Nem ideia de outras pessoas a ouvir-me pensar;
Porque o penso sem pensamentos,
Porque o digo como as minhas palavras o dizem.

Uma vez chamaram-me poeta materialista,
E eu admirei-me, porque não julgava
Que se me pudesse chamar qualquer coisa.
Eu nem sequer sou poeta: vejo.
Se o que escrevo tem valor, não sou eu que o tenho:
O valor está ali, nos meus versos.
Tudo isso é absolutamente independente da minha vontade.

*

Quando tornar a vir a primavera
Talvez já não me encontre no mundo.
Gostava agora de poder julgar que a primavera é gente
Para poder supor que ela choraria,

A veces me pongo a mirar una piedra.
No me pongo a pensar si ella siente.
No me pierdo llamándola mi hermana.
Me gusta porque es una piedra,
Me gusta porque no siente nada,
Me gusta porque no tiene conmigo ningún parentesco.

Otras veces oigo pasar el viento,
Y pienso que sólo para oír pasar el viento vale la pena haber
                                                          [nacido.

No sé qué pensarán los demás leyendo esto;
Pero creo que debe estar bien porque lo pienso sin
                                                [esfuerzo,
Y sin imaginarme que hay otras personas oyéndome pensar;
Porque lo pienso sin pensamientos,
Porque lo digo como mis palabras lo dicen.

Una vez me llamaron poeta materialista,
Y yo me sorprendí porque no me parecía
Que se me pudiese llamar de alguna manera.
Yo ni siquiera soy poeta: veo.
Si lo que escribo tiene valor, no soy yo quien lo tiene:
El valor está allí, en mis versos.
Todo eso es absolutamente independiente de mi voluntad.

                              *

Cuando vuelva a venir la primavera
Tal vez ya no me encuentre en el mundo.
Me gustaría creer ahora que la primavera es una persona
Para poder suponer que ella lloraría,

Vendo que perdera o seu único amigo.
Mas a primavera nem sequer é uma coisa:
É uma maneira de dizer.
Nem mesmo as flores tornam, ou as folhas verdes.
Há novas flores, novas folhas verdes.
Há outros dias suaves.
Nada torna, nada se repete, porque tudo é real.

*

Se eu morrer novo,
Sem poder publicar livro nenhum,
Sem ver a cara que têm os meus versos em letra impressa,
Peço que, se se quiserem ralar por minha causa,
Que não se ralem.
Se assim aconteceu, assim está certo.

Mesmo que os meus versos nunca sejam impressos,
Eles lá terão a sua beleza, se forem belos.
Mas eles não podem ser belos e ficar por imprimir,
Porque as raízes podem estar debaixo da terra
Mas as flores florescem ao ar livre e à vista.
Tem que ser assim por força. Nada o pode impedir.

Se eu morrer muito novo, oiçam isto:
Nunca fui senão uma criança que brincava.
Fui gentio como o sol e a água,
De uma religião universal que só os homens não têm.
Fui feliz porque não pedi coisa nenhuma,
Nem procurei achar nada,
Nem achei que houvesse mais explicação
Que a palavra explicação não ter sentido nenhum.

Al ver que había perdido a su único amigo.
Pero la primavera ni siguiera es una cosa:
Es una manera de decir.
Ni siquiera las flores vuelven, ni las hojas verdes.
Hay flores nuevas, nuevas hojas verdes.
Hay otros días suaves.
Nada vuelve, nada se repite, porque todo es real.

*

Si yo muriese joven,
Sin poder publicar ningún libro,
Sin ver qué cara tienen mis versos en letra impresa,
Les pido que, si quisieran discutir por mi causa,
No lo hagan.
Si así fue, así está bien.

Aun cuando mis versos nunca sean impresos
Ellos tendrán su belleza, si fueran bellos.
Pero ellos no pueden ser bellos y quedar sin imprimir,
Porque las raíces pueden estar bajo tierra
Pero las flores florecen al aire libre y a la vista.
Así tiene que ser fatalmente. Nada lo puede impedir.

Si yo muriese muy joven, oigan esto:
Nunca fui sino un niño que jugaba.
Fui espontáneo como el sol y el agua,
De una religión universal que sólo los hombre no tienen.
Fui feliz porque nunca pedí nada,
Ni me empeñé en buscar nada,
Ni me pareció que hubiese más explicación
Que la falta de sentido de la palabra explicación.

Não desejei senão estar ao sol ou à chuva –
Ao sol quando havia sol
E à chuva quando estava chovendo
(E nunca a outra coisa),
Sentir calor e frio e vento,
E não ir mais longe.

Uma vez amei, julguei que me amariam,
Mas não fui amado.
Não fui amado pela única grande razão –
Porque não tinha que ser.

Consolei-me voltando ao sol e à chuva,
E sentando-me outra vez à porta de casa.
Os campos, afinal, não são tão verdes para que os que são
                                                    [amados
Como para os que o não são.
Sentir é estar distraído.

                            *

Quando vier a primavera,
Se eu já estiver morto.
As flores florirão da mesma maneira
E as árvores não serão menos verdes que na primavera
                                                    [passada.
A realidade não precisa de mim.

Sinto uma alegria enorme
Ao pensar que a minha morte não tem importância nenhuma.

Se soubesse que amanhã morria
E a primavera era depois de manhã.

No deseé otra cosa que estar bajo el sol o la lluvia –
Bajo el sol cuando había sol
Y bajo la lluvia cuando estaba lloviendo
(y nunca otra cosa),
Sentir el calor y el frío y el viento
Sin ir nunca más allá.

Una vez amé, me pareció que me amarían,
Pero no me amaron.
No fui amado por la única gran razón –
Porque no tenía que serlo.

Me consolé volviendo al sol y a la lluvia
Y sentándome otra vez frente a la puerta de casa.
Los campos, al fin y al cabo, no son tan verdes para los que
                                                    [son amados
Como para los que no lo son.
Sentir es estar distraído.

                                *

Cuando llegue la primavera,
Si yo ya estuviese muerto.
Florecerán las flores como siempre
Y los árboles no serán menos verdes que en la primavera
                                                    [pasada
La realidad no me necesita.

Siento una alegría enorme
Al pensar que mi muerte no tiene ninguna importancia.

Si supiese que mañana moriría
Y que la primavera llegaría pasado mañana,

Morreria contente, porque ela era depois de manhã.
Se esse é o seu tempo, quando havia ela de vir senão no seu
                                              [tempo?
Gosto que tudo seja real e que tudo esteja certo;
E gosto porque assim seria, mesmo que eu não gostasse.
Por isso, se morrer agora, morro contente,
Porque tudo é real e tudo está certo.

Podem rezar latim sobre o meu caixão, se quiserem.
Se quiserem, podem dançar e cantar à roda dele.
Não tenho preferências para quando já não puder ter
                                              [preferências.
O que for, quando for, é que será o que é.

                          *

Se, depois de eu morrer, quiserem escrever a minha biografia,
Não há nada de mais simples.
Tem só duas datas – a da minha nascença e a da minha morte.
Entre uma e outra cousa todos os dias são meus.

Sou fácil de definir.
Vi como um danado.
Amei as coisas sem sentimentalidade nenhuma.
Nunca tive um desejo que não pudesse realizar, porque
                                              [nunca ceguei.
Mesmo ouvir nunca foi para mim senão um
                              [acompanhamento de ver.
Compreendi que as coisas são reais e todas diferentes umas
                                              [das outras;
Compreendi isto com os olhos, nunca com o pensamento.
Compreender isto com o pensamento seria achá-las todas
                                              [iguais.

Moriría contento porque ella aquí estaría pasado mañana.
Si es ése su momento, ¿cuándo debería estar aquí sino en su
                                                    [momento?
Me gusta que todo sea real y que sea como es;
Y me gusta porque así sería aunque no me gustase.
Por eso, si muriese ahora, moriría contento,
Porque todo es real y todo está bien.

Pueden rezar en latín sobre mi cajón, si así lo quieren.
Y si quieren, pueden también bailar y cantar a su alrededor.
No tengo preferencias para cuando ya no pueda tener
                                                    [preferencias.
Lo que sea, cuando sea, eso será lo que es.

                            *

Si después que yo muera, quisieran escribir mi biografía,
Nada les resultará más sencillo.
Tiene sólo dos fechas: la de mi nacimiento y la de mi muerte.
Entre una y otra, todos los días son míos.

Soy fácil de definir.
Vi como loco.
Amé las cosas sin ningún sentimentalismo.
Nunca tuve un deseo que no pudiese realizar, porque
                                                    [nunca enceguecí.
Incluso oír nunca fue para mí sino un acompañamiento de
                                                    [ver.
Comprendí que las cosas son reales y todas diferentes entre
                                                    [sí;
Comprendí esto con los ojos, nunca con el pensamiento.
Comprender esto con el pensamiento sería encontrarlas a
                                                    [todas iguales.

Um dia deu-me o sono como a qualquer criança.
Fechei os olhos e dormi.
Além disso, fui o único poeta da Natureza.

Un día tuve sueño como cualquier niño.
Cerré los ojos y dormí
Por lo demás, fui el único poeta de la Naturaleza.

O OITAVO POEMA DE
«O GUARDADOR DE REBANHOS»

Num meio-dia de fim de primavera
Tive um sonho como uma fotografia.
Vi Jesus Cristo descer à terra.

Veio pela encosta de um monte
Tornado outra vez menino,
A correr e a rolar-se pela erva
E a arrancar flores para as deitar fora
E a rir de modo a ouvir-se de longe.

Tinha fugido do céu.
Era nosso de mais para fingir
De segunda pessoa da trindade.
No céu era tudo falso, tudo em desacordo
Com flores e árvores e pedras.
No céu tinha que estar sempre sério
E de vez em quando de se tornar outra vez homem
E subir para a cruz, e estar sempre a morrer
Com uma coroa toda à roda de espinhos
E os pés espetados por um prego com cabeça,
E até com um trapo à roda da cintura
Como os pretos nas ilustrações.
Nem sequer o deixavam ter pai e mãe
Como as outras crianças.
O seu pai era duas pessoas –
Um velho chamado José, que era carpinteiro,
E que não era pai dele;
E o outro pai era uma pomba estúpida,
A única pomba feia do mundo

EL OCTAVO POEMA DE
"EL CUIDADOR DE REBAÑOS"

En un mediodía de fin de primavera
Tuve un sueño como una fotografía.
Vi a Jesucristo bajar a la tierra.

Vino por la falda de un monte
Convertido otra vez en niño,
Corriendo y rodando en el pasto
Y arrancando flores para arrojarlas
Con una risa que se oía de lejos.

Había huido del cielo,
Era demasiado nuestro para fingirse
Segunda persona de la trinidad.
En el cielo todo era falso, todo en desacuerdo
Con flores y árboles y piedras.
En el cielo tenía que estar siempre serio
Y de vez en cuando convertirse en hombre otra vez
Y subir a la cruz, y estar siempre muriendo
Con una corona de espinas
Y los pies clavados con un clavo con cabeza,
Y hasta con un trapo alrededor de la cintura
Como los negros en las ilustraciones.
Ni siquiera le dejaban tener padre y madre
Como los demás niños.
Su padre era dos personas –
Un viejo llamado José, que era carpintero,
Y que no era su padre;
Y el otro padre era una paloma estúpida,
La única paloma fea del mundo

Porque não era do mundo nem era pomba.
E a sua mãe não tinha amado antes de o ter.
Não era mulher: era uma mala
Em que ele tinha vindo do céu.
E queriam que ele, que só nascera da mãe,
E nunca tivera pai para amar com respeito,
Pregasse a bondade e a justiça!

Um dia que Deus estava a dormir
E o Espírito-Santo andava a voar,
Ele foi à caixa dos milagres e roubou três.
Com o primeiro fez que ninguém soubesse que ele tinha fugido.
Com o segundo criou-se eternamente humano e menino.
Com o terceiro criou um Cristo eternamente na cruz
E deixou-o pregado na cruz que há no céu
E serve de modelo às outras.
Depois fugiu para o sol
E desceu pelo primeiro raio que apanhou.

Hoje vive na minha aldeia comigo.
É uma criança bonita de riso e natural.
Limpa o nariz ao braço direito,
Chapinha nas poças de água,
Colhe as flores e gosta delas e esquece-as.
Atira pedras aos burros,
Rouba a fruta dos pomares
E foge a chorar e a gritar dos cães.
E, porque sabe que elas não gostam
E que toda a gente acha graça,
Corre atrás das raparigas
Que vão em ranchos pelas estradas
Com as bilhas às cabeças
E levanta-lhes as saias.

Porque no era del mundo ni era paloma.
Y su madre no había amado antes de tenerlo.
No era una mujer, era una valija
En la que él había venido del cielo.
¡Y querían que él, que sólo había nacido de la madre,
Y nunca había tenido padre para amar con respeto,
Pregonara la bondad y la justicia!

Un día en que Dios estaba durmiendo
Y el Espíritu Santo andaba volando,
Fue a la caja de los milagros y robó tres.
Con el primero hizo que nadie supiera que había huido.
Con el segundo se creó eternamente humano y niño.
Con el tercero creó un Cristo eternizado en la cruz
Y lo dejó clavado en la cruz que hay en el cielo
Y sirve de modelo a las demás.
Después huyó hacia el sol
Y bajó por el primer rayo que atrapó.

Hoy vive conmigo en mi aldea.
Es un lindo niño risueño y natural.
Se limpia la nariz con el brazo derecho,
Chapotea en los charcos,
Arranca flores, le gustan y las olvida.
Arroja piedras a los burros,
Roba fruta de las huertas
Y huye de los perros llorando y gritando.
Y porque sabe que a ellas no les gusta
Y que todos se ríen,
Corre detrás de las muchachas
Que van en grupo por los caminos
Con los cántaros en las cabezas
Y les levanta las polleras.

A mim ensinou-me tudo.
Ensinou-me a olhar para as coisas.
Aponta-me todas as coisas que há nas flores.
Mostra-me como as pedras são engraçadas
Quando a gente as tem na mão
E olha devagar para elas.

Diz-me muito mal de Deus.
Diz que ele é um velho estúpido e doente,
Sempre a escarrar no chão
E a dizer indecências.
A Virgem-Maria leva as tardes da eternidade a fazer meia.
E o Espírito-Santo coça-se com o bico
E empoleira-se nas cadeiras e suja-as.
Tudo no céu é estúpido como a Igreja Católica.
Diz-me que Deus não percebe nada
Das coisas que criou –
«Se é que ele as criou, do que duvido» –.
«Ele diz, por exemplo, que os seres cantam a sua glória,
Mas os seres não cantam nada.
Se cantassem seriam cantores.
Os seres existem e mais nada,
E por isso se chamam seres».

E depois, cansado de dizer mal de Deus,
O Menino Jesus adormece nos meus braços
E eu levo-o ao colo para casa.

....

Ele mora comigo na minha casa a meio do outeiro.
Ele é a Eterna Criança, o deus que faltava.
Ele é o humano que é natural,
Ele é o divino que sorri e que brinca.

A mí me enseñó todo.
Me enseñó a mirar las cosas.
Me muestra todas las cosas que hay en las flores.
Me hace ver qué graciosas son las piedras
Cuando se las toma en la mano
Y se las mira despacio.

Me habla pestes de Dios.
Dice que es un viejo estúpido y enfermo,
Que vive escupiendo el suelo
Y diciendo groserías.
La Virgen María pasa las tardes de la eternidad tejiendo calceta.
Y el Espíritu Santo se rasca con el pico
Y se acomoda en lo alto de las sillas y las ensucia.
Todo en el cielo es estúpido como la Iglesia Católica.
Me dice que Dios no entiende nada
Acerca de las cosas que creó –
"Si es que él las creó, de lo que dudo" –.
"Él dice, por ejemplo, que los seres cantan su gloria,
Pero los seres no cantan nada.
Si cantasen serían cantores.
Los seres existen y nada más,
Y por eso se llaman seres".

Y después, cansado de hablar mal de Dios,
El Niño Jesús se duerme en mis brazos
Y yo lo llevo en ellos a casa.

....

Él vive conmigo en mi casa en mitad del monte.
Él es el Niño Eterno, el dios que faltaba.
Él es lo humano que es natural.
Él es lo divino que sonríe y juega.

E por isso é que eu sei com toda a certeza
Que ele é o Menino Jesus verdadeiro.

E a criança tão humana que é divina
É esta minha quotidiana vida de poeta,
E é porque ele anda sempre comigo que eu sou poeta
[sempre,
E que o meu mínimo olhar
Me enche de sensação,
E o mais pequeno som, seja do que for,
Parece falar comigo.

A Criança Nova que habita onde vivo
Dá-me uma mão a mim
E a outra a tudo que existe
E assim vamos os três pelo caminho que houver,
Saltando e cantando e rindo
E gozando o nosso segredo comum
Que é o de saber por toda a parte
Que não há mistério no mundo
E que tudo vale a pena.

A Criança Eterna acompanha-me sempre.
A direcção do meu olhar é o seu dedo apontando.
O meu ouvido atento alegremente a todos os sons
São as cócegas que ele me faz, brincando, nas orelhas.

Damo-nos tão bem um com o outro
Na companhia de tudo
Que nunca pensamos um no outro,
Mas vivemos juntos e dois
Com um acordo íntimo
Como a mão direita e a esquerda.

Y por eso es que yo sé con toda certeza
Que él es el Niño Jesús verdadero.

Y el niño tan humano que es divino
Es esta vida mía cotidiana de poeta,
Y es porque siempre está a mi lado que siempre soy
                                                                    |poeta,
Y que aun la mínima mirada de mis ojos
Me llena de sensaciones,
Y el más pequeño sonido, sea el que fuere,
Parece hablar conmigo.

El Niño Nuevo que habita donde vivo
Me da una mano a mí
Y otra a todo lo que existe
Y así vamos los tres por el camino que fuere,
Saltando, cantando y riendo
Y gozando nuestro secreto común
Que es el de saber en todas partes
Que no hay misterio en el mundo
Y que todo vale la pena.

El Niño Eterno me acompaña siempre.
La dirección de mi mirada es la que su dedo señala.
Mi oído atento alegremente a todos los sonidos
Son las cosquillas que él me hace, jugando, en las orejas.

Nos llevamos tan bien uno con el otro
En compañía de todo
Que nunca pensamos uno en el otro,
Y vivimos juntos los dos
Con un acuerdo íntimo
Como la mano derecha y la izquierda.

Ao anoitecer brincamos as cinco pedrinhas
No degrau da porta de casa,
Graves como convém a um deus e a um poeta,
E como se cada pedra
Fosse todo um universo
E fosse por isso um grande perigo para ela
Deixá-la cair ao chão.

Depois eu conto-lhe histórias das coisas só dos homens
E ele sorri, porque tudo é incrível.
Ri dos reis e dos que não são reis,
E tem pena de ouvir falar das guerras,
E dos comércios, e dos navios
Que ficam fumo no ar dos altos mares.
Porque ele sabe que tudo isso falta àquela verdade
Que uma flor tem ao florescer
E que anda com a luz do sol
A variar os montes e os vales
E a fazer doer aos olhos os muros caiados.

Depois ele adormece e eu deito-o.
Levo-o ao colo para dentro de casa
E deito-o, despindo-o lentamente
E como seguindo um ritual muito limpo
E todo materno até ele estar nu.

Ele dorme dentro da minha alma
E às vezes acorda de noite
E brinca com os meus sonhos.
Vira uns de pernas para o ar,
Põe uns em cima dos outros
E bate as palmas sozinho
Sorrindo para o meu sono.

Al anochecer jugamos a la payana
En el escalón de la puerta de casa,
Graves como conviene a un dios y a un poeta,
Y como si cada piedra
Fuese todo el universo
Y fuese por eso un gran peligro para ella
Dejarla caer al suelo.

Después le cuento cosas que sólo los hombres hacen
Y él sonríe porque todo es increíble.
Se ríe de los reyes y de los que no son reyes,
Y le apena oír hablar de las guerras,
Y del comercio y de los barcos
Que se convierten en humo en el aire de altamar.
Porque él sabe que todo eso falta a aquella verdad
Que una flor tiene al florecer
Y que anda con la luz del sol
Cambiando montes y valles
Y haciendo que duelan los ojos ante los muros encalados.

Después él se duerme y yo lo acuesto.
Lo llevo adentró en mis brazos
Y lo acuesto desnudándolo despacio
Como si siguiera un ritual muy limpio
Y del todo maternal hasta que está desnudo.

Él duerme dentro de mi alma
Y a veces se despierta en la noche
Y juega con mis sueños.
A unos los pone patas para arriba,
A otros los encima
Y aplaude solo
Sonriendo a mi sueño.

....

Quando eu morrer, filhinho,
Seja eu a criança, o mais pequeno.
Pega-me tu ao colo
E leva-me para dentro da tua casa.
Despe o meu ser cansado e humano
E deita-me na tua cama.
E conta-me histórias, caso eu acorde,
Para eu tornar a adormecer.
E dá-me sonhos teus para eu brincar
Até que nasça qualquer dia
Que tu sabes qual é.

....

Esta é a história do meu Menino Jesus.
Porque razão que se perceba
Não há-de ser ela mais verdadeira
Que tudo quanto os filósofos pensam
E tudo quanto as religiões ensinam?

....

Cuando yo muera, hijito,
Que sea yo el niño, el más pequeño.
Tómame en tus brazos
Y llévame hacia adentro de tu casa.
Desnuda mi ser cansado y humano
Y acuéstame en tu cama.
Y cuéntame historias, si despierto,
Para que vuelva a dormir.
Y dame sueños tuyos, para que juegue
Hasta que nazca el día
Que tú sabes cuál es.

....

Ésta es la historia de mi Niño Jesús.
¿Qué razón puede haber
Para que ella no sea más verdadera
Que todo cuanto piensan los filósofos
Y todo lo que enseñan las religiones?

O PENÚLTIMO POEMA

Também sei fazer conjecturas.
Há em cada coisa aquilo que ela é que a anima.
Na planta está por fora e é uma ninfa pequena.
No animal é um ser interior longínquo.
No homem é a alma que vive com ele e é já ele.
Nos deuses tem o mesmo tamanho
E o mesmo espaço que o corpo
E é a mesma coisa que o corpo.
Por isso se diz que os deuses nunca morrem.
Por isso os deuses não têm corpo e alma
Mas só corpo e são perfeitos.
O corpo é que lhes é alma
E têm a consciência na própria carne divina.

EL PENÚLTIMO POEMA

También sé hacer conjeturas.
Hay en cada cosa aquello que ella es y que la anima.
En la planta está afuera y es una ninfa pequeña.
En el animal es un ser interior distante.
En el hombre es el alma que vive con él y ya es él.
En los dioses tiene el mismo tamaño
Y el mismo espacio que el cuerpo
Y es la misma cosa que el cuerpo.
Por eso se dice que los dioses nunca mueren.
Por eso los dioses no tienen cuerpo y alma
Sino cuerpo solamente, y son perfectos.
En ellos el cuerpo es el alma
Y la conciencia la tienen en la propia carne divina.

Notas

Fernando Pessoa

Impresiones del crepúsculo
Sale en el número único de la revista *A Renascença* (El Renacimiento), en febrero de 1914. El primero de los poemas, "Oh campana de mi aldea", vuelve a ser publicado en el número 3 de la revista *Athena*, donde aparece sin variantes, y así se lo mantiene aquí para que el título de este díptico tenga sentido. Además de que el efecto obtenido por la construcción en contraste de un poema en metro tradicional y de otro en verso libre y extraña temática contribuye al impacto del segundo, en el que el *Paulismo*[15] tiene su origen y definición.

Lluvia oblicua. Poemas interseccionistas[16]
Sale en el número 2 de *Orpheu* (Orfeo), en junio de 1915. El título aparece en una página divisoria, seguido por "Poemas interseccionistas / de / Fernando Pessoa".

Hora absurda
Sale en *Exílio* (Exilio), número único, abril de 1916.

Pasos de la cruz
Sale en *Centauro*, número único, diciembre de 1916. El soneto XII, "Ella iba, tranquila pastorcita", se vuelve a publi-

---

15. Uno de los nombres dados por Pessoa al futurismo literario portugués. El otro fue *Interseccionismo. (N. del T.)*
16. Ver nota anterior.

car en el número de O *"Notícias" Ilustrado* ("Noticias" Ilustrado) del 28 de abril de 1929, sin variantes. Se lo incluye aquí para mantener íntegra esta serie, que tiene una estructura precisa.

Casa blanca galeón negro

Sale en el suplemento "Futurismo" del diario de Faro[17], *O Heraldo* (El Heraldo) del 1º de julio de 1917. Aparece firmado: "Fernando Pessoa. Director de *Orpheu*".

Más allá de Dios

Los poemas del número 3 de *Orpheu* –aun cuando este número de la revista no llegó a salir, como estaba previsto, en octubre de 1917– se conservan en pruebas de página ya revisadas para su publicación (aquí transcriptas de la edición facsimilar *Orpheu* 3, presentada por José Augusto Seabra, Porto, Editorial Nova Renascença, 1983).

Episodios

Sale en el número único de *Portugal Futurista*, distribuido en noviembre de 1917 y de inmediato secuestrado por la policía.

Abdicación

Sale en el número 9 de *Ressurreição* (Resurrección), del 1º de febrero de 1920, revista dirigida por José Gomes Ferreira y Humberto Pelágio.

---

17. Faro, capital de Algarve, ubicada en el extremo sur de Portugal. *(N. del T.)*
El último poema de la serie, "Brazo sin cuerpo blandiendo una espada", establece nexo textual con el poema "Espada", que precedería a "Más allá de Dios" en *Orpheu* 3, pero que no se incluye aquí porque pasó a integrar el libro *Mensaje*, bajo el título de *Don Fernando, Infante de Portugal*.

En memoria del presidente-rey Sidónio Pais

Este poema, bajo el título, "A la memoria del presidente-rey Sidónio Pais", sale en el número 4 del periódico *Acção* (Acción), del 27 de febrero de 1920, último número de una publicación que se presenta como órgano del Núcleo de Acción Nacional y está dirigido por Geraldo Coelho de Jesús (el editorial del mismo número, firmado por el director, se titula "Sidonismo, sí"). Transcribo a partir de un ejemplar del diario conservado en el archivo de Pessoa (E3) de la Biblioteca Nacional, en el que se encuentran manuscritas dos anotaciones. Una de ellas corrige una errata en la decimotercera estrofa contando desde el final: donde figuraba "se sintió" pasa a leerse "se siguió". La otra añade, uniéndolos mediante un guión, "Rey" a "Presidente". Es así como figura el título en una edición en folleto publicada por la Editorial Império en 1940.

Navidad ("Nace un Dios. Otros mueren. La verdad")

Sale en el número 6 de *Contemporânea*, de diciembre de 1922. Otro poema con el mismo título ("Navidad. En la provincia nieva") será publicado en 1928 y vuelto a publicar en 1934 en el *Diário de Lisboa*.

Canción ("¿Silfos o gnomos tocan?...")

Sale en el número 1 de *Folhas de Arte* (Hojas de Arte), de 1924, revista dirigida por Augusto Santa-Rita, en facsimilar del manuscrito. El mismo poema, enviado a Armando Côrtes-Rodrigues, en 1915, tenía una variante en el primer verso: "¿Elfos o gnomos tocan?..." (Cartas a Armando Côrtes-Rodrigues, 3ª ed., Lisboa, Horizonte, 1985, p.49). Hay otro poema titulado *Canção* (Canción) ("Sol nulo de los días vanos"): publicado en 1922, retomado en 1924 y en 1930.

Algunos poemas

Sale en el número 3 de *Athena*, de diciembre de 1924. Dos poemas iniciales, "Sacadura Cabral" y "Espada" preceden un conjunto de catorce poemas reunidos bajo el título genérico de *De um Cancioneiro* (De un cancionero). Se retira "Espada" (que ya había salido en el número 3 de *Orpheu* y volvería a salir en Cancionero en 1930) para integrarlo finalmente en *Mensaje* en 1934.

De un cancionero

Al contrario de *Impresiones del crepúsculo* o de *Pasos de la cruz*, que constituyen un todo coherente, este conjunto es una selección de poemas sueltos. Así lo subraya incluso su título, y el hecho de que no haya números que ordenen la sucesión de los poemas. Por eso pueden no figurar en este conjunto: un poema ya publicado, "Oh, campana de mi aldea", por las razones antes expuestas, y "Sol nulo de los días vanos", ya publicado suelto en 1922 y que reaparecería en 1930 bajo el mismo título, *Canción*. En compensación, son mantenidos en esta selección dos poemas ya publicados: "En el atardecer de la tierra", que habría salido en la revista *Ilustração Portuguesa* (Ilustración Portuguesa) del 28 de enero de 1922, con el título "Canção de Outono" (Canción de otoño) y sin otras variantes; y "Ela canta, pobre ceifeira" (Ella canta, pobre segadora), ya publicado en el número 3 de *Terra Nossa* (Tierra Nuestra), de septiembre de 1916, con el título de "A Ceifeira" (La segadora). Este último, que forma parte también de los poemas enviados a Armando Côrtes-Rodrigues en 1915, está entre los que van sufriendo más transformaciones: en 1915 cuenta con ocho estrofas, pero en *Terra Nossa* pierde una, la antepenúltima (cito valiéndome de la edición de Joel Serrão de las *Cartas a Armando Côrtes-Rodrigues*, 3ª ed., Lisboa, Horizonte, 1985, p.55),

Canta y arrástrame hacia ti,
Al centro ignoto de tu alma,
Y que sienta por un momento en mí
El eco de tu alada calma...

Y en *Athena* pierde otra más, la cuarta:

¡Ah, con tan límpida pureza
Su voz penetra el azul
Que en nosotros sonríe la tristeza
Y la vida sabe a amor y a sur!

Además, el verso "O que em mim sente está pensando" ("Lo que en mí siente está pensando") viene a sustituir en *Athena* "O que em mim ouve está chorando" ("Lo que en mí oye está llorando") de *Terra Nossa*.

Rubayat
Sale en el número 2 de la revista *Contemporânea*, 3ª serie, de julio-octubre de 1926. Las tres estrofas son autónomas aunque aparezcan juntas, como en la traducción que de esta obra del poeta persa del siglo XII, Omar Khayam, publica, con este mismo título, Edward Fitzgerald en Inglaterra, en 1859.

Antigacetilla
Sale en el diario *Sol* del 13 de noviembre de 1926, en una sección titulada "Gacetilla".

El abuelo y el nieto
Poema encontrado por Everardo Alves Nobre en el *Thesouro da Juventude* (Tesoro de la juventud), una enciclopedia editada en Río de Janeiro que ofrece conocimientos "en forma adecuada para el provecho y el entretenimiento de los niños", sin fecha, pero publicada posiblemente en-

tre 1925 y 1928. La versión publicada lleva por título "Meditaciones del abuelo y juguetes del nieto". Resulta claro que el editor brasileño intervino, no sólo en ese cambio de título como en la puntuación. Me valgo, por eso, de la versión dactilográfica del poema (archivo de la Biblioteca Nacional, E3 / 44-37) que parece ser copia de la enviada para la publicación. Debo el conocimiento de esta publicación desconocida a José Blanco.

Marina, Alguna música..., Después de la feria
Salen en la revista *Presença* (Presencia), respectivamente en los números 5, del 4 de junio de 1927; 10, del 15 de marzo de 1928; y 16, de noviembre de 1928.

Tomamos la aldea después de un intenso bombardeo
Sale en el periódico *"Notícias" Ilustrado* del 14 de julio de 1929, donde aparece impreso en mayúsculas.

Canción ("Sol nulo de los días vanos")
Sale con este título el 11 de febrero de 1922 en la revista *Ilustraçao Portuguesa* (Ilustración portuguesa); se lo reproduce sin título en *De um Cancioneiro* (De un cancionero), en el número 3 de la revista *Athena*, en diciembre de 1924, y, por último, con título en *Cancionero – I Salón de los Independientes*, en mayo de 1930.

El niño de mamá
Sale por primera vez en el número 1 de *Contemporânea*, 3ª serie, de mayo de 1926, después en el diario *"Notícias" Ilustrado* del 11 de noviembre de 1928, y luego en el *Cancionero – I Salón de los Independientes*, en mayo de 1930. Las únicas variaciones se sitúan en la cuarta estrofa: "dera-lhe" *(le diera)* reemplaza en el *Cancioneiro* a "dera-lha" *(le diera)*, y el verso "E boa a cigarreira" (y buena la cigarrera) empieza por

tener un punto final, después puntos suspensivos, hasta la coma que se preserva.

Gomes Leal

Se publica por primera vez en *"Noticias" Ilustrado* del 28 de octubre de 1928, semanario dirigido por Leitão de Barros, y después en *Cancioncro – I Salón de los Independientes* de mayo de 1930. En esta última publicación, convierte los puntos suspensivos en puntos finales, en los versos 3 y 13, y "do espaço" ("del espacio") pasa a ser "no espaço" ("en el espacio").

El último sortilegio

Sale en el número 29 de *Presença*, en diciembre de 1930. Acerca de este poema se lee, en la carta del 16 de octubre de 1930, en que lo envía (*Cartas de Fernando Pessoa a João Gaspar Simões*, 2ª ed., Lisboa, IN-CM, 1982, p. 50): "Llamo su atención sobre un pormenor que es necesario vigilar en las pruebas – pormenor que en realidad son dos pormenores. Se trata de no olvidar las comillas que caracterizan al poema como dramático, o sea, enunciado por una tercera persona, y de verificar que, como esa persona es mujer (y, digamos, una bruja), los adjetivos no aparezcan en masculino donde la persona que habla se refiere a sí misma".

El andamio

Sale en el número 31-32 de *Presença*, de marzo-junio de 1931.

"Sólo la razón me orienta"

Sale en el número 4 de *Descobrimento* (Descubrimiento), Invierno de 1932, revista dirigida por João de Castro Osório.

Iniciación, Autopsicografía, Esto

Salen en *Presença*, respectivamente en los números: 35,

de marzo-mayo de 1932; 36, de noviembre de 1932 y 38, de abril de 1933.

Abertura
Sale en el número 5 de *Momento*, 2ª serie, de marzo de 1934, revista dirigida por Artur Augusto, Marques Matías y José Augusto.

Eros y Psique
Sale en el número 41-42 de *Presença*, de mayo de 1934.

Navidad ("Navidad. En la provincia nieva")
Sale primero en *"Notícias" Ilustrado* del 30 de diciembre de 1928, y después en el *Diário de Lisboa* del 28 de diciembre de 1934, con alteración del verso 8, que de decir "Estou só e tenho saudade" (Estoy solo y siento nostalgia") pasa a decir "Por isso tenho saudade" (Literalmente, "Por eso siento nostalgia").

Intervalo
Sale en el número 8 de *Momento*, 2ª serie, de abril de 1935.

Consejo
Sale en el número 3 de *Sudoeste. Cadernos de Almada Negreiros* (Cuadernos de Almada Negreiros), de noviembre de 1935.

Álvaro de Campos

Opiario, Oda triunfal
Aparecen en el número 1 de *Orpheu*, en marzo de 1915, con un título genérico en una hoja divisoria: "*Opiario y Oda*

triunfal / Dos Composiciones de / Álvaro de Campos/ Publicadas por Fernando Pessoa". La construcción contrastada que ya había aparecido en *Impresiones del crepúsculo* de cierta manera se repite aquí, con un poema que parodia el simbolismo y que precede a otro referido al futurismo. Al final de la *Oda triunfal*, figura la mención: "De un libro titulado *Arco de triunfo*, que se publicará".

Oda marítima

Sale en el número 2 de *Orpheu*, en junio de 1915, con una hoja divisoria inicial donde ya no figura el nombre de Pessoa: "*Oda marítima* / por / Álvaro de Campos", y donde todavía se lee la dedicatoria "a Santa Rita Pintor". Al final, la firma "Álvaro de Campos, / Ingeniero".

Soneto ya antiguo

Sale en el número 6 de la revista *Contemporânea*, de diciembre de 1922.

Lisbon Revisited (1923), Lisbon Revisited (1926)

Salen ambos, respectivamente, en el número 8 de *Contemporânea*, de febrero de 1923, y en el número 2 de la 3ª serie de esa misma revista, en junio de 1926. El primero de los poemas, al ser publicado, ya prevé e implica la publicación del segundo, pues en él ya figura la fecha como parte integrante del título. En el segundo, en el verso 7 contando desde el final, se agrega "como" a la versión publicada, en la que falta, como se advierte al confrontarlo con el texto mecanografiado (E3 / 70 26).

Escrito en un libro abandonado en viaje

Sale en el número 10 de *Presença*, del 15 de marzo de 1928. Hay allí una errata, "no passado" ("en el pasado"), que debe ser "do passado" ("del pasado") (ya corregido en la edición crítica de Teresa Rita Lopes: Álvaro de Campos, *Livro de Versos*, Lisboa, Estampa, 1993).

Apostilla
Sale en *"Notícias" Ilustrado* del 27 de mayo de 1928.

Gacetilla. Apunte
Salen en *Presença*, en los números 18, de enero de 1929, y 20, de abril - mayo de 1929.

A Fernando Pessoa
Sale en el número 4 de *A Revista* (La Revista), año 1929, propiedad de la Editorial *Solução* (Solución) y dirigida por José Pacheco. La copia escrita a máquina (E3 / 70 12) trae una fecha: 1915.

Casi
Transcripto en la sección "Anexos" de la edición facsimilar de *Contemporânea*, vol. IV (Lisboa, Contexto, 1992), donde se incluyen las pruebas de página de un decimocuarto número de la revista, que debería salir en 1929.

Postergación
Sale en el número 27 de *Presença*, de junio-julio de 1930. Cuando Pessoa envía este poema para su publicación, escribe (*Cartas a João Gaspar Simões*, 2ª ed., Lisboa, IN - CM, 1982, p.49): "La fecha es ficticia; escribí estos versos el día de mi cumpleaños (mío), o sea, el 13 de junio, pero Álvaro nació el 15 de octubre, y así la fecha falsa se vuelve verdadera".

Trapo y Ah, un Soneto
Salen en *Presença*, respectivamente, en el número 30, de enero-febrero de 1931, y en el número 34, de noviembre-febrero de 1932.

"Quiero acabar entre rosas, porque las amé en la infancia"
Sale en *Descobrimento* (Descubrimiento), Invierno de
1932.

Tabaquería
Sale en el número 39 de *Presença*, julio de 1922. Tenía otro
título, que es reemplazado ya en las pruebas tipográficas:
Marcha da Derrota (Marcha de la derrota).

Ricardo Reis

Odas. Libro Primero
Serie publicada en el número 1 de la revista *Athena*, de
octubre de 1924.

Tres Odas, Oda, Dos Odas y *Oda*
Todas se publican en *Presença*: *Tres Odas* en el número
6, del 18 de julio de 1927; las dos odas siguientes: " O rastro
breve que das ervas moles" (La huella breve que en los blandos pastos) y "Já sobre a fronte vã se me acinzenta" (Ya sobre
la frente vana se me encanece) lado a lado en el número 10,
del 15 de marzo de 1928; las *Dos Odas* en el número 31-32 de
marzo-junio de 1931; la oda "Para ser grande, sê inteiro: nada" (Para ser grande, sé entero: nada), en el número 37, de febrero de 1933.

Alberto Caeiro

De *"El cuidador de rebaños"* y *"De los poemas dispersos"*
Estas dos series salen en los dos últimos números de la
revista *Athena*, 4 y 5, de enero y febrero de 1925. En ambos

casos, estos títulos están precedidos por: "Selección de Poemas de / Alberto Caeiro / (1898-1915)". El poema de la segunda serie ("La asombrosa realidad de las cosas") tiene una errata en *Athena* que después se reprodujo (pero que ya aparece corregida en la edición de la editorial *Ática*): en el penúltimo verso, dice "seus versos" ("sus versos"), pero debe leerse "meus versos" ("mis versos").

El octavo poema de "El cuidador de rebaños" y El penúltimo poema

Salen en dos números sucesivos de *Presença*: en el 30, de enero - febrero de 1931, el primero, y en el 31-32, de marzo - junio de 1931, el segundo.

Cronología

1914   Pessoa, *Impressões do Crepúsculo (Impresiones del crepúsculo)*

1915   Campos, *Opiário (Opiario)*
Campos, *Ode Triunfal (Oda triunfal)*
Campos, *Ode Marítima (Oda marítima)*
Pessoa, *Chuva Oblíqua (Lluvia oblicua), Poemas Interseccionistas*

1916   Pessoa, *Hora Absurda*
Pessoa, *Passos da Cruz (Pasos de la cruz)*

1917   Pessoa, *A Casa Branca Nau Preta (Casa Blanca, Galeón negro)*
Pessoa, *Além - Deus (Más allá de Dios)*
Pessoa, *Episódios (Episodios)*

1920   Pessoa, *Abdicação (Abdicación)*
Pessoa, *À Memória do Presidente-Rei Sidónio Pais (A la memoria del presidente-rey Sidónio Pais)*

1922   Pessoa, *Natal (Navidad)*
Campos, *Soneto já Antigo (Soneto ya antiguo)*

1923   Campos, *Lisbon Revisited (1923)*

1924   Pessoa, *Canção (Canción)*
Reis, *Odes. Livro Primeiro (Odas. Libro primero)*
Pessoa, *Alguns Poemas (Algunos poemas)*

1925   Caeiro, *De "O Guardador de Rebanhos" (De "El cuidador de rebaños")*
Caeiro, *Dos "Poemas Inconjuntos" (De los "Poemas dispersos")*

1926   Campos, *Lisbon Revisited (1926)*
Pessoa, *Rubaiyat (Rubayat)*
Pessoa, *Anti-Gazetilla (Antigacetilla)*
Pessoa, *O Avô e o Neto (El abuelo y el nieto)*

1927   Pessoa, *Marinha (Marina)*
Reis, *Três Odes (Tres odas)*

1928   Pessoa, *Qualquer Música... (Alguna música...)*
Reis, *Ode (Oda)*
Reis, *Ode (Oda)*
Campos, *Escrito num Livro Abandonado em Viagem (Escrito en un libro abandonado en viaje)*
Campos, *Apostila (Apostilla)*
Pessoa, *Depois da Féria (Después de la feria)*

1929   Campos, *Gazetilha (Gacetilla)*
Campos, *Apontamento (Apunte)*
Pessoa, *Tomámos a Vila Depois de um Intenso Bombardeamento (Tomamos la aldea después de un intenso bombardeo)*
Campos, *A Fernando Pessoa*
Campos, *Quasi (Casi)*

1930   Pessoa, *Canção (Canción)*
Pessoa, *O Menino da Sua Mãe (El niño de mamá)*
Pessoa, *Gomes Leal*
Campos, *Adiamento (Postergación)*

Campos, *Aniversário (Cumpleaños)*
Pessoa, *O Último Sortilégio (El último sortilegio)*

1931 Caeiro, *O Oitavo Poema de "O Guardador de Reban-hos" (El octavo poema de "El cuidador de rebaños")*
Campos, *Trapo (Trapo)*
Pessoa, *O Andaime (El andaime)*
Reis, *Duas Odes (Dos odas)*
Caeiro, *O Penúltimo Poema (El penúltimo poema)*

1932 Pessoa, *"Guia-me a só razão" (Sólo la razón me orienta)*
Campos, *"Quero acabar entre rosas, porque as amei na infância"*
(Quiero acabar entre rosas porque las amé en la infancia)
Campos, *Ah, Um Soneto*
Pessoa, *Iniciação (Iniciación)*
Pessoa, *Autopsicografia (Autopsicografía)*

1933 Reis, *Odes (Odas)*
Pessoa, *Isto (Esto)*
Campos, *Tabacaria (Tabaquería)*

1934 Pessoa, *Fresta (Abertura)*
Pessoa, *Eros e Psique (Eros y Psique)*
Pessoa, *Natal (Navidad)*

1935 Pessoa, *Intervalo*
Pessoa, *Conselho (Consejo)*

El mundo verdadero

> *Negada la verdad, no nos queda con qué entrete-*
> *nernos, a no ser la mentira. Entretengámonos,*
> *pues, con ella, concibiéndola no obstante como tal,*
> *y no como verdad; si se nos ocurre una hipótesis*
> *metafísica, construyamos con ella, no la mentira*
> *de un sistema (donde pueda pasar por verdadera),*
> *sino la verdad de un poema o de un relato, verdad*
> *que consiste en saber que es mentira, y por lo tan-*
> *to en no mentir.*
>
> PESSOA

La Antología

Se recogen en este volumen todos los poemas publicados por Pessoa, y en él encontramos un Pessoa histórico. Ni
"el gran poeta del siglo XX", ni "el hombre que nunca fue".
Tan sólo el poeta que vivió entre 1888 y 1935 y publicó poesía a partir de 1914.

Publicó, por lo tanto, mucho, y es otro mito el que pretende que "fue un poeta que murió inédito". Más cierto será
decir que Pessoa ya era un gran poeta en 1935, e incluso varios grandes poetas, si bien sólo en parte revelados.

Se puede por lo tanto leer lo que Pessoa quiso que fuese
leído, y tal como lo preparó para la lectura. Veamos lo que le
escribe a João Gaspar Simões, en una carta del 17 de octubre
de 1929, en que responde a un pedido de colaboración en la
revista *Presença (Presencia)*: "En lo que hace a poemas iné-
ditos, tengo aproximadamente una biblioteca virtual; pero

sólo dentro de dos meses –cuento con que en ese lapso podré revisar con alguna atención todo ese material– le podré
decir si hay algo allí que vale la pena, y, aun así, con las limi-
taciones propias de quien es crítico de sí mismo". Esta preo-
cupación por el valor real de sus poemas, unida a esa otra,
manifestada en la carta a Adolfo Casais Monteiro del 13 de
enero de 1935, de que su estreno como autor de un libro fuese bueno, subrayan con alusiones concretas lo que no era difícil de prever: el hecho de que Pessoa ponderase cuidadosa-
mente la calidad y la cantidad de sus publicaciones.

De modo que este volumen es su antología poética per-
sonal. Lo que él concibió como lo mejor de los tres heterónimos y del ortónimo. Y lo que ante sus lectores puede relatar
con mayor claridad una historia, o historias, como la de Álvaro de Campos, que tras su estreno triunfal en 1915 reapa-
rece en 1923 transformado en una sombra de sí mismo, o de
la del propio Pessoa, pues prevalece en él cada vez más el
acento ocultista.

Sólo no se incluye aquí una glosa satírica, publicada a los
catorce años en *O Imparcial (El Imparcial)* del 18 de julio de
1902, "Tus ojos, perlas oscuras", que no es más que una cu-
riosidad histórica (y se encuentra en la invalorable *Fotobibliografía de Fernando Pessoa*, organizada por João Rui de
Sousa). Figuran, en cambio, los poemas previstos para números no publicados de revistas, como el número 3 de *Orpheu*
o el número 14 de *Contemporânea*, de la cual llegaron hasta
nosotros las pruebas tipográficas.

El Libro

Al igual que Pessoa con sus múltiples proyectos, Campos
destina la *Oda Triunfal* a un libro "a ser publicado", *Arco de
Triunfo* (citado en el número 1 de *Orpheu*, 1915). La palabra

"libro" también figura en un título de Ricardo Reis. A su vez, las *plaquettes* de poemas ingleses que Pessoa edita en 1918 y 1921 son una especie de no-libros; lo son por la incomunicación buscada con el público portugués, o por la búsqueda de comunicación con un público, el inglés, que no conoce. En 1934, *Mensaje* es, de hecho, su único libro y cuenta con un nivel de organización tan minucioso y sólido que en él se consuma un persistente y antiguo deseo. Un deseo hasta allí imposible, de realizar o una imposibilidad que sigue llamando la atención: el anhelo de dar forma a un libro contra la fragmentación radical que lo habita.

Se construye aquí un libro, a todas luces virtual, que Pessoa no realizó. No por eso el libro deja de ser tal, como bien lo prueba su coherencia o coherencias, líneas que unen su dispersión a través de revistas, diarios, publicaciones colectivas, e incluso una enciclopedia juvenil.

En este libro, de modo más que evidente, el camino seguido por Campos muestra lo que significa el "drama en gente"[18]. Campos gana un perfil de personaje, cada uno de sus pronunciamientos es un grito o un murmullo, una *performance*, una actuación. Campos es el único que publica a lo largo de veinte años ajustando su producción al modelo del poema dramático, sin integrar sus poemas en series ni subdividirlos en partes, como ocurre con los otros tres. La aventura de Campos es obra de su puesta en escena textual, de su cuerpo de letras, de su teatro de papel, épico e íntimo, y el conjunto de sus dieciocho apariciones forma una secuencia que es el núcleo de estas *Ficciones* líricas.

18. Expresión creada por Pessoa para caracterizar la producción tanto heterónima como ortónima. Así como un dramaturgo diría un drama en varios actos, Pessoa opta por llamar "drama en gente" al conjunto de la producción heterónima y ortónima. *(N. del T.)*

También se puede verificar, por ejemplo, el papel decisivo que la revista *Presença* cumple en la última etapa de las publicaciones de Pessoa: ahí Reis y Caeiro dan a conocer todos sus poemas, luego de la etapa de la revista *Athena*. Hay incluso números en que poemas firmados por los cuatros nombres se encuentran reunidos. Y la asiduidad de Pessoa como colaborador hubiera sido aun mayor si hubiese respondido favorablemente a las solicitudes de la revista.

El Título

Se lee en la carta a Adolfo Casais Monteiro del 15 de enero de 1935: "Cuando a veces pensaba en el orden de una futura publicación de obras mías, un libro como *Mensaje* nunca figuraba en primer término. Oscilaba entre la posibilidad de empezar por un libro de versos voluminoso –un libro de unas 350 páginas–, que englobara las varias subpersonalidades de Fenando Pessoa él mismo, o la posibilidad de empezar por una novela policial que aún no logré terminar".

Ateniéndonos a lo dicho, ese "libro de versos voluminoso" respondería a una idea de recopilación cercana a la de éste que ahora se presenta. Y adviértase que es la reformulación o simplificación de una forma impresa más completa lo que Pessoa tenía en mente cuando le escribe a João Gaspar Simões, el 28 de julio de 1932: "No sé si alguna vez le dije que los heterónimos (de acuerdo con mi último proyecto con respecto a ellos) deben ser publicados por mí bajo mi propio nombre (ya es tarde, y por lo tanto absurdo, para insistir en el disfraz absoluto). Integrarán una serie titulada *Ficciones del Interludio – I. Poemas Completos de Alberto Caeiro (1889-1915)*. Y los siguientes del mismo modo, incluyendo uno, curioso y muy difícil de escribir, que contiene el debate estético entre Ricardo Reis, Álvaro de Campos y yo, y quizá, también, otros heteró-

nimos, ya que hay todavía uno u otro (incluyendo un astrólo-
go), que están a punto de aparecer".

El título *Ficciones del Interludio* no figura únicamente
en esta carta a João Gaspar Simões. Se lo encuentra también
en un fragmento póstumo, no fechado (*Páginas Íntimas* 105
-106): "Advertirá el lector que, aun cuando yo publique [...]
el *Libro del desasosiego* como si fuera de un tal Bernardo Soares, auxiliar de tenedor de libros en la ciudad de Lisboa, no lo
incluí sin embargo en estas *Ficciones del Interludio*. Es que
Bernardo Soares, que se diferencia de mí por sus ideas, sus
sentimientos, sus modos de ver y de entender, no difiere de
mí en cuanto a su estilo de exposición".

De acuerdo con ello, se podrá concluir que el título imaginado por Pessoa serviría para una edición completa o antológi-
ca de los heterónimos, sin incluir en ella la producción de Ber-
nando Soares, puesto que no pasaba de ser un semiheterónimo.

Pero no debe ignorarse otra significativa utilización del
título: Pessoa llama *Ficciones del Interludio* a un conjunto de
poemas firmados por el ortónimo y que se publican en la revista *Portugal futurista*.

El título varía, circula, designa objetos diversos. Por eso
su intención de preservarlo y de ampliarlo hasta abarcar el
conjunto de toda la poesía ortónima y heterónima publicada.

En lo que a esto se refiere, cabrá interrogar el modo en que
se relacionan el ortónimo y los heterónimos.

El Ortónimo

La cuestión es la homogeneidad de la producción poética
de la poesía de Pessoa. O sea, la comprensión que podamos lograr de lo que en la carta a Adolfo Casais Monteiro del 15 de enero de 1935 designa como su "tendencia orgánica y constante a
la despersonalización y a la simulación".

Según ello, podemos señalar una "cualidad heterónima" del ortónimo. Pessoa escribe en el número 17 de *Presença* (diciembre de 1928): "Si estas tres individualidades son más o menos reales que Fernando Pessoa propiamente dicho, es un problema metafísico, que éste, ajeno al secreto de los dioses, nunca podrá resolver". Pero la inclusión del ortónimo en el mismo sistema poético de los tres heterónimos es, más allá de este "problema metafísico", un problema poético, como se lo reconoce al leer otro fragmento (*Páginas Íntimas* 95-96): "A cada una de las personalidades más persistentes, que el autor de estos libros logró vivir dentro de sí, él le infundió una índole expresiva propia, e hizo de esa personalidad un autor, con un libro o libros, con unas ideas, unas emociones y un arte con los cuales él, el autor real (o quizás aparente, porque no sabemos qué es la realidad), nada tiene que ver, salvo el haber sido, al escribirlos, el médium de figuras que él mismo sin embargo creó". O más claramente aún, en esa página recién referida: "El autor humano de estos libros no reconoce en él ninguna personalidad, ni tiene existencia poética exterior al mecanismo de su desdoblamiento en otros, esclavo como es de la multiplicidad de sí mismo. Cuando escribe, vuela otro. Eso es todo".

Jorge de Sena repitió esta idea fundamental de que al ortónimo se lo debe concebir como un heterónimo más, y lo hizo a lo largo de su producción crítica sobre Pessoa. Y es tal vez ésta una de las banalidades básicas que mejor pueden revelar la complejidad de la obra de Pessoa. E inquietar.

El Fingimiento

La palabra "ficciones" del título remite, en primer lugar, a los heterónimos (y al ortónimo), entendidos como existencias imaginarias (que sus textos vuelven reales en tanto autores literarios). Pero hay otros sentidos en la palabra. Uno de ellos es éste, aclarado en un fragmento sin fecha, con la indicación "como prefacio a las *Ficciones del Interludio* (*Pessoa por Conocer*, 114): "Negada la verdad, no nos queda con qué entretenernos, a no ser la mentira. Entretengámonos, pues, con ella, concibiéndola, no obstante como tal, y no como verdad".

En otras palabras, en el interludio que es generado por la interrupción de la luz proyectada por la verdad, la transformación de la "mentira" en "ficción" da lugar a una afirmación del autor como actor, empleando las máscaras de la verdad perdida, chispas de sentido en el juego de sus efectos.

La palabra que puede cifrar la importancia que Pessoa concede a las ficciones –y a ella está etimológicamente vinculada– es "fingimiento". Es un concepto que desarrolla sobre todo a partir del inicio de la publicación de *Presença* y se diría que en reacción a la temática, obsesiva en los presencistas, de la sinceridad. La simulación encontrará su tematización en poesía (Pessoa: "El poeta es un fingidor", o Reis "finge sin fingimiento") tanto como en prosa (Campos: "fingir es conocerse", o Soares: "fingir es amar"), y también va a ser formulada en cartas a João Gaspar Simões o a Adolfo Rocha. La idea central es que en arte no interesa la sensibilidad sino el uso que se hace de la sensibilidad. No el poema de una verdad sino la verdad de un poema.

Tal vez el texto en que, de forma más evidente, Pessoa expone lo que quiere decir sea *Nota Casual*, firmado por Álvaro de Campos en el número 3 de la revista *Sudoeste*, de 1935. Allí, "fingimiento" aparece traducido por la expresión "sinceridad intelectual": "La mayoría de la gente siente de manera convencional, aunque con la mayor sinceridad humana; lo que no hace es sentir con algún grado o tipo de sinceridad intelectual, y ésta es la que importa en el poeta". Y una vez que ha concebido esa otra sinceridad que es el fingimiento, puede entonces terminar ese texto con otra frase tan clara que enceguece, y que casi parece una mistificación cuando no una paradoja: "Mi maestro Caeiro fue el único poeta del mundo cabalmente sincero".

De donde se concluye entonces que la heteronomia y el fingimiento no sólo no se oponen a la sinceridad sino que se proponen la ficción de mundos verdaderos.

Referencias bibliográficas

Cartas de Fernando Pessoa A João Gaspar Simões, 2ª ed., Lisboa, IN - CM, 1982

Fernando Pessoa, *Páginas Íntimas e de Auto-Interpretação*, ed. de Georg Rudolf Lind e Jacinto do Prado Coelho, Lisboa, Ática, 1980.

Fernando Pessoa, *Textos de Crítica e de Intervenção*, Lisboa, Ática, 1980.

José Blanco, *Fernando Pessoa. Esboço de uma Bibliografia*, Lisboa, IN - CM, 1983.

Teresa Rita Lopes, *Pessoa por Conhecer*, II, Lisboa, Estampa, 1990.

Adolfo Casais Monteiro, *A Poesia de Fernando Pessoa*, Ed. de José Blanco, Lisboa, IN-CM, 1985.

João Rui de Sousa, *Fotobibliografía de Fernando Pessoa*, Lisboa, IN - CM e Biblioteca Nacional, 1988.

Índice

Álvaro de Campos

Ricardo Reis

Alberto Caeiro